沙鸥诗歌文化解读

吴增辉 著

上海三联书店

诗人简介

沙鸥，当代学者、诗人、文艺评论家、书画家。早年毕业于南京大学。现任马鞍山市文联秘书长，兼任华南理工大学中国版画研究所副所长、研究员，研究范围涉及文学、甲骨文、书法、绘画、方志、文献、考据等诸多领域。出版各类专著二十部，代表作《甲骨文书法创作导论》《萧云从评传》《萧云从诗文辑注》《平心而论——沙鸥文艺论丛》《萧云从丛考》《萧云从与姑孰画派》《萧云从版画研究》，诗集三部。专著论文先后荣获第二十四届“金牛杯”全国美术图书奖铜奖、中国第三届年鉴论著奖、安徽省社科优秀成果奖、安徽省第三届文联文艺评论奖、马鞍山市政府文学奖、艺术奖、社科奖、五个一工程奖等二十余次。现为中国历史文献研究会理事、中国李白研究会理事、中国四库文化学会理事、中国文艺评论家协会会员、中华诗词学会会员、安徽省姑孰画派研究会会长等。

目录

人生篇

感情篇

历史篇

现实篇

附录

前言

中国新诗曾在上世纪的七八十年代之交随思想领域的解放而呈现出井喷状态，大批优秀之作使得诗歌成为点燃时代激情的火炬，以至于一些名句成为传诵至今的经典，“卑鄙是卑鄙者的通行证，高尚是高尚者的墓志铭”，“黑夜给了我黑色的眼睛，我却用它来寻找光明”。狂飙突进的诗歌创作打破了神圣的偶像，冲荡开时代的枷锁，成为引领时代思想的先锋。新诗的辉煌源自于它对昨日苦难与罪恶的愤怒声讨与深刻反思，对人性的严厉拷问与自我感情的强烈倾诉，新诗也因此成为那个时代引人注目的文学形式。九十年代之后，随着改革开放的深入推进，市场经济蓬勃发展，物质主义和消费主义压倒了文化领域的探索与争鸣，而国学热的兴起则进一步造成思想的转型，批判性省思失去了生存的空间，文学的繁荣景象随之消歇。诗歌也像其他文学形式一样激情不再，呈现出萧瑟之气。虽然所谓第三代诗人和五颜六色的诗歌流派逐一登场,曾一度掀起颇为宏大的声势,但总体而言成就不高,影响有限,并不能阻止诗歌不断退潮的趋势。林贤治先生在一篇文章中评价说,“90 年代的中国诗坛是一座空山”,“我们只有喧闹的诗歌,实质上只是一些嘈杂的声音,而不见完整的诗人形象,诗大于诗人”。进入二十一世纪之后,随着各类新媒体的爆炸式增长,诗歌创作更呈式微之势,小部分人的创作很大程度上是一种自娱自乐,社会关注度和影响力几乎可以忽略不计。诗歌便在这种社会大势的转换中逐渐迷失了自我,成为一种严重边缘化的文学形式。孙玉石先生说:“诗自古与中华民族同在。一个不读诗的民族,是悲哀的民族。一种不关注民族精神的诗歌,也是令人悲哀的艺术。”当代中国公众对诗歌的淡漠以及诗歌对现实的疏离无论如何是令人遗憾的。

在网络资源空前丰富、民众心理高度物质化功利化的背景之下,各类短平快的网络信息、网络艺术及网上娱乐不断消解着包括诗歌在内的文学形态曾经的神圣地位,人们不愿也无暇进行超越物质的形上思考,而更喜欢通俗易懂没有多少营养的精神快餐,与挣钱和消费无关的东西不断淡出人们的视野。周国平在《〈人间情书〉序》中说:“在现代商业社会,人们活得愈来愈匆忙,哪里有工夫去注意草木发芽、树叶飘落这种小事!哪里有闲心用眼睛看,用耳朵听,用心灵感受!时间就是金钱,生活被简化为尽快地赚钱和花钱。沉思未免奢侈,回味往事简直浪费。”与此同时,诗人群体在物质与消费的逼迫与诱惑之下,不断妥协退让,为了生存和利益甚至出卖自己的良知与尊严。诗人王家新评论说:“当前一部分诗人面对现实、处理现实的品格和能力在弱化,甚至丧失。诗人失去了文化参与意识和美学批判精神。”诗人兼评论家刘春更尖刻地批评说:“同一个作家仅仅相隔三五年,见解就有天壤之别。严重的是,这种区别不是因为地易时移而发生的合理改变,而是背叛了自己以往正确的初衷,发生了质变。比如从当年的追求正直和公平变成了为油滑与庸俗辩解，从当年把写作当成陶冶性情变成了将这种爱好用于追名逐利。总之，正好堕入他们当年嗤之以鼻的境地之中。……鉴于这样的令人诧异的反差，用‘道德的虚设’这个词来形容当前的文学创作，实在是太精到不过了。”对现实的疏离及自省精神的丧失使得当代诗歌失去了七八十年代那种强烈的穿透力与感染力，自然难以引起读者的共鸣。诗歌于是逐渐游离于公众视野之外，成为自娱自乐的小众文学。

一种文学的生命力一定来自大众的支持，失去了读者，文学一定会衰落和死亡。与新诗的式微形成对比的是，旧体诗创作近年来越发火热，不同阶层、行业、年龄的人们纷纷投身其中，各类赛事也令人眼花缭乱，显示出一派繁荣景象。虽然这是各种复杂原因造成的虚热，但与新诗创作的冷寂相比，仍然是耐人寻味的文化现象。旧体诗源远流长，是传统文人士大夫抒情言志的基本手段，也是他们生命的一部分，其丰富的内容、圆熟的技巧及多样化的风格深刻熏陶着中国人的文化心理，也成为古往今来的中国人成长过程中耳濡目染的精神资源，在中国社会有着深厚的群众基础。因此，旧体诗虽然在白话文及新文学兴起之后一度遭到冷落，但其丰富的表现力及独特的美学特征对当代人仍然有着强烈的吸引力，于是在国学热的催迫之下，旧体诗乘势而起，成为当下寂寞诗坛靓丽的风景，兼以央视诗词大会等节目的推波助澜，旧体诗创作更呈现出云蒸霞蔚之势。旧体诗（主要是格律诗与词）得到公众的喜爱有着多方面的原因，但其自身的文化性是不可忽视的因素，它的格律、典故、语言及整体的美感深深植根于文化传统，与民众的文化心理深相契合，因此虽经历史的起伏跌宕，仍然有着强大的生命力。相比之下，新体诗则历史短暂，文化单薄，在各方面都无法匹敌旧体诗，虽然在过去的几十年中因为应和了政治文化运动革新求变的潮流而后来居上，打破了旧体诗一统天下的格局，终究积累不厚，根基不深，后劲不足，在其发展过程中屡屡呈现窘迫之相。虽然上世纪七八十年代新诗作为思想解放的急先锋执戈前驱，喊出了时代的最强音，收获了一批杰出的作品，将新诗创作推向高潮，但九十年代之后社会的整体转型及文学思想的多元化又使新诗创作歧路亡羊，难以续写昔日的辉煌。

新诗要实现振兴首先需要自身的创变，这种创变的重要途径便是充分汲取传统文化包括旧体诗的丰富资源。事实上，成功的新诗无论意象的选择、结构的安排、语言的运用，往往沾溉于传统，而只有与传统有机接续，才能契合公众的审美文化心理，唤起读者亲切的阅读感受。闻一多的《死水》便是借鉴旧体诗的成功之作，沈从文评论说："它在文字和组织上所达到的纯粹处，那摆脱《草莽集》为词所支配的气息，而另外为中国建立一种新诗完整风格的成就处，实较之国内任何诗人皆多。"因此，新诗之新并非自绝于传统，而是继承传统而超越传统。九十年代之后一些新诗创作往往在形式上刻意求新求变求怪，不仅未能充分继承和借用丰富的传统资源，而且与传统相割裂，以致意象怪诞，主题晦涩，语言费解，气象狭窄，与大众的审美心理渐行渐远，最终淡出大众视野。因此，新诗的创新求变不仅不能脱离传统，反而应该继承传统，乃至在某些方面回归传统，在汲取化用古典文学方面进行更多的探索，这应是新诗突破当前困境应该参考的路径。

新诗的振兴不仅需要自身的改变，而且需要公众的关注，为此需要学界作出努力。学界诸人不应仅是新诗的研究者，也应成为新诗的鼓吹者，因为新诗的衰微乃至消亡也将同时使得新诗研究在某种程度上失去意义。因此，倡导新诗创作不仅是诗界的责任，也是学界的使命。但如果学界仅仅对新诗进行纯粹学理化的研究，显然难以引起公众的兴趣，将学术适当通俗化，则是可以参考的做法，基于这种思路，对新诗进行一种文化性的解读，对公众的影响或许更为显著。如前所述，新诗的生命力不仅在于热切地反映现实，而且在于其在文化及审美层面与传统的接续，公众近年来对旧体诗的热情足可为新体诗摆脱困境提供反面的启示。既然如此，那么，将新体诗纳入传统文化的框架，以传统文化阐释新体诗，是否可以为新体诗开辟更广阔的空间，引起公众的兴趣呢？为此，本人即尝试对新体诗进行一种文化性的解读，以此开拓新诗的境界，为新诗的复兴作出一点探索，而所择取的解读对象便是沙鸥的诗歌。

沙鸥先生作为当代著名诗人，又是学者、书画家、文艺评论家，自然比一般诗人思想深刻得多，对语言的把控游刃有余，诗歌意境也更加悠远。沙鸥诗歌内容涉及自然、人生、现实、历史的诸多方面，但凡花鸟鱼虫、春风秋雨、山水物候、器物人物、自然灾变、人生世态等各类对象俱被摄入篇中，可谓牢笼百态，表现出诗人丰富的感情世界。许多诗作剥离现实表象，直探人性本真，显示出对人类存在意义的终极思索，极具穿透力，如《羊的自白》就羊被人吃掉的事实进行了生动的描述：

肋骨被断成一段段
在炉火中烤炙
洒上些盐
就成了你们的椒盐排骨
心肝肠肺被剁成碎末
就成了一碗碗美味杂碎汤
能吃的都被你们吃了
就连我的头颅也不放过
被剔干净的骷髅
高高地悬挂在雪白的墙上
供人欣赏

诗人以冷峻的笔触描述了羊的悲剧命运，对人性的冷酷、虚伪及人类自我标榜的文明进行了深刻的批判和辛辣的讽刺，对被侮辱与被损害者的悲惨命运表达了深刻的同情，显示出诗人对人类、人性的省思，诚足振聋发聩。另如《肋骨与肺》就肋骨与肺的关系切入，就系统内各部分之间关系进行讨论，启发人们重新认识世间万物的关系。《空气与气》将空气与气进行比较，由空气之深广博大、有惠于人而不露形迹，启示人们效法空气之德，而不是为一己之私动辄生气，揭示做人之道，启人深思。《大与小》就大与小的关系展开讨论，揭示了自然界与人类社会大与小的辩证法，饶有启示意义。

哲理诗之外，诸多诗篇对历史进行了饶有意味的思索，如《致项羽》将项羽最终的失败归因于他的善良，这一观点虽然算不上深刻，但却有其独特的况味。在厚黑盛行、成王败寇的文化环境中，善良永无容身之地，如果有谁老老实实地怀着善良的心肠立身行事，注定招来杀身之祸。于是项羽鸿门宴上的所谓妇人之仁便成为后世阴谋家永远嘲弄的对象及引以为戒的镜鉴，善良从此被逐出了权力角斗场，冷酷铁血成为政治斗争的基本原则。而诗人对善良的咏叹的背后便不免冒出森森的冷气。《龙》则由属相里唯有龙不是真实的物种生发开去，批判了高高在上、脱离民众的统治者。《镜中的龙》则揭示了自由的价值，相对权力，自由对人而言具有更本质的意义。随着中华民族的崛起与复兴，诗人也对民族坚韧的生命力有所思索，如《老树》描述了一棵老树饱经沧桑而依然生机勃发的生命形态，指出老树之所以青春不老，在于将根深深地扎入大地，从土壤深层汲取养分和水分，就像古老民族将根深深植入历史的深处，不断汲取着智慧、勇毅和坚韧的养分，以自强不息。《岩画》则认为善于记忆自己的历史，是中华民族饱经磨难而历久弥新的奥秘。《奇石》描写一个普通的石头穷尽一生的时光，为的只是书写一个汉字，刻画一种图案，象征了中国人对文化的敬畏与执着。《丑石》则歌咏炎黄子孙对祖国的眷恋深情，正是这种深沉的爱国情怀，成为古老民族抵御外侮而始终屹立不倒的强大力量。

历史之外，诗人的眼睛紧盯着现实，诸多诗篇直指当下的热点问题，诸如住房、教育、环境、毒品、公平、疫情等等，其中有痛切的批判，有深刻的反思。《空房》由鸟类的争夺巢穴起笔，引出“我”面对空房无力购买而望房兴叹的境遇，进而揭示当代人生存竞争的残酷性，并说明这种残酷由表层转到地下，由肉体的厮杀转入体制层面更其复杂的搏弈，但生存竞争的本质并未改变。《风筝》以拟人的手法描写了主人公制风筝、放风筝及风筝最终失控而飞上远天的过程，对当下的教育问题进行思索，形象表达了生命自由的主题，呼唤社会尊重孩子的个性与选择，反对以爱的名义把家长的意愿强加于孩子。诗人对环境问题有着密切的关注，不少诗篇从不同角度反思人类与环境的关系。《地震》揭示了人类的脆弱，《山坍塌了》则在某种程度上揭示了脆弱的原因，在于人类的无限扩张之后自然对人类扩张的强力反弹。其他一些社会问题也引起了诗人的关注和思考，《毒品》一诗描述了毒品的危害，一定程度上揭示了毒品泛滥的原因：人类并不仅需要物质满足，根本上更需要精神的满足，当商品与消费无法安顿心灵时，人们只能到毒品所创造的虚幻世界寻求解脱，当代社会的吸毒行为正是追求心灵安顿的畸形表现。此外，诗人也密切关注和同情弱者，呼唤社会公平，《西瓜》描述弱者的奋斗与失败，批判掠夺者，呼唤社会公平与正义。《蛇》则表达了对小人物的同情，呼唤整个社会应该给予弱者更多的温情，否则必将危害自身。《童年》则怀念贫困而纯净的童年时光，对当代人类紧张、浮躁而空虚的生存现状进行反思，表达了物质富足与精神纯净不可得兼的时代困惑。面对汹汹而来的新冠疫情，诗人相继写下了一系列诗作，对人类的生存境况、人与自然的关系进行了更多的省思，表现出沉重的忧患意识。

除去历史和现实题材，不少诗篇基于诗人自身的经历感叹人生的艰难，剖析人性的复杂，揭露人性的阴暗，表达历经风雨之后宽容豁达的人生态度。《你也会一样》以诗人的自白揭示淡泊与磨难之间的关系，指出淡泊正源自积久的磨难，无疑是诗人恳恻的人生体会。《心与心的距离》描述了人与人之间或倾盖如故，或白发如新的关系，令人深思与回味。《舌条》则描写生活中摇唇鼓舌、造谣生事的无耻行径，抨击人性的丑恶。然而，面对人心的诡谲险诈，诗人并没有渲染以牙还牙的仇恨，而是以人生的智慧和宗教的悲悯加以化解，《我不恨》写道："不懂得爱的人，才会用仇恨的目光看待对方。我不恨伤害过我的人，我不恨一切的一切。"诚如刘春所说："一首优秀的诗，常能把爱提升到悲悯的高度。"诗人的宽容与悲悯源于对生活中一切美好事物的细腻感受和由衷爱恋，他追忆了生活中许多幸福的往事及难忘的瞬间，将它们细细展现，由此培养起诗人对生活的一腔深情。《青春记忆》以一场未必有约的相见引发对昔日爱情的回忆，以含蓄的笔触描写了青春的美好、人生的温情以及如烟似雾的怅然。《分手》虽然写男女的分别，但失去的伤痛更激起对爱情的无限渴望，流荡于字里行间的是诗人对感情的珍重与眷恋。除去爱情题材，引人注目的还有诗人对生命的珍重、深思与礼赞，《孪生》强调生命的独特性，《古莲》肯定梦想的力量，《手脚合一的他》讴歌母爱的伟大与生命的坚强，《轮箍的前生今世》赞颂生命的坚韧及对自身的超越与升华。与此相反，诗人对那种自甘堕落不思进取的人生给予了无情的鞭挞，如《海马》便嘲讽海马"长着一张马脸，却早已在海浪的咆哮下，失去了嘶鸣的声音"，由此抒写了一往无前的生命主题。沙鸥的诗歌并不像一些第三代诗人一样刻意追求意象、语言及组织形式，而是发自肺腑直面现实，他不大注重诗歌的外在形态，也不格外注重技巧的选用，而更注重感情的深挚、思想的深度、批判的力度，他企图把生活中所有触动自己的东西转化为诗的语言，以诗的形式呼唤公正与温情，表达对弱者的悲悯及对专横的抗议。梁晓明说："我想找到的每一句诗，每一个字，都必须是从生活的海洋中提炼出的一滴血，或一滴泪，一段梦想与一声叹息。"这段话恰可用以评价沙鸥的诗作。相比上世纪八九十年代，当下的诗坛无疑是寂寞的，然而寂寞并不等于死亡，正如喧嚣未必等于繁荣，冷寂的诗坛有利于真正的诗人沉潜于创作，用自己悲悯的心去体味人世的悲欢，给浮躁的时代奉献触动心灵的歌，沙鸥无疑正是这寂寞诗坛的歌者。

作为现代诗，沙鸥的诗作虽然诗意显豁，但意象及语言的局限使许多诗作仍有未尽之意，所谓的解读便是对诗意进行纵深的开掘，尤其是将诗中意象与传统文化的深广意蕴连接起来，用传统文化的丰富与宏大对诗意进行阐释，将诗歌意象及主题引入深广的文化空间，则是对诗歌进行文化解读的重要维度。中国文化深广博大，拥有丰富的思想资源，许多方面具有超越时代的普世价值，与现代文明存在极大的相通性，从传统文化立场阐发诗意，沟通古今，从而实现对诗歌在历史和文化层面的扩展与深化，是文化解读的侧重点。当然，现实也因袭着历史的重负，一些历史的糟粕穿越过千年的时光仍然在现实中顽固地存活，就像难以杀死的病毒，贻害至今。解读则联系历史，探求其渊源所自，进行一种历史性的批判，这同样是解读的重要内容。整体来看，解读或在原诗诗意基础上加以深化，或对原有意象深入阐发，或借他人酒杯浇自己块垒，种种情形不一而足，所谓解读未必符合作者本意。但沙鸥先生宅心仁厚，他认为作品一旦发表，便拥有了独立的生命，读者有自己理解和发挥的权利，原作者无权干涉。沙鸥先生的仁者之心让我的所谓解读也便少了许多顾忌，行文过程中往往信马由缰，随意驰骋，因此，虽然本人的解读总体上是对原诗诗意的扩展与深化，同时也在解读过程中借机表达自己的观点，诗作与解读也可以看作一个思想感情表达的统一体。

作为新诗的爱好者，笔者主要从事古代文学研究，对新诗是门外汉，即便在自己的领域也积累有限，学力浅薄，所谓的解读自然也粗陋得很，只是表达了本人对沙鸥先生诗歌的一点粗浅的感受而已[①]。在新体诗不大景气的当下，以非学理的方式对诗歌进行一种文化性的解读，或许能够引起读者的兴趣，而读者的兴趣正是诗歌发展的动力。如前所述，现代诗虽然在当下面临严重的困境，但并没有消失，更没有死亡，它像一堆大火后的余烬，虽然不再有往日腾空的烈焰，但仍在灰白的颜色下面保存着炽热的温度，只要有足够的燃料，它仍然可以熊熊燃烧。假如本人粗浅的解读能够为这余烬添加一点燃料，腾起一点火苗，那么，本人的工作便未必是一种毫无意义的徒劳。

---

① 当代皖籍著名学者陈祥明先生对沙鸥诗歌有相当的研究，其《生命的象征与忧思——沙鸥诗歌解读》一文，对沙鸥诗歌的思想内容、艺术风格及形成原因作了深入解析，诚为不刊之论。征得陈先生同意，特将其《生命的象征与忧思——沙鸥诗歌解读》一文附录于后，以飨读者。

哲理篇

蜻蜓素描

炼就了千万只眼睛
却从不流泪水

他是自幼在苦水里泡大的呀
因而对这世道比常人有了更深的理解
看得更加透彻
一根直肠
直来直去
从不弯弯绕
虽没脊梁
却挺直身板
虽没骨骼
却比有骨头的人
有骨气

秋来　寒气逼人
直到死去

也是这个模样

解读：

世间万物不仅是绚烂多姿的存在，也是生命意义的丰富参照，人类总是可以从世间万物的生命形态中，更清醒、更深刻地看到自己，获得深邃的人生启示，对秉持天人合一观念的中国人而言更是如此，庄子云，“天地与我并生，而万物与我为一”，他将个体生命看作与天地万物共生的存在，并将天地自然视为人类可以效法的对象，“天地有大美而不言，四时有明法而不议”。孔子看到松柏历经严冬而不变色，便深有感触地说：“岁寒，然后知松柏之后凋也。”虽是咏物，却可喻人，其后的中国人将松、竹、梅称为“岁寒三友”，便出于类似的文化动机。因此，从自然万象汲取人生启示，反身而诚，便成为中国人习惯性的思维方式。

蜻蜓，这种夏、秋季节常见的昆虫，在池塘边，在草地上，或悬停空中，或疾掠而过，似乎并没有什么神奇之处，但在诗人看来，却不是普通的昆虫，诗人写道：

炼就了千万只眼睛，
却从不流泪水。
他是自幼在苦水里泡大的呀，
因而对这世道比常人有了更深的理解，
看得更加透彻。

不流泪不是没有眼泪，而是看多了，看透了，面对各类煽情的表演，不再轻易感动；面对各类冠冕堂皇的高头讲章，也不再上当受骗。诗人在这里以物喻人，把蜻蜓比作那种饱经磨难、洞察世故的哲人。在苦水里泡久了，品咂过一切苦难，经历过无数白眼，看穿了各种把戏，心冷了，心硬了，眼泪便被尘封到心灵的最深处，成了再不轻易示人的收藏。未必是哀莫大于心死，未必是伤心到极致的绝望，只是长久置身于冷漠的环境，冷漠便成了保护色。

诗人从蜻蜓眼睛的独特性切入，肯定其坚韧；又从肠之独特性切入，赞美其骨气，“一根直肠，直来直去，从不弯弯绕绕”。无疑，它会使我们想到从古至今无数的正直之士，如魏徵、海瑞、彭德怀等，只是这种正直往往要付出惨重的代价。然而，敢于为天下苍生舍生取义的人从来不考虑代价几何，当年范仲淹三次被贬，同僚称之为“三光”，自以为洞彻世情的梅圣俞以《灵乌赋》赠之，告诫他三缄其口。范仲淹同样以《灵乌赋》相回敬，其中表白自己的心迹说：“宁鸣而死，不默而生。”可谓掷地有声，惊天动地。这一铿锵有力的表白映照出多少懦弱而麻木的灵魂。诗人又由蜻蜓无脊梁却能挺直身板有感而发，称赞它比有骨头的人更有骨气，这与其说是赞美蜻蜓，不如说是鞭挞懦弱。诗人最后写道：

秋来，寒气逼人
直到死去
也是这个模样

真的猛士，敢于直面惨淡的人生，敢于正视淋漓的鲜血，那是骨子里如此，不是博人眼球，也不是逞一时之快，而是无法认同妥协，难以容忍罪恶。因此，直到死去，也要保持挺直的姿态。鲁迅临终前对自己的论敌表示：让他们怨恨去，我一个都不宽恕。相比一些人死前囫囵不辨的慈悲与宽容，鲁迅将自己的爱憎贯彻到底，是一种超越流俗的凛然风骨，虽然被一些人当作刻薄的铁证，却正是斗士的本色。

天地有正气，杂然赋流形，蜻蜓虽小，却可喻大。

蜻蜓

多疼呵
每一次脱皮
微小的生命
钻心地痛
但为了蓝天的飞翔
他得比常人付出更多

他得先在水面练习滑翔
为了看清世界
在天空不迷失方向
他得炼就千万只眼睛
苦熬呵
煎熬了多年
为的就是长成一双透明的翅膀
能在天空飞翔
获得心灵自由的欢乐

呵，今天他飞翔起了
在蓝天下
在秋的阳光的抚摸下
他看到万山红遍

他知道从他飞翔的那一刻
从他追逐太阳的那一刻
他的生命不过朝夕之间
但他并不悲怜也决不后悔

即使明天再也看不到太阳的升起
也在所不惜

解读：

多疼呵
每一次脱皮
微小的生命
钻心地痛

虽然是描写蜻蜓，却不由得让人想起法国昆虫学家法布尔在《蝉》中对蝉蜕皮情景的描写：

于是它外层的皮开始由背上裂开，里面露出淡绿色的蝉体。头先出来，接着是吸管和前腿，最后是后腿与折着的翅膀。这时候，除掉尾部，全体都出来了。接着，它表演一种奇怪的体操。在空中腾跃，翻转，使头部倒悬，折皱的翼向外伸直，竭力张开。然后用一种几乎看不清的动作，尽力翻上来，并用前爪钩住它的空皮。

诗人在诗中虽然没有对蜻蜓的蜕皮过程进行更精细的描写，然而他却突出了一个醒目的点：多疼啊。蝉蜕皮的过程大约也是疼的吧，就像凤凰涅槃，在熊熊烈火中告别从前的自己，不如此，便不能新生，便不能自由。法布尔对蜕变后的蝉礼赞说："四年黑暗中的苦工，一个月阳光下的享乐，这就是蝉的生活。我们不应当讨厌它那喧嚣的歌声，因为它掘土四年，现在才能够穿起漂亮的衣服，长起可与飞鸟匹敌的翅膀，沐浴在温暖的阳光中。"法布尔对蝉的礼赞，也是对自由的歌颂。正是对自由的向往，让这样一个小小的昆虫爆发出惊人的能量。

蜻蜓同样如此，蜕皮之后，还要练习滑行；为了看清世界，还要修炼千万只眼睛。经过无尽的辛苦之后，蜻蜓终于起飞了。诗人动情地写道："在蓝天下，在秋的阳光的抚摸下，他看到万山红遍。"虽然自由给带给蜻蜓无尽的欢乐，然而这种自由却是短暂的，不过一个季节，然而此生能够拥有自由，哪怕朝夕之间，也不枉此生。因为，生命的价值在某种意义上正是要寻求自由，不自由，毋宁死。可贵如生命，纯洁如爱情，也比不上自由的分量，如果长年累月埋没在黑暗的地下，虽然活着，与死又有什么区别呢？因此，即便获得一刹那的自由，也决不后悔；哪怕明天再也看不到太阳的升起，也在所不惜。这就是蜻蜓的选择。读到这里，我们的耳边禁不住会飘来许巍的歌声："没有什么能够阻挡，你对自由的向往。"

瓷器

不过是一抷泥土
在艺人的拿捏下
在烈火的冶炼下
才变得坚硬
有了模样

他可以为你所用
为你盛水
为你做饭
为你熬肉
为你装点生活
也从不怨悔

但你不可以不重视他
你得小心地对待他

任何的一次不小心

硬碰硬
都会让他伤心碎身

拾拣瓷片
你会发现
骨骼还是那么的坚强
心还是那么的柔脆
有时那么的随遇而安
有时那么的坚决勇敢
几千年了
还是那个脾气

解读：

不过是一抷泥土
在艺人的拿捏下
在烈火的冶炼下
才变得坚硬
有了模样

一抔土，一旦经过匠人的精心拿捏和烈火灼烧，便脱胎换骨成了瓷器，便有了姿态和灵魂。从此，我们再也不可以以泥土视之。美丽的图案，光亮的釉彩，撩人的形态，它于是成了美的化身。而任何美的东西往往是脆弱的，它们高贵，易碎，一旦失手，便成为一地碎片。几千年中，无数精美的瓷器被精心地烧制出来，然后进入宫廷、王府及达官贵人之家，成为食具或饰品，装点荣华。然而无数的战争、动乱又将它们变成碎片，随辉煌的建筑一起埋入地下。

瓷器固然易碎，却再也不愿变回泥土。经过烈焰的烧灼，它已完成了生命的升华，它无法再认同平庸的泥土，它已站在生命的另一个高度。即便变成碎片，它仍然不改坚硬的质地，闪亮的釉彩。自从成为瓷器，它便有了美的灵魂，它的内心便拥有了对美永不褪色的坚守。诗人动情地写道：

拾拣瓷片
你会发现
骨骼还是那么的坚强
心还是那么的柔脆

诗人在这里提出了一个深刻的命题，那便是生命层次的上升与价值观念的递变。当一个人挣脱了底层生活而站到人生的高处，视野更加开阔，胸怀更加宽广，志向更为远大，他便不可能再回到过去。尼采说，“生命企图上升，升起而超越了自己”。他主张人的生命是一个持续不断的超越自身的力，生命使自己成为自己可能性的基础，通过在自我实现的运动中表明自己的力量而超越自己。海德格尔则在自我超越中看到此在的一个基本成分，此在本质上是一个始终在自己之外的存在。人的特征实际上是由一种本质上的走出现实境遇、朝向自己隐秘的可能构成的。人不断地超越自己，不是为了逃避自己的实在，而是为了使生命更充分地实现。人类所以要超越，乃是因为人类是一种精神性的存在，是一个肉身化的精神，如巴蒂斯塔·莫迪恩所说，“在他之内有一个非物质的精神因素，因为他拥有一个精神本性的内在维度：灵魂、意识、精神”，所以“人不断地推动着自己超出包围他的空间、时间的限制，上升到整个经验世界之上，评介现在和过去，甚至可以为未来设计、谋划自己”。

泥土成为瓷器，便是对自身的超越，它不可能再回到过去，哪怕变成碎片，也会坚守瓷器的模样。因为，成为瓷器，原本便是泥土永恒的梦想。

书

不过是一些纸张与文字的结合
黑的是文字
白的是纸张
文字与纸张的结合
无非黑白相间
那么的简单

其实什么也没有
文字握不到手中
只能用眼睛感受

有些东西
是只能看而不能摸的
有些东西
是只能思考而不能品尝的
其实有些书
你不看

也明白一个道理
白即黑
黑即白

黑白看似简单
却又复杂多变
一切的美与丑
善与恶
一切的真理与谬误
都是从中而生

翻一翻书
每一页纸
都有正反两个面
但很少能够看到他的侧面

有时想想
读了几十年的书
不过是接受文字所传达的信息
而从未认真思考过
究竟是心读懂了文字
还是文字启迪了心灵

解读：

书是人类感情与思想的载体，盛载着古圣先贤的无量心灵。然而其实物形态却是黑白二色，诗人别有意味地说："其实什么也没有，文字握不到手中，只能用眼睛感受。"文字背后的意蕴通过眼睛而与人类心灵相通，搅动起读者的万千思绪，春花秋月，生离死别，爱恨情仇，家国兴亡，如烟似雾，纷至沓来而又倏忽而去。然而大道至简，纷繁复杂的人生都源于最简单的哲学命题，诗人说：

白即黑
黑即白
黑白看似简单
却又复杂多变
一切的美与丑
善与恶
一切的真理与谬误
都是从中而生

中国的先人将全部智慧浓缩为黑白二色的太极图，阴阳双鱼相辅相成，互根互动，从洪荒年代穿越过古老民族跌宕起伏的历史，那黑白二色的眼睛一直闪烁于历史的深处，似乎看透了一切的盛衰荣辱。即便围棋中黑白二色的棋子，也能在方格棋盘上演绎惊心动魄的厮杀，难分难解的迷魂阵，你中有我的局中局，此消彼长，变幻莫测，淋漓尽致地诠释着古老民族对世间智慧的终极理解。然而无论怎样的智谋与争夺，最终都归于一片混沌，繁华终将衰败，盛世终会谢幕，战争与和平交替上演，周而复始，从来没有改变。

如果将这纷繁复杂的历史化繁为简，就只有黑白二色，而恰是这简单的颜色，生化出人世间无数难以索解的命题。庄子说："方生方死，方死方生，方可方不可，方不可方可，因是因非，因非因是。是亦彼也，彼亦是也。"世间的一切对立、矛盾与仇恨都没有看起来那么分明，一切曾经似乎分明的是非都将随历史的前行而模糊，消散，变成虚无，最终化作一缕清风，一轮明月，诚如古人词所云："是非成败转头空，青山依旧在，几度夕阳红。"诗人说："有时想想，读了多少年的书，不过是接受文字所传达的信息，而从未认真思考究竟是心读懂了文字，还是文字启迪了心灵。"诗人说："翻一翻书，每页纸，都有正反两个方面，但很少能够看到侧面。"是的，正如生活不是只有非此即彼的两面，还有诸多侧面，也许为人忽略的侧面才是生活的本质，正如一个人很难截然划为小人或君子，往往是兼而有之。黑与白只是提供了认识世界的最简易的坐标系，而坐标系并不等于生活本身，庄子说，"是亦彼也，彼亦是也，彼亦一是非，此亦一是非"。虽然是无所依归的相对论，却未尝不是生活的真实。

也许，我们首先需要读懂生活，文字才能启迪我们的心灵。也许，将历史抽象为黑与白，才能读懂眼前的现实。

围棋

不知是哪一位智慧的先人
在木板上
画上四四方方的网格
就当作了一片土地
就成了一座座城池

多么有雄心呵
心中装着土地
心中装着城池

眼中看到的无非是
非黑即白
非白即黑

争来争去
无非是为了一寸土地
为了一座城池

费尽了心思
算尽了计谋
胜了多一些土地
输了少一座城池

其实无论输赢
不过是一场梦
不是你的
也不是我的

佛手
按住土地
按住城池
按住黑白
轻轻一抹
一切平静
一切皆空
呵
不争世界才能平静

解读：

围棋这一古老的游戏浓缩了古人博大精深的智慧，也隐喻了人类古往今来的争夺：

不知是哪一位智慧的先人

在木板上
画上四四方方的网格
就当作了一片土地
就成了一座座城池

争斗是人类永恒的主题，围棋则是争斗的形象表征。自有人类以来，战争与杀戮便充斥着人类的历史，从无休止。孟子曰："争地以战，杀人盈野；争城以战，杀人盈城。"战端一启，往往是流血漂杵，白骨撑天。双方统帅精心算计着每一个环节，谋划着每一个圈套，步步设局，引狼入彀。而士兵的正面厮杀更加惨烈，刀光剑影，血肉横飞。当战场安静下来的时候，则是连绵无尽的尸骸以及浸透大地的血腥。李华在《吊古战场文》中描述道："鸟无声兮山寂寂，夜正长兮风淅淅。魂魄结兮天沉沉，鬼神聚兮云幂幂。"诚所谓"天地为愁，草木凄悲"。尽管战争残酷，但人类却似乎从未有收手的迹象，李白感叹说："从古如斯，为之奈何。"孙子虽然深知兵凶战危，但也只能告诫后人，"兵者，国之大事，死生之地，存亡之道，不可不察也"。即便道法自然的老子虽然也知道"兵者，凶器也"，却也无力废弃战争，只是说，"圣人不得已而为之"。而圣人不得已又往往是自戴高帽的伪托之言，诸如替天行道、解民倒悬、吾曹不出如苍生何之类，背后隐藏着的是见不得人的狼子野心，即便是商汤伐桀、武王伐纣那样公认的义举，是否全然没有个人的私欲？自私自利是人类与生俱来的本性，是难以切除的基因，荀子曰："人之生固小人，无师，无法，则唯利之见耳。"所谓"天下熙熙，皆为利来；天下攘攘，皆为利往"。人类的贪欲决定了人类无法放弃战争这种能够直接带来最大收益的手段，因为一旦战胜对手，就意味着可以占有对方广袤的土地、海量的财富和可供驱使的劳力。靖康之变，金人掠夺了东京汴梁无数珍宝以及宫廷美女，满载而归。近代以后，东西列强对满清的每一场侵略战争无不带来丰厚的回报。时至今日，形形色色的战争仍然在热点地区上演，硝烟烈火之下，是不同国家、不同集团之间的利益博弈。佛曰：放下屠刀，立地成佛。为此不惜花费大量篇幅论证大千世界，万法皆空，让人们相信一切争斗都毫无意义。然而佛法的终极观照终究不能代替当下的利益拥有，于是“战血流依旧，军声动至今”。

在诗人看来，棋盘上非黑即白、非白即黑的争夺不过是虚拟的土地与城池，最终不过是一场梦，所为何来？

费尽了心思
算尽了计谋
胜了多一些土地
输了少一座城池

其实无论输赢
不过是一场梦
不是你的也不是我的

棋盘上的厮杀无论怎样的惊心动魄，最终都会随棋子清理干净而返归原初，人类的战争又何尝不是如此，古人云，“是非成败转头空”，历史将淘尽一切。诗人以理想的口吻说：

佛手
按住土地
按住城池
按住黑白

轻轻一抹
一切平静
一切皆空
呵
不争世界才能平静

虽然和平的理想不可能消弭战争,但这并不代表反对战争没有意义,因为和平的声音总是能让即将扣动扳机的手指有所犹豫,甚至让黑洞洞的枪口越过目标的头顶。人性固然是自私的,但人心是肉长的,面对痛苦的哀号,人类的良知不可能无动于衷。围棋的一场场厮杀与最终的平静不仅是对人类争斗的隐喻,也是对人类和平的启示。

春天，我是阳光下的影子

你看见青翠的竹林
那不是我
你看见竹边欢快的小溪
那也不是我
你可能很难发现我
其实我就是竹林小道上的
一抹影子

你说
春天的阳光真好

但我不知道好在哪里
你说阳光好温暖
可我总还是那样的冰凉
我可是伴随着阳光而行的呵
我可是一心向往太阳的呵
可我还是寒冷贫瘠

单薄无力

我只能贴在大地
不甘心地
倾听答案

解读：

春天，是充满温暖和阳光的季节，万物复苏，草长莺飞，然而忧郁的诗人说：

你看见青翠的竹林
那不是我
你看见竹边欢快的小溪
那也不是我
你可能很难发现我
其实我就是竹林小道上的
一抹影子

阳光是温暖的，然而影子是冰凉的，“我”与阳光同在，却为何得不到阳光的温度？诗人对此充满困惑，“我可是伴随着阳光而行的呵，我可是一心向往太阳的呵，可我还是寒冷贫瘠，单薄无力”。敏感的诗人揭示了世间深刻而无解的悖论：无论与阳光如何亲近，也始终被阻挡在阳光的另一极；无论与光明多么亲近，影子注定与光明无缘。

相比阳光的灿烂，影子永远是阴暗的，寒凉的，然而这正是影子的价值。任何自以为是的光明，总是伴随着难以摆脱的黑影，虽然它竭力驱逐，企图塑造出完美的自己，却总是难以如愿。其实，当阳光照耀大地，没有一点影子的时候，一切生命都将不复存在。洪荒年代，曾经“十日并出”，太阳从不同方向射向大地，影子消失无存，与影子一起消失还有生命，“焦禾稼，杀草木，而民无所食”。于是后羿射落了九个太阳，民众终于得救。

世界不需要同一种温度，世界也不需要遍地阳光，阳光下的影子同样是生命的保障，所以农人虽然在阳光下劳作，却总爱到树荫下乘凉。因此，影子完全不需要自惭形秽，自怨自艾，它同青翠的竹林，欢快的小溪一样，都是春天的一部分，在阳光的照耀下，婆娑的竹影也是一道迷人的风景。

不必追求阳光的温度，不必追求阳光的灿烂，影子并没有被阳光抛弃，光与影从不分离，它们互相证明对方的存在，它们其实是孪生的兄弟。所以，诗人不必那么伤感，诗人所要的答案，或许正在这里。

三伏提醒

不要喝冰镇的
水饮料
不要吃冰镇的食物，
不要图一时的痛快
而不顾我的劝告

吃了　喝了
会使寒气入侵
不能排出你的体内

你冬天之所以怕冷
你冬天之所以脚凉
都是因为三伏天贪凉

在伏天多喝热水吧
把体内多年深入骨髓的寒气逼出来

解读：

此诗表面虽是谈养生，实际却是谈人生的辩证法。

世间的能量永远不会增加或减少，而只会改变存在的状态，这就是能量守恒定律。人体也是如此。夏天酷热难耐，狂灌冰镇啤酒，自然可以得到一时之快，但血脉偾张的肌体受到突如其来的刺激，天长日久，定成疾患。饱食终日而懒得动弹，固然舒服，但易于积累脂肪而致肥胖，最终造成心血管病。反之勤于健身，虽然疲累，却能维持健美和健康。这便是身体之守恒定律。

做人同样如此，与人发生争执，如逞一时之快，动手伤人，一定会得到法律的惩戒。遇事爱贪小便宜，一定要吃一次大亏，唯此才能前后相抵。这也是一种能量守恒，所谓“出来混，总是要还的”，佛教的因果报应之说便是人间的能量守恒定律。所以，凡事要懂得妥协退让，而不是一味进取，咄咄逼人。把钱全部装进自己的腰包，而不管他人死活，一定遭报应。自己上了位，把政敌全干掉，同样易遭反击。既然凡事守恒，就不能贪多务得。适可而止，才能为自己留出余地，留下生路。

在中医看来，一切病症都源于阴阳失调，一切中药的调理都是为了重建人体的阴阳平衡。为人处事亦应如此，以和为念，以和为贵，不能锱铢必较，更不能巧取豪夺，因为那必然破坏人际关系的平衡。而人际关系的平衡术便是不可贪便宜，而要善吃亏。此处亏了，他处一定会补上；现在亏了，以后一定会补上。反之，一味贪得，则一定要吐出来，不仅要吐出来，有时还要把自己赔进去。天道好还，社会同样遵循守恒定律，否则，社会就会乱套。

诗人说：

你冬天之所以怕冷

你冬天之所以脚凉
都是因为三伏天贪凉

在伏天多喝热水吧
把体内多年深入骨髓的寒气逼出来

喝热水排寒气，自然有利于健康。置身社会也需要发善心，行善事，排除邪气、毒气、戾气，才能维持社会平衡，实现社会和谐。

蚊

他是夏秋江湖上的
一名刺客
藏匿于草丛
躲藏于阴暗的角落

一身的功夫
飞翔于天空
升高无声
落地无声
尤善暗器
虽然渺小
如一粒身穿黑衣
不起眼的芝麻
却胆大包天
刺杀比他大亿万倍的人

他常哼着小调

在漆黑的夜晚
环绕于人的耳畔

别相信那是歌唱
别相信那是为人而歌的催眠曲
那是试探人是否熟睡
是否有手掌向他挥来

在没有手掌挥来
他明白了一切

昏睡给了他下手的机会
他口含毒针向早已寻找好的目标扎去
美美地饱餐一顿
扬长而去

当清醒的人
面对满身的伤痕
和奇痒无比的肿块
终于忍无可忍
愤怒地用手掌
将他击毙
才发现他恶贯满盈
血迹斑斑一生

可惜他呵

一身武艺

没用在正道

解读：

本诗以蚊为喻，形象揭示了才德之间的关系，有才而无德，只能作恶，且比无才者作更甚。在诗人看来，蚊子来去自如，身带暗器，所以才敢于刺杀比它庞大无数倍的人。但蚊子并不蛮干，也讲谋略，在行刺之前，它先用嘤嘤嗡嗡的歌唱加以试探，确认安全后才会将毒针刺入人的肌肤尽情地吮吸一番，然后扬长而去。但蚊子虽然侥幸得逞，也终于难逃惩罚，当它被受害者发现时，往往便是它的末日。诗人感叹说："可惜他呵，一身武艺，没用在正道。"

荀子说，"人之生固小人，无师，无法，则唯利之见耳"，"故人无师无法而知，则必为盗；勇，则必为贼。"蚊子便象征了荀子所谓的无师无法的知者勇者，贪念让它无所畏惧，成为吸血的盗贼，其知其勇则使其祸害成倍放大。德是贪欲的阀门，没有德的约束，贪欲将无限地膨胀下去。在蚊子将毒针刺入人的肌肤，并尝到吮血的快感时，其贪念便被空前地激发出来。面对这庞大的血库，就像一个人发现了堆满黄金而无人看守的库房，只要不被发现，它会一直吮吸下去，哪怕胀破肚皮也在所不惜。于是，我们经常看到肚子蓄满人血，鼓胀得近乎破裂而难以飞行的蚊子，静静地挂在蚊帐深处。虽然它过足了吸血的瘾，但它的贪婪拖累了它，再也飞不动。被叮咬得奇痒难忍的人终于醒来，手起掌落间血花四溅，诚如古人诗云："虽然暗里能钻刺，贪不知几竟杀身。"它或许并不后悔，因为吮血几乎是它唯一的念想。

柳宗元曾写过一篇小文《蝜蝂传》，一种叫作蝜蝂的小虫，总是将尽可能多的东西背在身上，又喜爬上高处，“极其力不已，至坠地死”。蝜蝂不懂得适可而止的道理，更不懂生命的意义，它像嗜血的蚊子一样，将贪婪的索取当作了生命的唯一目的，利令智昏，欲罢不能，终于毁灭。柳宗元感慨地说：“今世之嗜取者，……日思高其位，大其禄，而贪取滋甚，以近于危坠，观前之死亡，不知戒。虽其形魁然大者也，其名人也，而智则小虫也。亦足哀夫！”

人欲无穷，不知足，便不知止，不知止，便是灭亡的开始。古往今来，多少贪饕之徒依仗权力谋取非分之财，虽然每次贪赃时都会告诫自己这是最后一次，但这个最后一次却迟迟不来，直到面对铿亮的手铐，锒铛入狱。望之巍巍赫赫，似是国之栋梁的禄蠹蟊贼，在贪欲方面与蚊子、蝜蝂这样的小虫毫无二致，确可令人一发浩叹。

一把蒲扇

一把蒲扇
赶不走炎热的夏天
一把蒲扇
也同样赶不走
唱着小曲的蚊蝇

唱着同样的歌
却干着不同的勾当
无论是瘦是胖
都得在你身上抽一点血
无论你是多么洁净
都得在你身上吐一吐污秽

赶不走也得赶啊
你手中的扇子
总不能仅仅是为自己凉快

解读：

诗人以蚊、蝇为喻，讽刺世间以害人为能事、为社会制造事端的无聊文人。诗人写道：

一把蒲扇
赶不走炎热的夏天
一把蒲扇
也同样赶不走
唱着小曲的蚊蝇

唱着同样的歌
却干着不同的勾当
无论是瘦是胖
都得在你身上抽一点血
无论你是多么洁净
都得在你身上吐一吐污秽

鲁迅在其《夏三虫》中比较评论蚤、蚊时说："跳蚤的来吮血，虽然可恶，而一声不响地就是一口，何等直截爽快。蚊子便不然了，一针叮进皮肤，自然还可以算得有点彻底的，但当未叮之前，要哼哼地发一篇大议论，却使人觉得讨厌。"吸血而已，直接吮吸就是，原本不需要发议论，蚊子却要哼哼一番，似乎要为其吸血寻找理由，自然令人生厌。鲁迅以此切入，讽刺像蚊子一样本要害人，却还要欺瞒天下的文人。

其实，不仅一些文人如此饶舌，整个人类无不如此。人类不同于动物，一般不会赤裸裸地硬上蛮干，无论做什么，都要炮制一个甚至一堆理由，以使自己的行为名正言顺，这样不仅能够服众，而且能够心安。因此，找理由讲道理便成为人类行动之前必须要做的事。商家推销自己的货品，总会列举不同于其他商家的种种优势；一个女孩拒绝一个男生，总能找出对方无法反驳的借口；一个政权消灭另一个政权，总会列举对方的种种罪行，比如商灭夏，周灭商，都有国君发表战前动员，商汤讨伐夏桀时说："有夏多罪，天命殛之。……夏氏有罪，予畏上帝，不敢不正。"武王伐纣时同样列举了一堆罪行，并表示"今予发，惟恭行天之罚"。两人不仅公布对方的罪状，而且都假借上天的名义，赋予讨伐行动以合理性与合法性。这些理由自然有所谓顺天应人的一面，但背后无疑也埋藏着为自身民族争取生存空间乃至为自身扩大权益的自私自利的动机。除去这类尚且包含一定正义因素的理由之外，有的理由则纯粹是欺人之谈，用貌似正义的谎言掩盖见不得人的罪恶，比如日本之侵略中国，号称要建立大东亚共荣圈；比如美国之干涉他国内政，则号称要捍卫自由、民主与人权。但人类的行为很少不是出于自私的目的，为之炮制的各种理由当然也是自私和虚伪的。但凡要谋取自己的利益，总可以找到借口，诚如狼与小羊的故事所揭示的那样，而且很多情况下还可以把谎言打扮得冠冕堂皇。

除去吸血的蚊子，还有喜欢舐人的苍蝇，虽然不吸血，但在人的皮肤上舔来舔去，也很令人讨厌。更何况苍蝇往往从粪堆或其他不洁之处飞来，身上沾着不清不楚的病菌，更加令人恶心。而这种昆虫偏偏也像蚊子一样嗡嗡不止，边散播病菌边说明理由。鲁迅描述说："苍蝇嗡嗡地闹了大半天，停下来也不过舐一点油汗，倘有伤痕或疮疖，自然更占一些便宜；无论怎么好的，美的，干净的东西，又总喜欢一律拉上一点蝇矢。"这个世界原本是清静的，人们各自过活，忙着自己的事，偏偏一些颇有闲的人跑到你耳边来聒噪，啰嗦一通谎话、废话、大话，自然令人不胜其烦。而且就像苍蝇那样难缠，挥手驱赶，不一会又落在身上，继续嘤嗡不止。

人类虽然将蚊、蝇当作害虫加以消灭，然而发明了无数药品，设计了无数方法，时至今日，蚊、蝇仍然四处滋生，为害人类。大概这类昆虫的前身是那些喋喋不休、一本正经地在世间聒噪的帮闲吧，果真如此，那么，只要这类人存在，蚊、蝇就将永远不会绝种。

楼下的忍冬花

楼顶的太阳能热水器
很安静
安静地接受太阳的热能
没有一点怀疑
自然心中充满暖暖的爱意

忍冬花爬上篱笆
爬到树上
想看看太阳究竟
是啥模样
却总也睁不开眼

想像中是金色还是银色
拿不准
干脆将谜底同时展开

解读：

这首寓言诗形象描述了两种不同的人生观。太阳能热水器只是习惯性地吸收热量，从不想探究一下提供热量的阳光到底来自何处，“没有一点怀疑”。与此形成对照的是忍冬花，它虽然柔弱，却拼命地爬上篱笆，企图看清阳光的颜色：

忍冬花爬上篱笆
爬到树上
想看看太阳究竟
是啥模样
却总也睁不开眼

想像中是金色还是银色
拿不准
干脆将谜底同时展开

忍冬虽然无法看清阳光的颜色，却并没有就此止步，哪怕提出假说，也要提供一种结论。因为假说也是一种结果，后来者可以在此基础上继续探索，无论证实还是证伪，总有水落石出的时候。结论正确与否并不重要，重要的是敢于探索并付诸行动。忍冬象征了生活中不甘于现状，充满怀疑精神和探索勇气的人，这不由令人想起历史上的杞人。许多人虽然享受着天不会塌下来的安全感，但当有一个人对此提出疑问的时候，却遭到众人的嘲笑，尽管他们也不知道原因。从此，类似杞人这样充满怀疑精神的人就被淹没在周围人的嘲笑声中，再不曾出现，我们的文化也便没有发展起类似西方的自然科学。

对自然是这样的态度，对社会亦复如此。我们的文化习惯并满足于对现状的默认与接受，活在当下，饱食终日，以“开心就好”自我欺骗，得过且过，很少反思现状合理与否，也很少主动关心国家大政。倒是春秋时期有一个叫曹刿的人，主动参政议政，并在历史上留下浓墨重彩的一笔。当齐军大兵压境，鲁国国君准备迎战的时候，心忧国事的曹刿挺身而出，请求面见国君。像对杞人一样，周围人对他的行为同样是一脸不屑：“肉食者谋之，又何间焉？”曹刿斩钉截铁地说：“肉食者鄙，未能远谋。”坚决入见并辅助君主取得了战争的胜利。如果不是曹刿大胆站出来出谋划策，为国分忧，那么鲁国可能遭受损兵折将甚至破家亡国的厄运。当所有人都以为岁月静好，安于现状并漠然地置身事外时，危机可能正在悄悄逼近，而当危机骤然爆发的时候，所有人都不会是幸存者。

我们的文化更多天人合一式的和谐，而少条分缕析的较真；多明哲保身的顺从，而少直面现实的省思，所以往往活得懒惰，活得糊涂，却偏偏以“难得糊涂”为信条。但没有较真与省思，就永远没有真正的进步。

鹰

离开尘世的引力而展翅于蓝天
飞翔是一种高度

飞翔于蓝天
视野才会开阔
眼光才会深远

不再留恋于
尘世的荣华富贵
荣华富贵不会比自由珍贵

天空中鼓动的翅膀
你不会知道什么是力量
你不会知道鹰的高傲
和思想的深度
不要以为翅膀只是一些轻盈的羽毛组成
你摸一摸

就会感知轻盈中的骨骼是多么的硬气

解读：

置身红尘，心灵便易被俗世的种种诱惑所迷乱，所污染，不由自主地去争斗，去欺骗，从而心为形役，失去自由。因此，自由的获得需要高度，需要心灵飞上天空，俯视人间的熙来攘往，才会感到各种争斗与心机的荒诞可笑，诗人说：

飞翔于蓝天
视野才会开阔
眼光才会深远

不再留恋于
尘世的荣华富贵
荣华富贵不会比自由珍贵

所以庄子才渴望摆脱一切依赖的逍遥游，渴望一种绝对的自由，而名利恰是人类最难摆脱的东西，是自由的羁绊，乃至万恶之源。楚威王曾欲聘请庄子为国相，遭到庄子的断然拒绝，庄子笑谓楚使者曰：“千金，重利；卿相，尊位也。子独不见郊祭之牺牛乎？养食之数岁，衣以文绣，以入大庙。当是之时，虽欲为孤豚，岂可得乎？子亟去，无污我。我宁游戏污渎之中自快，无为有国者所羁，终身不仕，以快吾志焉。”他宁可做一只在污水中打滚的乌龟，也不愿意端坐在高高的朝堂上，成为任凭君主摆布的木偶。富贵虽可让人生活安逸，但如果心为形役，在权力的驱使与名利的争斗中心力交瘁，则物质的富足远不足以抵偿自由的丧失所给人的精神痛苦。故而陶渊明才会毅然辞官，宁肯躬耕自食，也不愿为五斗米而折腰。他在《归去来兮辞》中感叹说："寓形宇内复几时，曷不委心任去留。"人生苦短，自由可贵，唯有自由，方可获致真正的快乐。

但俗世的人们显然并不以丧失自由为可悲，为可耻，甚至主动钻营，无所不至，因为贫穷对人的生活压力远远大于自由对心灵的吸引。当年苏秦游说失败回到家中，"妻不下纴，嫂不为炊，父母不与言"，而当游说成功享受高官厚禄之后，一家人态度大变，其谦卑恭顺之态令人作呕，苏秦感叹说："嗟乎！贫穷则父母不子，富贵则亲戚畏惧。人生世上，势位富贵，盖可忽乎哉！"正因为如此，历朝历代无数势利之徒纷纷投身于对名利的追逐中去，前仆后继，永无休止。但专制下的成功虽然辉煌耀眼，却是杀机四伏，置身其中的人稍有不慎即会付出生命的代价。李斯年轻时目睹两只老鼠的不同境遇而感悟人生说："诟莫大于卑贱，而悲莫甚于穷困。久处卑贱之位，困苦之地，非世而恶利，自托于无为，此非士之情也。"其后虽然位极人臣，终于因为对荣华富贵的贪恋而被腰斩于咸阳。临刑前，李斯对儿子无限伤感地说："吾欲与若复牵黄犬俱出上蔡东门逐狡兔，岂可得乎。"牵黄犬逐狡兔不过是人间极为平凡的生活，而一旦失去自由乃至生命，便连这点平凡的生活也不可复得。因此，自由的价值必须要到荣华富贵一钱不值的时候方才凸显，但一些势利之徒悟到自由的可贵时，往往已是阶下囚，或将上断头台，回天无力，悔之晚矣。所以，只要不是如庄子一样慧眼独具的圣哲，很难有人可以在没有进入到名利的围城时便可以从容地出来，狂傲如李白也是直到被赐金放还之后，方才愤愤然地说："安能摧眉折腰事权贵，使我不得开心颜。"等而下之的凡庸之辈就更不用说了。

因此，时时让自己的心像鹰一样飞起来，就像庄子笔下扶摇直上九万里的大鹏一样，飞上高空，俯视一下人间的争斗，或许就可以将名利看淡，将人生看透，从而悟得自由的可贵，并像庄子一样作人间的逍遥游。

飞鹰

因为我看得远
所以我才飞得高
因为我知道了今生今世
不过是一场空
所以我才不在尘世间纠缠
所以我只能孤独地飞翔

我的翅膀只属于我
谁都承载不了
它的宽度
它的重量
我的银钩铁爪只属于我
谁也练就不出
它的锋利
它的力度

飞翔的时候

你只能看见
翅膀伸展的平静
而锋刃的爪
却隐藏得很深很深
而最为厉害的东西
总是看起来微不足道

解读：

鹰注定是孤独的象征，似乎永远盘旋于高空，用它锐利的双眼俯视世间的熙来攘往，寻索生命的意义。在鹰的眼中，一切争斗最终都是一场空，一切争斗都将被清零，一切争斗都是周而复始的流程，千年如斯，没有改变。纵然有成王败寇，但抛入历史的长河，各类争斗便似乎失去了意义。因此，鹰才超尘出世，高飞九天。诗人写道：

因为我知道了今生今世
不过是一场空
所以我才不在尘世间纠缠
所以我只能孤独地飞翔

在诗人笔下，鹰无疑是窥透人间真相的智者，因为不屑于追名逐利，所以要逃离世间复杂的关系而专心修炼，反而拥了凡鸟没有的巨翅和利爪。诗人写道：

我的翅膀只属于我

谁都承载不了

它的宽度

它的重量

我的银钩铁爪只属于我

谁也练就不出

它的锋利

它的力度

正如绝世武功未必用来杀人，顶尖学术也决非用以猎取名利，怀揣功利之心一定不能超凡入圣，练成顶级高手。高妙本领的获得需要看淡名利，耐得寂寞。然而，看淡名利耐得寂寞又并非为了获得高妙的本领，而在于追求生命的境界与高度，在自己的世界里独享生命的快乐，那是与生命本身相连接，来自心灵深处的快慰，它与名利等外物无关，而只与生命本身的体验有关。董仲舒三年不窥园，沉醉于自己的学术天地，完全无视外界的诸种诱惑，他一定在此过程中获得了只有自身才能体验而难以分享的独得之乐。而唯有这样的心无旁骛，若干年后，蓦然回首，一个人会突然发现自己已然成为学术天空熠熠闪烁的明星。陆象山云："深山有宝，无心于宝者得之。"因此，以淡泊之心求学方能做出大学问，以出世之心入世方能做成大事业。

然而许多人耐不住这样的寂寞，因为他们原本不喜欢学术，或并不真正喜欢学术，他们喜欢的是灯红酒绿，豪宅名车，以及周围人虚假的掌声。面对无所不在的诱惑，他们心浮气躁，急功近利，既难以体验学术的快乐，更不会成为一代大师，只能成为学术混混游走于学术江湖。当然，这未必是个人的过错，更多是时代的失误。但无论社会有怎样的责任，个人如果不能从名利中游离出来，像鹰一样决然地飞向高空，独享自己的一份寂寞，便永远不能拥有巨翅和利爪。无论有怎样充足的借口为自己开脱，也只是借口而已，而借口永远不是真正的理由。所以，那些奔走于名利场的学人，应该时时停下脚步，看一看在高天里独自徜徉的鹰，或许可以稍稍沉淀一下浮躁的心绪，更坚实地走好前面的路。

海马

长着一张马脸
却早已在海浪的咆哮下
失去了嘶鸣的声音
失去了日行千里的铁蹄

躲在海的深处
不敢大声地出气
萎缩的身躯
成为一具玩偶

铠甲般的外套
冒充武士的勇武
却挡不住涌动的急流

照照镜子
你已是丑陋僵化的尸骸

东躲西藏的日子不好过吧
不要说你的名字叫海马
在大海
你就是一个可怜虫

解读：

理想一旦枯萎，激情随之消颓，生命便随之变得苍白，海马便是这样一种人格形态的象征。诗人写道：

长着一张马脸
却早已在海浪的咆哮下
失去了嘶鸣的声音
失去了日行千里的铁蹄

海马虽有马的头，却没有马的嘶鸣，更没有马的铁蹄，徒有其名，而无其实。它不是真正的马，它是枯萎了斗志与意志的马的象征。

骐骥那样的骏马生来便是为了驰骋，或在一望无际的草原奋鬣长嘶，或在刀光剑影的沙场冲锋陷阵，它总是与青春、热血、一往无前、视死如归这样充满英雄色彩的字眼儿联系起来，从而在中国文化中成为英勇无畏拼搏向上的人生理想的象征。杜甫在其《房兵曹胡马》中写道："胡马大宛名，锋棱瘦骨成。竹批双耳峻，风入四蹄轻。所向无空阔，真堪托死生。骁腾有如此，万里可横行。"诗中描写了胡马雄健骁勇、奔腾万里的形象，抒写了渴望大有作为的人生理想。老杜后来又以"骥子"称呼自己的小儿，更在爱子身上寄托了奔腾万里的期望。唐太宗李世民将追随自己南征北战的六匹战马刻在石上，以志纪念。这六匹战马固然象征着他的赫赫武功，恐怕更寄托了他对自己激情人生及战斗岁月的永恒纪念。

骏马只应热血奔涌，万里驰骋，热血一旦冷却，战马便不再是真正的马，而成为马厩中混吃等死的废物。诗人笔下的海马便是精神颓废的马的象征，更是理想落幕的人生写照。有的人年轻时激情满怀，以天下为己任，敢于直面黑暗，坚决斗争，而一旦遭遇打击，便心灰意冷，躲进自己的小天地，在诗酒玩乐中耗尽余生，比如白居易。有的人骨子里便没有高远的追求，只贪图富贵荣华，一旦达到目标，便豪情不再，而沦为一味享乐的动物。刘邦攻下咸阳，便想过把皇帝瘾；李自成攻入北京，便迫不及待地与属下寻欢作乐。无论曾有多么无坚不摧的战斗力，只要理想成空，被享乐腐蚀了灵魂，便会迅速弱化成不堪一击的软体动物，所以入京后的李自成大军在清兵面前一触即溃，顿成乌合之众。一些革命者在成功之后同样耽于享乐，背叛了曾为之献身的信仰。因此，灯红酒绿的享乐相比艰难困苦的考验，似乎更难以抵抗，因为享乐是人骨子里的渴求，是人性使然，一旦沉溺其中，便难以自拔。与享乐的斗争是更其艰难的过程，它是对人性的强行改变，而人性是与生俱来的东西，难以在后天实现根本性的改造。所以，尽管当年一场又一场运动狠斗私字一闪念，企图把人们改造成大公无私的新人类，终于无法成功，自私仍然那样根深蒂固。《吕氏春秋》云："性者，所受于天也，非人之所能为也。"只要气候适宜，自私的天性就会卷土重来，攻陷似乎不可逾越的道德防线，甚至把曾将生死置之度外的革命者变成为可鄙可憎的贪污犯。诗人说："照照镜子，你已是丑陋僵化的尸骸。"

正因为贪欲难除，人类才会做出种种恶业，所以制欲便成为古人修身养性的必修课，孟子说："养心莫善于寡欲。"林则徐云："壁立千仞，无欲则刚。”因为无欲，战马才能舍生忘死，驰骋沙场。因为欲念重重，所以海马才要在大海深处东躲西藏，成为不敢面对惊涛骇浪的可怜虫。寡欲已属难能，无欲尤为可贵，寡欲乃至无欲永远是对人性的严峻考验。在这人欲横流的当下，制欲还是纵欲，做奔马还是做海马，也便成为每个人难以回避的课题。

混沌

混沌并不是圆满
圆满一定不是混沌

裂变看似分开
却是圆满的开始

裂变才有了天地
有了云和土地
有了山山水水
有了四季鲜花

裂变才有了痛苦
有了泪水和山泉
有了伤疤和年轮

裂变也会有意想不到的东西
让你百思不解

让你痴迷于探究

没有裂变
你永远只是一个会哭的婴儿

解读：

混沌本是中国古人描述盘古开天辟地之前那种模糊一团的状态，《云笈七签》卷二《太始经》云："昔二仪未分之时，号曰洪源。溟涬濛鸿，如鸡子状，名曰混沌。"诗人则用以指代天地万物的本始状态，并从圆满与否的角度加以评判：

> 混沌并不是圆满
> 圆满一定不是混沌
>
> 裂变看似分开
> 却是圆满的开始

任何事物的混沌状态都被视为一种圆满，因为它是上一阶段的结晶，比如果实是植物的结晶，鸡蛋是母鸡的结晶。但混沌的圆满是相对的，圆满只有相对于自身才是成立的，事物的混沌状态又必然是不圆满的。因为任何事物都不会满足于保持自己的初始状态，总是蕴含着打破现状而进入更高阶段的冲动，它一定会打破现有的圆满而追求更高的圆满，因此一定会裂变、进化和发展。而唯有如此，才有繁花似锦的世界，生生不息的轮回，以及荡气回肠的人间悲喜剧。诗人写道：

裂变才有了天地
有了云和土地
有了山山水水
有了四季鲜花

裂变才有了痛苦
有了泪水和山泉
有了伤疤和年轮

裂变也会有意想不到的东西
让你百思不解
让你痴迷于探究

裂变是生动的，永远充满了未知数和无限可能，而圆满则是死寂的，再不会有任何变化与进步。圆是封闭的圈，不再与外界交流；满是最充实的状态，再难容纳更多的水。因此，圆满意味着终止，意味着结束。也因此，无论圆满有多么圆满，都不再有活力，因为它取消了与外界的信息交换，拒绝了成长与发展，将永远保持一种死寂的状态，就像死寂的星球，就像圆寂的僧人。因此，任何裂变，哪怕是没有任何结果的裂变，也比一成不变、毫无悬念的圆满更有意义。某种意义上说，人类就是要追求人生的悬念，没有悬念的人生是没有吸引力的人生。就此而言，不断裂变的人生比圆满的人生更有意义和乐趣。即便一个人一生不断挑战人生新的高度而不断失败，也比不敢失败，始终苟且于人生的低谷更能呈现人的勇气与价值。而只有在不断的裂变中，一个人才能长大，虽然这其中伴随着痛苦和泪水，但一定也有成功的甘泉。虽然会留下伤痕，但这一道道伤疤恰恰是一个人成长的年轮。裂变未必会走向预定的目标，也可能会走向其他方向甚至相反的方向，但一定令人不虚此行，比如科学史的许多重大发现都是“意外”取得的。因此，人生追求的不是结果而是过程，不圆满的过程比圆满的结局更有意义。诗人说：“没有裂变，你永远只是一个婴儿。”是的，人正是在不断地裂变中长大和成熟。

虽然人们追求圆满，但不能止于圆满，否则便是自满。对一个人而言，没有真正的圆满，永远是奔向圆满的途中。无论有怎样的功业和成就，一旦止于圆满，就是保守和停滞的开始。因此，以裂变的姿态面对人生，永不知足，永不休止，也许才是一种真正的圆满。

命运

一个人的一句话
某个人的命运
就像云一样飘浮不定

阳光如果永远普照在
你的身上
你就是天上之仙

你必须变幻面孔
否则　电光如鞭
将你化为苦雨
赶下人间

解读：

命运即便不掌握在自己手中，至少也不应掌握在他人手中。然而在人治社会，一个人的命运有时全然掌握在权力手中，生杀予夺，任凭发落。可以转眼间平步青云，也可以刹那间跌落尘寰。李白天宝元年被玄宗召入京城，踌躇满志，以为从此可以大展宏图。不料仅仅一年多便被逐出京城，原因自然是李白目空四海，不甘摧眉折腰事权贵，在中国传统的政治环境中，如欲官场得意，势必要向权力低头，察言观色，随机应变。气度傲岸的李白却不识相，不知趣，居然是“天子呼来不上船，自称臣是酒中仙”，被玄宗赐金放还固其宜矣。诗人说：

你必须变幻面孔
否则，电光如鞭
将你化为苦雨
赶下人间

这就是对桀骜不驯者的惩戒。这种体制逼迫个体向权力低头，最终培养出唯唯诺诺的奴才。而奴才的命运无论如何炙手可热，也终究是可悲的。而且，奴才从来没有更好的命运，因为他失去了人之所以为人的最可贵的东西，人格与尊严。

平等

人
赤条条地来
赤条条地去
本身就平等

本来平等却追求平等
岂不是一种怪事

究其原因
服装设计师认为
是由外套和帽子的大小决定的

教育部的结论
是文凭所导致的

营养学家认为
是人们的饥饱和营养条件所衍生

心理学家认为
人们都想平等
却从不想别人与自己平等
也从不乐意自己与别人平等

佛学家认为
追求和不追求平等
都是空穴来风
本来就平等
何处寻平等

呵　平等
看来只有平白无故地等
等到大火烧身
等到化为轻烟
就是平等的到来

解读：

人类有许多悬为鹄的梦想，大多可望而不可即，平等便是其中之一。诗人说：

人
赤条条地来
赤条条地去
本身就平等

然而在赤条条地降生世界时，每个生命体内却潜藏着不同的基因，承继着不同的血统，有的健康，有的孱弱；有的聪明，有的愚钝；有的高贵，有的低贱。这就注定了人生起点的不平等，往往也注定了以后不平等的命运。

生来赤条条固然是一种平等，然而这种表象的平等没有意义，因为人们还要度过一生。但无论度过怎样的一生，终将赤条条地去，这又是一种平等，而且是比赤条条地来更加平等的平等。当然，这里仍然有不平等的东西，有的人葬入豪华的公墓，与曾经的达官贵人为伍；有的人随意埋入路边的黄土，几乎与瓦砾无异。当然，如果是古代的帝王，还要为自己修建高大的陵墓，陪葬无数的珍宝，甚至还要让自己宠爱的妃子、忠勇的武士殉葬，以让自己能够在另一个世界继续拥有帝王的气派与荣华。然而无论如何为死后的生活挖空心思，死亡毕竟终结了一切，豪华的陪葬并不能为冰冷的陵墓带来一点活气，只为无数的盗墓贼提供了发财的机会。因此，死后的种种不平等不能掩盖本质的平等，死亡是一种真正的平等，是人间最平等的法律，是每个人必须接受的结果，没有例外。诗人说，“本来平等却追求平等，岂不是一件怪事?”显然，人们追求平等是因为不平等，造成不平等的原因千千万万，无须赘论，但最重要的问题是：没有人想真正平等。诗人深刻地指出：

人们都想平等
却从不希望别人与自己平等
也从不乐意自己与别人平等

是的，平等只是一种原则，但往往不是人们追求的结果，人们追求的是出人头地，相比他人有更强横的权力，更庞大的财富，更显赫的名声，更奢侈的生活，这一定要以不平等为前提。因为世间的资源都是有限的，且愈是尊贵的资源愈是稀缺，比如钻石与黄金，比如鲍鱼与熊掌，而唯其稀缺，享受它们才能彰显身价，才能获得超越众生的优越感。

当然，最稀缺的资源是至高无上的皇权，因为皇帝只有一个，而一旦登上九五之尊，便几乎拥有了一切，“普天之下，莫非王土；率土之滨，莫非王臣”。所以，历朝历代的英雄为获得皇位厮杀不已，宫廷的阴谋算计更是层出不穷，因为君临天下可以让人获得生杀予夺、掌控一切的无尽快感。无数人跪伏于地，战战兢兢；无数人挖空心思，拍马逢迎，在一些人心中，还有比这更令人愉悦的享受吗？皇权让人陶醉，让人眩晕，这一切都是不平等带来的，而只有这种绝对的不平等，才能满足颐指气使的无上尊荣。所以，追求这种不平等，维护这种不平等，便成为一些人至死不渝的信条，以至于清王朝作古了，袁世凯还企图过把皇帝瘾。可惜，天下大势，浩浩荡荡，当平等的大潮席卷天地的时候，任何皇帝梦都只能徒留笑柄。

或许，追求平等是人类永无尽头的斗争，因为没有任何既得利益者愿意放弃到手的权力，正如诗人所说：

呵平等
看来只有平白无故地等
等到大火烧身
等到化为轻烟
就是平等的到来

目前来看，只有死亡，才是人类最无争议的平等。

肋骨与肺

能够证明生命迹象的
是呼吸
而呼吸与柔嫩的肺是分不开的
肋骨是明白这一道理的
他用坚强的骨架
支撑起整个胸腔
让红色的肺
舒服地伸张

能让肺少受些委屈
无论是天灾人祸
总是抵挡在前
肋骨断了
也在所不惜

当灾难过后
人们所关心的不是肋骨

而是看看肺是否鲜活
看看还是不是红色

解读：

诗人在这里就肋骨与肺的关系切入，就系统内各部分之关系进行讨论，启发人们重新认识世间万物的关系。诗人写道：

能够证明生命迹象的
是呼吸
而呼吸与柔嫩的肺是分不开的
肋骨是明白这一道理的
他用坚强的骨架
支撑起整个胸腔
让红色的肺
舒服地伸张

能让肺少受些委屈
无论是天灾人祸
总是抵挡在前
肋骨断了
也在所不惜

任何系统都是分工明确、相互协作的统一体，彼此相互依存，没有肺，肋骨就没有意义，就像没有心脏，肺也没有意义一样。因此，身体的所有器官构成了一个相互辅助相互依赖的整体，一个部分对别一部分的奉献和牺牲不仅为了对方也是为了自己。肋骨如果不能很好地保护肺，则生命将难以存活，肋骨也将随生命的终止而腐坏消亡。

而问题在于，这种部分之间原本相互依存相互平等的关系，却因为功能的不同而被划分为主次轻重的地位的不同，比如肺之地位高于肋骨，心脏之地位高于肺，大脑之地位高于心脏，推而广之，花儿高于叶子，主子高于奴仆，君主高于臣子。于是世间万类据以被分成高低贵贱不同的名分，从而获得不同的待遇。比如人们总是感伤花的凋零，而对叶子不大关注，历史上吟咏花开花谢并为之感伤流连的句子比比皆是，比如孟浩然《春晓》诗云："夜来风雨声，花落知多少。"李后主词云："林花谢了春红，太匆匆，无奈朝来寒雨晚来风。"自是感伤无限，而其"流水落花春去也，天上人间"则更是伤心欲绝了。咏叶的句子有名的似乎只有两句，屈原《湘夫人》云："嫋嫋兮秋风，洞庭波兮木叶下。"杜甫《登高》云："无边落木萧萧下。"原因在于花期短暂，易于引发人之联想，触发人之情思。久而久之，花之地位便高于叶了。虽然人们说，红花还要绿叶扶，终是认为花比叶更高贵。唯一对花、叶等量齐观者似是宋代才女李清照，其《如梦令》词云："昨夜雨疏风骤，浓睡不消残酒。试问卷帘人，却道海棠依旧，知否知否，应是绿肥红瘦。"女词人虽也为海棠的凋零心存伤感，同时也为海棠树在雨后的疯长深感欣慰。她不仅看到了花之凋谢，而且看到了叶之茂盛，而叶之茂盛则昭示着海棠生机勃勃的未来，"绿肥红瘦"的描述代表了女词人对生命前景的乐观期待。

具体到人类社会，情况便更加严重。孟子早就说，"劳心者治人，劳力者治于人"，虽是强调分工之不同，其实也隐含着社会角色的贵贱之别。随着这种认知的固化，劳心者便自动获取了高于劳力者的地位，而劳力者侍奉劳心者也便成为天经地义的事情。在儒家观念中，为君主效忠乃是臣子义不容辞的责任，以至于君叫臣死臣不得不死。春秋时期，秦穆公临终前指定子车氏三兄弟为自己殉葬，便体现出君臣关系支配与效忠的本质。在这种关系之下，君主自然成为重心，而臣子便无足轻重了，就像肋骨就是为肺存在的，即便为了保护肺而骨折受伤也是分内之事，并不值得格外关注，人们关心的是肺。诗人写道：

当灾难过后
人们所关心的不是肋骨
而是看看肺是否鲜活
看看还是不是红色

这没有什么奇怪，就像保镖簇拥之下的大人物，如果遇刺，人们首先关注的是大人物的安危，而不是保镖的死伤。

虽然佛说众生平等，人们也认识到万物彼此依存的关系，但世俗观念早已将世间万物分成了轻重主次高低贵贱的不同等级，并以此给予万物不同的名分，突破名分的限制而重新衡定事物的价值，等于重构一个世界，约定俗成的人们懒得改变。于是，许多人注定生活在聚光灯下，而有些人则只能生活在周围的暗影中，只有在特定时刻才会显出光芒，就像肋骨为保护肺损伤了自己，才会引来人们偶尔的一瞥。这与其说是小人物的宿命，不如说是世俗观念的预先设定，终究体现出人性的势利与庸俗。

空气与气

谁也看不见我
谁也摸不着我
谁也离不开我
我是不求回报
维持你生命的空气啊

人缺一口气
就会永久地闭上眼睛
再也看不见阳光
飞禽缺一口气
就不可能展开翅膀
在天空翱翔

空气与气是不同的
空气是舒展快乐的
而气是你自找的
它是撩起你欲望的导火线

你一气之下
可能出了人命
你一气之下
可能伤了自己
气和空气是不可
和平相处的

空气是让你明白
空的境界
气是让你忘了
空的内涵

解读：

本诗将空气与气进行比较，由空气之深广博大、有惠于人而不露形迹，启示人们效法空气之德，而不是为一己之私动辄生气，揭示做人之道，启人深思。诗人首先描述了空气的特征：

谁也看不见我
谁也摸不着我
谁也离不开我
我是不求回报
维持你生命的空气啊

人缺一口气
就会永久地闭上眼睛

再也看不见阳光
飞禽缺一口气
就不可能展开翅膀
在天空翱翔

自开辟鸿蒙以来，地球在复杂的物理化学演化过程中形成了厚厚的大气层，无数生灵在其中自由呼吸而不自知，除了人类这种智慧生命，恐怕不会有生物能感觉到空气的存在，更不会知道没有空气，它们一刻也不能存活。空气虽然在维持地球上的生命，居功至伟，然而空气并不自以为功，而且不求回报，正像老子所说："为而弗恃，功成而弗居。……生而不有，为而不恃，长而不宰，是谓玄德。"养活无量生灵，却从不显露形迹，功成而弗居，诚可谓玄德矣。在此基础上，诗人开始揭示"气"的本质：

空气与气是不同的
空气是舒展快乐的
而气是你自找的
他是撩起你欲望的导火线

你一气之下
可能出了人命
你一气之下
可能伤了自己
气和空气是不可
和平相处的

空气是让你明白
空的境界
气是让你忘了
空的内涵

空气与气虽只一字之差，却是两种境界，差别即在“空”。前者把一切看空，所以不计得失；后者往往贪图私利，所以凡事较真。空气的存在是为人，所以气度宽广；气的产生多是为己，每每斤斤计较。空气就像一个通达的智者，把一切看开了，看透了，所以才不去争斗，而是包容他人，涵容万类，造福无量生灵。生气的原因千千万万，多非为公，而是为私，但凡涉及一己之私，便无法看透，看淡，看空，一旦利益受损，便气从胆边生，或怒形于色，或暗生闷气，有时一气之下，做出追悔莫及的蠢事。所以古人总是告诫后人莫要意气用事，而要心平气和。为此就需要像空气一样，胸怀宽广，包容天下。人类原本是一个利益共同体，彼此之间虽然有利益的分属，但如果把这种分属无限放大，必然使得矛盾无处不在，不可化解，人与人之间、国与国之间必然会时时刻刻为争夺和捍卫自身利益而剑拔弩张，争斗不止。所以人类在追求自身利益的同时，还应看到彼此利益的一致性，从而培养更为宽阔的胸怀。《吕氏春秋》载有这样一则寓言：“荆人有遗弓者，而不肯索，曰：‘荆人遗之，荆人得之，又何索焉？’孔子闻之曰：‘去其“荆”而可矣。’老聃闻之曰：‘去其“人”而可矣。’故老聃则至公矣。”楚人把弓看作属于全体楚人所有，孔子把弓看作属于全体国人所有，老子则把天下物看作属于天下人所有。这则寓言讲的便是如何看待个人利益与他人利益、个体利益与天下利益的关系，倡导忘我而为公的境界，老子所言则是公心的最高境界，是大道，所谓“大道之行也，天下为公”，这是中国古人的大德与大慧。

当然，并非所有的气都要否定，面对商纣王荼毒百姓的现实，文王一怒而安天下之民。岳飞面对金人的入侵，怒发冲冠，屡次大败金人，并发出“直捣黄龙”的誓言。历代无数忠臣义士面对昏君邪臣，舍生忘死与之斗争，汉的清流和明的东林俱是如此。这类气都是浩然正气，这些人因此浩气长存。这些气是公气，而非私气，不仅应该肯定，而且值得万世敬仰。

玻璃

我相信
你的心是透明无瑕的
我也相信
你也是锋利的
有时天真也会将人割得鲜血淋淋
而你却不知晓

你虽锐利却也很脆弱
若有顶撞
便粉身碎骨

若问我喜欢你还是玉
我宁可选择玉吧
你虽锐利
却无玉的温润
你虽无瑕
却无玉的硬度

解读：

诗人将玻璃和玉相比较，思考为人处事之道，颇富启示意义。诗人写道：

我相信
你的心是透明无瑕的
我也相信
你也是锋利的
有时天真也会将人割得鲜血淋淋
而你却不知晓

你虽锐利却也很脆弱
若有顶撞
便粉身碎骨

玻璃虽然透明无瑕，平滑光洁，令人愉悦，然而其边缘却像刀一样锋利，可以轻易割破人的皮肤。它虽然摸起来很坚硬，却又很脆弱，稍加碰撞，即会粉身碎骨。玻璃象征一种天真的性情与人格，就像涉世不深的青年，虽然单纯可爱，却常常以其单纯而轻易伤人，而不自知。与此同时，青年人又热情似火而勇往直前，却常常因社会的复杂而碰壁，易于灰心丧气，意志动摇，就像玻璃容易破碎。诗人在此用玻璃比喻青年的性格特征，极为贴切。在此基础上，诗人将玻璃与玉相比，表达了自己的选择：

若问我喜欢你还是玉
我宁可选择玉吧

你虽锐利
却无玉的温润
你虽无瑕
却无玉的硬度

玉在中国文化中是温和冲粹的人格象征，《诗经》云："言念君子，温其如玉。"儒家人物赋予玉诸多美好品质，诸如"仁、义、智、勇、洁"等等，有"君子比德于玉"之说，古人因此往往佩戴玉饰表达自己的君子品格。诗人着重从温润与坚硬的特征着眼，赞赏玉的品德，以此寄托自己的志趣。

如果说玉象征了成熟稳重的成人，那么玻璃则象征了朝气蓬勃、爱憎分明的青年，相对于玉，玻璃虽有诸种不足，然而也有其优长，它比玉透明，不像玉那样含糊不清；它比玉锋利，而不像玉那样温吞不决。青年人的不足其实正是其优势，正是社会的复杂、成人的世故，让青年人的单纯、真诚、热情无处容身，而青年人的单纯可爱、勇往直前，正是打破陈规陋习、使社会充满生气的可贵力量，虽然显得幼稚，却比陈腐的成熟更有价值，鲁迅说："至于幼稚，尤其没有什么可羞，正如孩子对于老人，毫没有什么可羞一样。幼稚是会生长，会成熟的，只不要衰老，腐败，就好。倘说待到纯熟了才可以动手，那是虽是村妇也不至于这样蠢。"幼稚的真诚，比衰老、腐败的成熟，更加可贵。幼稚并不可怕，可怕的是，青年还没有成长，便已学会了世故，学会了成人那一套油滑的处世哲学，成为精致的利己主义者。饱经沧桑的诗人固然可以选择玉一样温润的君子人格，然而热情的青年却不必急于效仿，经历人生的风雨，青年人自然会由玻璃人格向君子人格过渡，而在风华正茂的青春时节，正应该激扬文字，指点江山，让自己的热情像火一样燃烧。

瓷器

泥土是最不值钱的
因为他到处都有
然而
用水和了和
搞了些造型
化了些妆
在烈火中烧了烧
便成了有用的器皿
时间长了
保住了身子的
随着年岁的增长
便有了价值

我有些不解
为什么有的人越老越没用
而用泥土打造的瓷器
却越老越值钱

最近想了想
原来一些人的成长
少了一个重要的环节
就是没有经过火的考验

解读：

诗人以瓷器为喻，揭示了自我增值的奥秘，启示人们不断历练，提高自我价值，使自己成为出类拔萃的人才。诗人写道：

泥土是最不值钱的
因为他到处都有
然而
用水和了和
搞了些造型
化了些妆
在烈火中烧了烧
便成了有用的器皿
时间长了
保住了身子的
随着年岁的增长
便有了价值

泥土大概是世界上最不值钱的东西，而泥土一旦被烧成瓷器，便成了有用的器皿，甚至因为年深月久，数量稀少，而成为价值连城的古董。在这一过程中，有两个重要环节，一个是烧制，一个是消亡。无论造型多么精美，不经过烈火的烧制，永远只是一个土坯，几乎一钱不值。其次，大量的瓷器在风雨沧桑的历史演进中，不断因为各种原因而毁灭消失，剩下来的便成了奇货可居的珍品乃至价值连城的孤品。于是，经过漫长的历史进程，前身不过是低贱的泥土的瓷器在某些拍卖会上一变而为价格惊人的稀世珍宝。诗人由此感慨说：

我有些不解
为什么有的人越老越没用
而用泥土打造的瓷器
却越老越值钱

最近想了想
原来一些人的成长
少了一个重要的环节
就是没有经过火的考验

人自然是越老越没用，尤其是那些生来平庸而甘于平庸的人，原本就不值钱，越老越接近废物。作为瓷器前身的泥土同样不值钱，但它在熊熊烈火中实现了升华，当它从窑中被取出时，已是温润如玉、光彩照人的瓷器。一些人虽然平庸，却不甘平庸，而是努力上进，不断超越，终于有所作为，即便老了，仍然有其价值，比如一些老教授、老专家、老中医仍然老有所为，发光发热，受到社会的尊敬。因为他们仍有价值，而且有些人的价值不可替代，比如个别老中医，有着炉火纯青、高超绝伦的诊疗手段，是真正的国宝。可惜的是，随着中医的衰落，中医的传承也日渐式微，真正身怀绝技的中医就像古代的瓷器一样日渐稀少，这类老中医不仅不会老而无用，其身价反而会水涨船高。

物以稀为贵的原则固然可以让一些物或人的价值得以提高，然而前提是，它（他）自身须有价值。一件物品本身没有价值，则无论如何稀少，也不会被人们追捧，比如生产中偶尔产生的残次品，数量虽少，却百无一用，放上一万年，还是残次品。人同样如此，一个中医如果医术平庸，或者医术低劣，则即便在同代人中最为高寿，也不会得到人们的尊重。一个学者如果学术平平，则即便同代学者死光了，只剩他一个，也不会被尊为大师。古瓷器的价值首先在于它不同凡响的艺术品位，老中医的价值首先在于他妙手回春的高超医术，老学者的价值首先在于他卓尔不凡的学术贡献，数量的稀少只能为他们增值，而不会无中生有地升值。一些中医虽老，仍然是庸医。一些学者虽老，仍然是平庸之辈。因此，一个人要想有价值，只有苦练内功，不断提高自己，依靠外在因素成名上位，终究会被扯下画皮，贻笑大方。这便是瓷器给人的启示。

大与小

恐龙大吧
却灭绝了
蚂蚁小吧
却依然活得悠然

地球大吧
在宇宙不过是一粒微尘

一个星星就是一个世界
真正大的是宇宙
它无法用肉眼看透
它无法测量

真真大的
是从来不言的
也是看不见摸不着的

其实大就是小
小也是大

空间
决定了你的大小

解读：

诗人在篇中就大与小的关系生发议论，揭示了自然世界与人类社会大与小的辩证法，饶有启示意义。

大与小从来只有相对的意义，而不是绝对的，这一点古人早就认识到了，《庄子·秋水》篇说："因其所大而大之，则万物莫不大；因其所小而小之，则万物莫不小。知天地之为稊米也，知毫末之为丘山也。"因此，所谓的大小完全取决于观察的角度与评判的标准，如诗人所说："地球大吧，在宇宙不过是一粒微尘。"对物种而言，其生命力及在自然界的生存能力与其体型之大小并不具有绝对的正相关性，体型大者未必就是强者，而不起眼的昆虫反倒可能具有惊人的适应力与生命力，诗人举例说：

恐龙大吧
却灭绝了
蚂蚁小吧
却依然活得悠然

恐龙虽然体型庞大，却早早灭绝了，一只也没有幸存下来，小小的蚂蚁却繁殖成一个庞大的家族，遍布地球各个角落。因此，适应力才是物种生存繁衍的决定性因素，而与体型无关，庞大的体型在某些情况下可能是优势，在另外的场合则可能是累赘。这是大与小在生存竞争领域的辩证法。领域不同，大与小便具有不同的意义。

诗人侧重追究大的存在特性，进而探讨大的主观性。诗人说：

一个星星就是一个世界
真正大的是宇宙
它无法用肉眼看透
它无法测量

虽然一个星星就是一个世界，其广袤足以令人震撼，然而宇宙却有无数星系，每个星系又有无数星星，佛教将其描述为三千大千世界，浩渺无垠，广不可测，几乎超出了人类的认知与想象，的确无法看透，无法测量，是一种真正的大。诗人别有深意地说：

真真大的
是从来不言的
也是看不见摸不着的

诗人所谓的大，自然不仅是形体之大，更隐指人的能力、才华、品德等内在素质，在各个方面境界愈高，越发深藏不露，诚如老子所说：大音希声，大象无形。宏大的音律往往渺远稀薄，宏大的物象往往没有一定之形，这虽然同样可以看作是对宇宙广袤性的描述，实则隐喻人类高远的精神境界，只是这种描述带有玄妙的道家智慧，渗透着含蓄的东方精神。

而在政治领域，真正的强者从来不刻意炫耀，因为不需要炫耀，鲁迅对此有通俗易懂的解释："真有实力的胜利者也多不做声。譬如鹰攫兔子，喊叫的是兔子不是鹰；猫捕老鼠，啼呼的是老鼠不是猫；鹞子捉家雀，啾啾的是家雀不是鹞子。又好像楚霸王救赵破汉，追奔逐北的时候，他并不说什么；等到摆出诗人面孔，饮酒唱歌，那已经是兵败势穷，死日临头了。"所以会有这种差别，在于一个人处于不同的地位和背景，拥有不同的资源与权力。当年刘备四处流窜、居无定所的时候，格外礼贤下士，求贤若渴，为请诸葛出山，猥自枉屈，三顾茅庐。而当三分天下居其一之后，便妄自尊大起来，端起了皇帝架子，对属下的逆耳忠言漠然置之。关羽败走麦城，刘备执意报仇，诸葛亮、赵云等苦苦相劝也无济于事，终于被火烧连营，狼狈逃归，恨恨而死。诗人说：

其实大就是小
小也是大

空间
决定了你的大小

权力越大，心灵空间越小；权力愈小，心灵空间越大。无限的权力会让一个人的心灵无限狭小，所以历史上才有那么多毫无容人之量、杀人不眨眼的暴君。让一个人伟大的不是权力，而是心灵。有人说，世界上最宽阔的是海洋，比海洋更宽阔的是天空，比天空更宽阔的是人的心灵。只有真诚善良而富于包容的心灵才是宇宙最伟大的存在，相比之下，其他一切都轻如鸿毛。

人生篇

心与心的距离

你问我　心与心的距离有多远
我想了很久
心究竟有多远
绝对不是个数学问题

我在江湖听高山之梵音
佛陀告诉我
心与心的距离
有时一秒可以到达
有时需一生丈量

解读：

心与心的距离不是可以丈量的物理距离，而是难以言说的精神距离，它可以没有间隙，心心相印；也可以压根就无法测度，心怀叵测。诗人说："心之间有着世界上最遥远的距离。"但这种距离又是世界上最奇妙的长度，有的人倾盖如故，有的人却白发如新。因为人作为万物之灵长，最有灵性，最为敏感，一句话，一个词，一个眼神，一个表情，便能掂量出彼此是否同道中人。“伯牙所念，钟子期必得之”，他们的心灵没有距离。心灵相契到这种程度，就像纠缠的光子，节奏如一。《世说新语》载：“管宁、华歆共园中锄菜，见地有片金，管挥锄与瓦石不异，华捉而掷去之。又尝同席读书，有乘轩冕过门者，宁读书如故，歆废书出观。宁割席分坐，曰：‘子非吾友也。’”华歆虽把片金掷去之，但其“捉”的动作暴露了内心的秘密，他对功名利禄的鄙弃并不坚定，这与“挥锄与瓦石不异”的管宁自是两种境界。这就是心的距离。道不同，不相为谋，心灵奔向不同的方向，彼此便感到陌生，异样，不适。在华歆拾起片金、抛书以观的时候，管宁在做什么呢？他一定在冷笑，他的心里一定涌起了反感、厌恶乃至鄙视。他也许会想，这个人，在以后的人生中也许会为了名利抛弃节操，甚至为了荣禄出卖朋友。在那个瞬间，他一定感到了自己与华歆的距离。也许他们曾经真诚地探讨理想和信仰，然而，在面对利益诱惑的时候，信仰才会露出本相，而信仰不同，心灵注定渐行渐远。

苏轼与章惇曾是关系相契的好友，即便在苏轼遭遇乌台诗案被贬黄州之后，章惇也没有忘记送上真挚的关切。然而二人年青时的不同便已呈露出走向陌路的裂痕。宋人《高斋漫录》记载，二人年轻时作地方官，曾一同出游仙游潭，前面是悬崖峭壁，只有独木桥连通两岸。桥下是万丈深渊。章惇让苏轼到对岸留下墨迹，苏轼不敢，章惇则神色平静地探身过桥，在陡峭的石壁上题下“苏轼章惇来此”几个大字。苏轼抚其背长叹曰：“能自拼命者，能杀人也。”章惇闻言大笑。其后章惇做到宰相，以铁腕推行新法，整肃政敌，作为旧党的苏轼也被毫不客气地远贬岭南。这对昔日的朋友终成不共戴天的仇敌。朋友渐行渐远，是因为他们的心原本就不在一起，面对这样的朋友，无论如何挽回友情，也总是徒劳。勉强维持，也只是貌合神离。因为彼此早已丧失了心灵的共振，无论怎样热情的寒暄，都是言不由衷、没有温度的客套。

与友情不同，爱情则没有那么多理性的成分，男女双方第一眼便可以感知心灵的距离，或者说爱情压根没有那么多理由，或者心有灵犀，或者似曾相识，这种神秘的心灵距离是世间最不可思议的长度。只要两情相悦，漠然不识也可以梦中相见，阴阳两隔也可以幽魂入梦，纵然远隔千山万水也似乎长相厮守，哪怕一夕欢会也胜过朝朝暮暮。因情而死，也可以因情而生，因为这些情人的心灵没有距离。

但很多时候，心灵之间的距离何啻天壤，愚戆与教养，粗鄙与高雅，渺小与远大，庸浅与深刻，往往难以相通，即便职业相同的同道中人，也会因种种小节而难以彼此认同和接受。愈是精神的远行者，愈是精神的洁癖患者，心中便容不得污垢与丑陋，也因此不为俗世所容，所谓“过洁世同嫌”。既然如此，索性逃离俗世，也强似虚与委蛇。陶渊明无法容忍官场的污浊，愤而回归田园，远远地离开了恶浊的官场，也便远远地离开了污浊的心灵。无论种豆南山，还是采菊东篱，都可以保持心灵的洁净。求仁得仁，夫复何求！

顾城在《远与近》中写道：“你一会看云，一会看我。我觉得你看云时很近，看我时很远。”或许人与自然之间的交流顺畅无碍，因为无须提防；而心与心的交流则相隔千山万水，因为算计重重，所以刘禹锡说：“江头未是风波恶，别有人间行路难。”诗人写道：

> 我在江湖听高山之梵音，
> 佛陀告诉我　心与心之距离
> 有时一秒可以到达
> 有时需一生丈量

因此，心灵之间的距离，可以是一秒，也可以是一生，当然，还可能是不可度量的无穷。

我不恨

不懂得爱的人
才会用仇恨的目光看待对方
我不恨伤害过我的人
我不恨一切的一切

别人的过错
我何必恨他
别人的误会
我何必恨他

犯错的人
总有醒悟的一天
误会的人
总会有谅解的时候

我给予他们醒悟的时间
我给予他们了解真相的一瞬

有恨的时间
不如修炼好内心
有恨的时间
不如做一些
对社会有意义的事情

我不恨
因为佛
给了我智慧的眼睛
我不恨
因为我爱这个世界

解读：

宽恕大概是人类最难得的美德，爱则是宽恕的灵魂。心有大爱，胸怀才会宽广，容得下形形色色的伤害和大大小小的仇恨。诗人写道：

> 不懂得爱的人
> 才会用仇恨的眼光看待对方
> 我不恨伤害我的人
> 我不恨一切的一切

这并不容易，唯其不易，才更可贵。即便是动物，也会对受到的伤害产生报复的毒心，何况是万物之灵长的人。中国俗语讲“快意恩仇”,“有仇不报非君子”,甚至讲“君子报仇,十年不晚”。这表明仇恨是人类深刻而持久的情感,有的人甚至用一生的时间和精力报复伤害自己的仇人,伍子胥鞭尸楚王,以报父兄之仇;勾践卧薪尝胆,以报亡国之辱。和恩情相比,仇恨给人更深的刺痛,很少有人会放弃仇恨。正因为如此,宽恕需要大悲悯。在1900年的义和团运动中,许多曾广施善事的西方传教士在山西教案中被团民杀死,但其后进入山西的英国浸礼会传教士李提摩太没有选择对等的报复,而是以教育启迪民众。在他看来,民众的残暴并不是与生俱来的,愚昧无知阻碍了他们的教养与文明,以命相抵的报复没有意义。李提摩太选择了宽恕。无独有偶,2014年4月1日深夜,4个青年潜入南京一栋别墅,持刀杀害了德国人普万一家四口,造成轰动一时的灭门惨案。案发后,四个凶手很快落网,后被法庭判处死刑。而普万先生的母亲在了解案情后,却作出了一个让中国人陌生而又极受震撼的决定:希望法院不判四个年轻人死刑。她认为,他们的暴行是因为缺乏教育,判处他们死刑并不能改变现实。她选择了宽恕,这种宽恕无疑是伟大的。李提摩太和普万的母亲没有纠结于单纯的复仇这样的单线思维不可自拔,而以宗教的悲悯洞察人性的缺陷。在他们看来,罪恶的实施者不仅可恨,而且可悲,因为他们不知道在人性的利欲之外,还有更博大的道德境界。限于蒙昧的人性,他们只能在狭仄的天地中盘算自己的私利,他们没有沐浴上帝的教诲,因此只能如此。陈寅恪先生说,对历史人物应有同情的理解和理解的同情,当受害人超越加害与被害的狭隘视野,将人性置于人类共同体,亦即张载所谓“民吾同胞,物吾与也”的高度加以考察时,方才懂得世间大爱,方能超越一己之利害而给予对方以宽恕。《圣经》说:“免我们的债,如同我们免了人的债。”基督教并没有将我们与他人或敌人区别开来,而把所有的人看作人类整体的一部分,部分的债务就是人类的债务,不宽恕别人,就不能宽恕自己。耶稣受难时呼叫:"父啊,赦免他们,因为他们所做的,他们不知道。"因此,发自内心的宽恕必出于宗教的悲悯,而不仅出于宽以待人的道德,否则很难心平气和。

诗人的心并非出于宗教,而出于理智,诗人说:

别人的过错
我何必恨他
别人的误会
我何必恨他

犯错的人
总有醒悟的一天
误会的人
总会有谅解的时候

诗人坚信人是有道德自省能力的动物,对自己的罪责一定会有不洗脱便不安的自律,所以一定会有醒悟的一天,会有谅解的时候。既然如此,就不必花费那么多时间去仇恨,而应该修炼自己的心,或做有益社会的事。诗人最终以佛教智慧解释自己不恨的思想来源,因为在大乘佛教看来,万法皆空,纠结于他人的罪孽其实是一种无谓的徒劳。当然,诗人并没有像佛教中人那样以空无观念看待世界和人生,诗人说:"我不恨,因为我爱这个世界。"这才是诗人宽恕的内在动力,佛教只是给了他宽恕的智慧,而超越利害的大爱才是宽恕的真谛。

你也会一样

你总是看到我的笑脸
你总是看到
我脸上永远红润的肤色
可你是否数过我的心
有多少伤疤
是否抚摸衡量过
我心不幸的老茧有多厚

太多的不幸
才不再感到痛苦
经历过太多谣言和诽谤的攻击
只能用笑容面对

我
满眼的平静
满眼的安详
如水一样

不要羡慕我有如此的安详
明白了人生
你也会一样

解读：

本诗是诗人的自白，它揭示了淡泊与磨难之间的关系，并指出二者关系的普遍性与必然性。表象与本真并不必然一致，表面的乐观并不意味着内心的轻松，更不标志着过去的一帆风顺。诗人写道：

你总是看到我的笑脸
你总是看到
我脸上永远红润的肤色
可你是否数过我的心
有多少伤疤
是否抚摸衡量过
我心不幸的老茧有多厚

乐观统统源于磨难，磨难固然可以让人崩溃，麻木，但也可以让人清醒，让人坚强。当磨难将人逼至墙角，逼到绝境时，人们才会发现命运的黔驴技穷，人生不过一死，死比生易，一个人挺过死亡，就一定可以看透命运的真面目，看清它的软肋和虚弱，除了让人死，还有什么招数呢？因此，挺过死亡考验的人，就不会在乎人生的磨难，因为磨难的终极不过一死。除了生死，都是小事。不惧生的人也不畏死，同样，不畏死的人也不惧生。唯有经过如此跌宕起伏的人生，方能闲看花开花落，云卷云舒，如佛祖历经劫难，修成正果，以一脸安详面对悲苦的人世。诗人说：

我满眼的宁静
满眼的安详
像水一样

佛曰：缘心如水，方为上心。经历千回百转，阅尽万千世相，方能洞彻人生三昧，从而心无所住，从容淡泊。这既是修炼的历程，也是人生的自然流程，其实人生原本就是一场修炼。所以，诗人说："不要羡慕我有如此的安详，明白了人生，你也会一样。"

德

在人生的十字路口

一颗久违了的莲子
在心底发芽

眼睛是那样的清澈
目光是那样的安详

解读：

本诗以隐喻抒情言志，表达了一种神秘而独特的人生体验。

诗人将场景定位于人生的十字路口，这是一个需要选择而又难以选择的人生节点。此时，一颗久违的莲子在心底发芽，这是一颗什么样的莲子呢？诗的题目告诉我们，这颗莲子其实是道德的化身，它长期地沉眠于诗人的心底。也许诗人从未遭遇如此的道德困境，此时，在这样一个严峻的时刻，这样一个可能考验良知甚至决定命运的时刻，这颗道德的莲子复活了，发芽了，它有力地引导着“我”的心理行程，将“我”由偏执、迷狂的歧途重新拉回到正义的轨道。在那一刻，

"我"的心才安定下来了,"眼睛是那样的清澈,目光是那样的安详",因为,"我"守护了自己的良知。

人生幸福的前提是心安,无愧于天,无怍于人,则为心安,这是一个道德的边界,守住边界则心安理得,偏离边界则惴惴不安。孔子弟子宰予抱怨为父母守三年之丧时间太久,孔子说,父母死了,丧期不到三年就吃稻米,穿锦缎,"于汝安乎?"宰予答曰:"安。"孔子生气地说:"汝安则为之!"宰予出去后,孔子批评说:"予之不仁也。子生三年,然后免于父母之怀。夫三年之丧,天下之通丧也。予也有三年之爱于其父母乎?"孔子在此指出守丧三年的本义在于回报父母之爱。一个人呱呱落地,父母含辛茹苦养他育他,三年之后才脱离父母怀抱满地乱跑。孔子认为,对于父母的养育之恩,儿女理所当然应以三年孝道相回报,这便是最基本的道德人伦。恪守它才心安,否则一定忧心如坠,负罪终身。这便是道德对心安的意义。行为合乎德行才能心安,悖德违礼乃至违法,一定不安于心,疑神疑鬼,乃至担惊受怕,害怕受到惩罚,遭到报应。卖国的汉奸,纳贿的污吏,都是心有不安的人,即便逃到天涯海角,也难以逃脱道德法庭的审判。这样的人,心灵会变得虚弱,目光会变得游移,再不敢坦然面对诚恳的眼神。所以,欲求幸福,先求心安,应将道德的种子植于心中并开花结果。唯有如此,面对镜中的自己,眼睛才会清澈,目光才会安详。

外科医生

把你身上肉割掉
你感谢他
把你的手锯掉
你感谢他
对你开膛剖肚
你感谢他
把你的肝肺切除
你感谢他

给你完整生命的
你并不在意
给你健康思想的
你不在意

现在你不完整的身体
只留下没有思想的躯壳

在风中
一片茫然

解读：

医生的使命是治病救人，为了治疗，可能要清除病人身上的某个部件或组织，剩下一个残缺不全的身体。人们对医生的治疗感激涕零，然而，给予我们完整生命的父母，教给我们知识和思想的老师，其恩其德，却往往被我们有意无意地忽略了。诗人说：

把你身上肉割掉
你感谢他
把你的手锯掉
你感谢他
对你开膛剖肚
你感谢他
把你的肝肺切除
你感谢他

给你完整生命的
你并不在意
给你健康思想的
你不在意

之所以不在意，是因为司空见惯，习焉不察，不觉其存在。正如干净的空气，洁净的水源，人们尽情享用而不觉其价值，直到雾霾重重，艰于呼吸；直到污水横流，无水可饮，人们才蓦然发现洁净的空气与水源是多么的可贵。诚如庄子所说，无用之用，方为大用。而任何事物的价值只有在失去时才能凸显。亲情亦复如此，父母之爱自我们出生起便如影随形，在家时的唠叨，出门时的叮咛，都被我们视为多余的聒噪，然而当有一天父母离去，再也没有人给你一个寒夜问候的时候，我们才突然发现世界原来如此荒凉，以往让我们厌烦的絮叨此时在记忆中闪烁着温暖的光泽。可惜，爱，永不再来。

父母养育之恩，老师教化之恩，都是世间的大恩大德，却往往因为掺杂着训斥、责备乃至体罚而被我们厌烦乃至仇视。爱之深，便易于责之切，父母与老师之爱即便方式不当，却不改其爱之本色。有的人观其一点，不及其余，一言不合，便离家出走；偶被批评，便跳楼轻生。有的人虐待双亲，乃至毒心弑母；有的人咒骂老师，乃至拳脚相加。心胸之狭隘，手段之酷暴，令人一发浩叹。

医生对生命的挽救及对健康的呵护固然需要感谢，但生活中如阳光一样寻常而宝贵的恩德同样需要感谢，父母之爱，老师之恩，同学的鼓励，朋友的问候，陌生人一个微小的帮忙，都会让我们心中涌起深深浅浅的热流，感受这个世界的温暖与美好。所以，我们需要打开自己的心灵，不放过任何一个感恩的机会，永远以感恩的姿态面对这个世界，那么，这个世界将与我们的心一起变得充满温情。

手脚合一的他

四岁
贪玩的他
爬上变压器
高压电夺去了他的双臂

幸好
妈妈爸爸的坚持
才让他得以活下

醒来时
妈妈对他说
妈妈爱你
你要坚强活下去

他点点说
妈妈
你爱我

我就勇敢地活下去

如今
脚是手
手是脚
脚也能穿针引线
脚也能按摩亲爱的人
脚也能梳妆打扮
脚也能写出一个大写的人字

解读：

本诗写了一个横遭不幸而身残志坚的孩子，在母爱的支持下，与命运顽强抗争的故事。男孩失去了双臂，但他却使脚拥有了手的能力：

脚也能穿针引线
脚也能按摩亲爱的人
脚也能梳妆打扮
脚也能写出一个大写的人字

这种特殊能力的获得首先源于母爱，妈妈对他说："妈妈爱你，你要坚强地活下去。"我们完全可以想象，面对失去双臂的孩子，这个母亲该是怎样的悔恨，痛苦，自责，恨不能代替孩子承受命运的残酷。但她只能把母爱转化为对孩子的鼓励，因为她知道，失去双臂的孩子还将走过漫长的人生，并将迎接无数挑战，也许还要承受难以预知的磨难，让孩子坚强比什么都重要。母亲对孩子悉心的照料，温情的鼓励，以及时时流露的自责，一定深深感染了这个懂事而坚强的孩子，他说，“妈妈你爱我，我就勇敢地活下去”。母爱让他爆发出惊人的能量，我们完全可以想象，为了让双脚像双手那样灵活自如，这个残疾的孩子要经过怎样艰苦的训练，其间又会尝受怎样的常人难以想象的痛苦。也许他有灰心丧气的时候，也许他有想彻底放弃的时候，但母爱让他咬牙坚持下来，并终于成为生活的强者。这就是母爱的力量。

屠格涅夫在其《麻雀》一文中，描写了一只勇敢的麻雀妈妈，为了挽救自己的孩子，奋不顾身地冲向逼近孩子的猎狗，最终逼退了那个庞然大物。在文章的末尾，屠格涅夫写道，“爱，我想，比死和死的恐惧更加强大。只有依靠它，依靠这种爱，生命才能维持下来，发展下去”。残疾孩子的母亲虽然不像老麻雀一样面临险境，但却承受着突如其来的命运的折磨，眼睁睁地看着孩子失去双臂，母亲的心该是怎样的刺痛。但她没有茫然无措，也没有一味自责，而是带着孩子一起勇敢地面对厄运，最终培养出一个坚强自立、懂得感恩的孩子。这同样是一个伟大的母亲，她以另一种方式证明了母爱的伟大，而伟大的母爱一定会创造人间的奇迹。

白孔雀

开屏的时候
就是一张白纸

没有一点炫耀的色彩
没有一个说明的文字符号

但却有权展示
生命的律动

一身不过有点清白
如果这也算颜色

随你怎么评价
随你怎么涂抹

解读：

诗人写了一只白孔雀，也写了一种生而简净的生命形态。生命其实原本是简单的，不需要修饰，不需要隐藏，更不需要伪装，就像白孔雀那样可以向人坦然展开白色的羽屏。愈是简单的东西，愈接近本真，愈接近大道。大道至简，就像武术高手一招制敌，就像世外高人一语道破天机。大道总是提纲挈领，抓住要害，一切芜杂瞬间变得简单明了，就像爱因斯坦 $E=mc^2$ 的质能方程式，就像那个轻而易举拼出世界地图的小男孩，只是因为地图的背面就是男人和女人。

虽然人类为达到各种目的炮制出层出不穷的谋略，但一味迷信谋略，终是舍本逐末。所谓谋略即是算计，精于算计，固然可能一时得逞，但人算不如天算，自以为得计，往往是自掘坟墓。更有人不仅精于算计，而且善于捣鬼，自以为神不知鬼不觉，但天网恢恢，疏而不漏，伸手必被捉，终究露马脚。鲁迅说："捣鬼有术，也有效，然而有限，所以以此成大事者，古来无有。"这是所谓小聪明，而小聪明永远敌不过大智慧。大智慧永远是朴拙的，是浅易的，是简单的，人尽皆知，正因为如此，很少有人以为那是大智慧，老子曰："下士闻道，大笑之。不笑不足以为道。"大道往往遭到俗人的嘲笑，当然不会付诸行动，所以老子说："弱之胜强，柔之胜刚，天下莫不知，莫能行。"道的最高境界不过是自然而然，老子曰：道法自然。《景德传灯录》载："有源律师问大珠慧海禅师：'和尚修道还用功否？'师曰：'用功。'曰：'如何用功？'师曰：'饥来吃饭，困来即眠。'曰：'一切人总如是，同师用功否？'师曰：'不同。'曰：'何故不同？'师曰：'他吃饭时，不肯吃饭，百般须索；睡时不肯睡，千般计较，所以不同。'"平常人吃饭，挑肥拣瘦；睡觉时，胡思乱想，自然是有所取舍，不得解脱。真正悟道者应是"要眠即眠，要坐即坐"，"热即取凉，寒即向火"。悟得大道需要心境安然，需要心灵澄澈，心如明镜，自可照出妖物；心如乱麻，便易鬼蜮附身。

生命本不需要那么复杂，活得简单，才能活得安然；滤掉生活的杂质，才能凸显生命的真实。这需要岁月的历练。当冷眼看尽世态炎凉，品尽人情冷暖，才能化繁为简，返璞归真，还原生命的本色。诗人说：

一身不过有点清白
随你怎么评价
随你怎么涂抹

岂能尽如人意，但求无愧我心，如是而已。

眼睛

任风云怎样变幻
也逃不过我的眼睛
任大漠风沙多么的野蛮
眨一眨眼就会将你退却

我是天地间最大的收藏家呵
岁月能收
山水能收
妖魔鬼怪也能收

莫和我谈什么金钱
在我眼里
不过是一张废纸

我是阅尽尘世的眼呵
莫和我谈什么权力与地位
浮云曾在我眼前掠过

在我的眼里
只有太阳和蓝天
最为珍贵

解读：

诗人以拟人手法写眼睛，赋予它俯视一切的理性与智慧，同时赋予它蔑视名利的淡泊人格。经历过，看透了，才会淡泊，诗人说：

任风云怎样变幻
也逃不过我的眼睛
任大漠风沙多么的野蛮
眨一眨眼就会将你退却

我是天地间最大的收藏家呵
岁月能收
山水能收
妖魔鬼怪也能收

眼睛是心灵的窗口，它观察世间万象，然而也会收纳世间一切信息，无论纯洁还是肮脏，善良还是凶暴，眼睛都无法逃避，只能照单全收。虽然诗人幽默地说："任大漠风沙多么的野蛮，眨一眨眼就会将你退却。"但这不过是精神的自欺，睁开眼睛，沙漠依然存在。任何东西一旦被眼睛扫描，就将永远存档，无法删除，它将永远保存在观察者的脑海中，直到失忆或死亡。因此，眼睛是人生经历及人类历史的忠实观察者与记录者。这种观察与记录一方面丰富着人类的知识，同时也简化着人类的思想,使人们更清楚地分辨真假美丑善恶,舍弃无关紧要的人生负累,而留下最有价值的干货。惜乎,面对纷纷扰扰的人世及形形色色的诱惑,很少有人能进行理性的分辨和正确的取舍,往往切合人性之贪婪与虚荣的东西,人们趋之若鹜,比如豪宅与名车,比如名誉与地位,比如权力与尊荣。但对人类而言,这些东西并不是最重要的,最重要的东西往往是最简单的东西,比如干净的水和空气,比如善良与诚实的品格,比如亲情与爱情,但人性的贪婪与虚荣往往会放大物欲与享乐的价值,同时忽视乃至抛弃真正值得珍惜的价值,愈昂贵,愈奢侈,便愈能引来人们羡慕的眼光,从而使得无数人走向迷途。

许多事物原本没有太大的差别,但世俗之人却总是将这种差别无限放大,无论豪宅还是茅屋,都不过是供人栖居的所在,在功能上没有本质差别,但在一些人眼中,豪宅与茅屋乃是天壤之别,因为豪宅才能彰显身份,才能满足虚荣,一些人追求的恰恰是虚荣这种没有价值的东西。从这个意义上说,豪宅、名车及各类奢侈品的价值仅仅在于满足虚荣,于是才有人卖肾也要买一部苹果手机。因此,虚荣对人类的毒害一定意义上堪比鸦片。

当然也有少数智者早就窥破了世间的奥秘,庄子在《秋水》中说:“以道观之,物无贵贱。”从道的角度观照世间万物,没有贵贱的分别,所谓贵贱完全是人类附加到物质上面的虚幻的东西,人类却对自己炮制的虚幻信以为真,求之若狂,其实就像跟自己的影子赛跑一样荒诞。所以,庄子总是对名利敬而远之,对名利之徒冷嘲热讽,因为他看透了名利的真相。佛祖也以高妙的智慧告诉人们万法皆空,不要执迷不悟,追名逐利。但世间的俗人对哲人的智慧不以为然,很少有人大彻大悟,以平常心面对人生。他们既没有庄子与佛祖那样的慧眼,也没有经历过大富大贵的生活,因此把富贵荣华当作人生的唯一目标,孜孜以求,至死不休,其实不过在追求空幻的镜花水月。贾宝玉经历了锦衣玉食的豪门生活，也体验了感情的千回百转，面对白茫茫大地真干净的结局，蓦然悟得人生的空无。因此，经历或看见是可贵的财富，因为它教人分辨，舍弃，然后留下。诗人写道：

我是阅尽尘世的眼呵
莫和我谈什么权力与地位
浮云曾在我眼前掠过

在我的眼里
只有太阳和蓝天
最为珍贵

是的，只有阅尽尘世，才能看透真相，才能懂得，何为世间最珍贵的东西。

孪生

孪生几乎是同时间离开母体
但无论外表多么相似
都有细微的差别
你仔细听听他们说话的声音
你仔细看看他们的肤色
你不用思考也会知道毛发数量的差别
不信你用同种方式刺激他们
他们的解决方式也会决然不同

再巧的能工匠人
也决不会打造成一模一样的钢刃

生命如同一张钢皮
有硬朗的锋利
也有毛发纤细柔弱的一面

生命即使完全一致

来到世间
也会在岁月风雨浸泡下
变得不同

指鹿为马
卑躬屈膝
阳奉阴违
出卖朋友
呵呵
谁还敢说
世间有生命的模板

即使有同一种恶
也不一定有相同的生源
即使有同种善
也不一定有同一种初心

解读：

世界上从来没有完全相同的两片叶子，也没有完全相同的两个生命，即便单卵孪生的兄弟姐妹，也会在某个小小的局部存在细微的差别。诗人写道：

孪生几乎是同时间离开母体
但无论外表多么相似
都有细微的差别

你仔细听听他们说话的声音
你仔细看看他们的肤色
你不用思考也会知道毛发数量的差别
不信你用同种方式刺激他们
他们的解决方式也会决然不同

生命的诞育是世间最奇妙的事情，而孪生的孕育形成更是如此。单卵孪生的兄弟姐妹由同一个受精卵发育而成，彼此几乎是对方的复制品，按理应该具有完全相同的容貌、性格、气质，而且现实例证表明他(她)们的确具有许多相同的方面。但生命毕竟不是流水线生产出来的工业品，他们是有灵魂的生命，孪生的相同只是相对的，而差别永远是绝对的，独一无二正是生命的本质所在。

作为肉体与灵魂的统一体，生命来到世上便要追寻什么，每个人的心灵深处总有一个声音在呼唤，将其引导到某个方向。没有灵魂，没有追寻，便不成其为人，而灵魂永远不同，从而才有千姿百态的人生。而经历同样反过来塑造着心灵和性格，即便是孪生兄弟，也可能选择不同的方向，并在彼此的人生中渐行渐远。他(她)们会遇到形形色色的人，经历五花八门的事，遭遇跌宕起伏的命运。许多年后，蓦然回首，彼此会发现，他们已经成了不同的人，不仅经历不同，甚至外貌气质都有了一定的差别。因为生命原本不在表象，而在灵魂，而灵魂永远不会相同，因此，生命注定各各不同。诗人说：

生命即使完全一致
来到世间
也会在岁月风雨浸泡下
变得不同

指鹿为马
卑躬屈膝
阳奉阴违
出卖朋友
呵呵
谁还敢说
世间有生命的模板

不同的经历会改变人,而这种改变何以会发生?人究竟在追寻什么?总体而言,人类追求的是形而下的满足和形而上的价值,而前者总是易于拖累后者,甚至使后者让位于前者,李斯即是典型例证。对荣华富贵的贪恋使其在最需要斗争的时候一再妥协,最终付出了生命的代价。陶渊明有诗云:“贫富常交战,道胜无戚颜。”又云:“先师有遗训,忧道不忧贫。”陶渊明虽然在贫富的对比面前也曾犹疑彷徨,但最终选择了安贫乐道,归隐田园,他听从了自己心灵的召唤。许多人也曾有远大理想,而多年之后,其理想便被享乐的欲望所侵蚀,所取代,精神的飞扬屈服于肉体的满足。所以,将一种精神价值坚持到底并非易事,因为在此过程中会有无数干扰,比如环境的艰苦,比如生死的考验,比如金钱的收买,比如权位的诱惑,所以历史上有逃兵,有叛徒,有出卖君子的小人,有陷害忠良的奸恶。有时候一念之差,一点侥幸,一点贪婪,一点放纵,就会让自己滑入万劫不复的深渊。所以,生命的过程某种意义上就是防微杜渐的过程,是警醒自己不能触犯底线的过程,是让自己始终是一个好人而不能变成坏人的过程。可以有瑕疵,但不能有大恶。而人性极易受到诱惑,在经历过无数人生的风雨之后,一个人的心灵会充满污垢。假如一个人在生命行将结束时,才把自己积累的秘密呈现出来，该有多少见不得人的秘密啊！所以有人说：一个人带着多少秘密，才能过完一生。假如把一对孪生兄弟的心灵看作两个黑匣子，在他们的生命结束之后打开这两个黑匣子，我们会发现它们所蕴含的信息是多么不同啊！因为心灵原本不同，而每个人独特的人生更会将这种差别无限放大。诗人说：

即使有同一种恶
也不一定有相同的生源
即使有同种善
也不一定有同一种初心

是的，母亲只能给我们最原始的生命，教给我们最基本的道理，而生命如何书写，人生如何走过，却再也不是母亲所能决定。她只能目送着孩子们远去，一任他们经历世间的风雨，是善是恶，只能看他们自己的修为。即便是孪生兄弟，也可能走上完全不同的路。所以，孪生只是生理的相似，决不是灵魂的相同，而灵魂永远是天地间独一无二的存在。

舌条

人人都有一个舌条
可有的人却有两个舌条

黑的能说成白
白的能说成黑

柔软的舌条
就像两把刀
将善良人的心啊
剜得鲜血淋淋

有的人因此跳了井
有的人因此跳了楼
有的人干脆用绳索
将自己悬挂在房梁上

而舌条

永远都是红色的

解读：

诗人以舌头生发议论，批判人性之恶。诗人写道：

柔软的舌条
就像两把刀
将善良人的心啊
剜得鲜血淋淋

有的人因此跳了井
有的人因此跳了楼
有的人干脆用绳索
将自己悬挂在房梁上

而舌条
永远都是红色的

诗人将柔软的舌头比作杀人的刀，对舌头拨弄是非、谗害他人的恶果进行了生动的描述。舌头不仅会伤害他人，而且会置人死地，一些人之所以摇唇鼓舌，谗害他人，莫不因为利益冲突，在自身利益受到威胁或损害的情况下，以谗言打击对手、借刀杀人便成为最经济也最有效的手段。《战国策》载有一则谗言害人的故事：

魏王遗楚王美人，楚王说之。夫人郑袖知王之说新人也，甚爱新人。衣服玩好，择其所喜而为之；宫室卧具，择其所善而为之。爱之甚于王。王曰:“妇人所以事夫者,色也;而妒者,其情也。今郑袖知寡人之说新人也,其爱之甚于寡人,此孝子之所以事亲,忠臣之所以事君也。”郑袖知王以己为不妒也,因谓新人曰:“王爱子美矣。虽然,恶子之鼻。子为见王,则必掩子鼻。”新人见王,因掩其鼻。王谓郑袖曰:“夫新人见寡人,则掩其鼻,何也?”郑袖曰:“妾知也。”王曰:“虽恶必言之。”郑袖曰:“其似恶闻君王之臭也。”王日:“悍哉!”令劓之,无使逆命。

郑袖之所以能够得逞,在于她首先用伪装的忠诚骗取了楚王的信任,尔后利用楚王的专权独断激怒楚王,从而除掉了对手。听信谗言者往往是权力拥有者,他们往往懒得对谗言反映的情况调查核实,偏听偏信,以致酿成冤狱。所以如此,在于权力高高在上所形成的任性与傲慢。如君主那样的权力拥有者整日被宠臣的甜言蜜语所包围,身心无比舒坦,一旦听到有人说自己坏话,往往不论真假,立刻暴跳如雷。因为有着不可冒犯的尊严,也便有着最敏感的神经,完全不会冷静以待,这正是进谗言者屡屡成功的原因所在。历史地看,不轻易听信谗言而能公正对待臣下的君主少之又少,忠诚如屈原“信而见疑,忠而被谤”,英明如唐太宗也因褚遂良的谗言冤杀了刘洎。因此,谗言之所以得逞,根本上在于权力的任性与傲慢。也正因为如此,权力拥有者不仅应该在听到谀颂之词时不飘飘然,而且应该在听到谗毁之词时不愤愤然,始终保持冷静与清醒,当是权力者拥有者最可贵的品质。

谗言的投放对象除了权力,便是社会舆论。人多有嫉妒之心,故不乐言人之善;人多有幸灾乐祸之情,故多爱闻人之短。鲁迅说:“小市民总爱听人们的丑闻,尤其是有些熟识的人的丑闻。”社会舆论最喜欢播弄是非,最不分青红皂白,但凡飞短流长,最喜为坊间所接纳和传播,所谓“好事不出门,坏事传千里”。它懒得去辨析,去求证,它对事实真相没有兴趣，兴趣所在只是真真假假的小道消息或流言蜚语本身。一旦成为坊间谈资，事主则是百口莫辩，一些人无可求助，便一死了之，比如三十年代上海滩的影星阮玲玉便因不堪忍受满天飞的流言，自杀以明志，并留下“人言可畏”的愤叹。舆论最易成为杀人的凶手，正是看中舆论的这一特征，一些别有用心者便将谗言撒向社会，以期利用舆论的力量达到不可告人的目的。

虽然法律和历史最终可以证明谗言的罪恶并使传播者受到惩罚，但人类永远无法消灭谗言，因为人性之恶永远无法消除，如诗人所说，“有的人却有两个舌条”，专门颠倒黑白，造谣生事。这并非说谗言毫无价值，它至少可以从反面彰显人性的复杂性，并警醒人类不断扬弃自身的丑陋，走向更高的境界。

雨

雨打在玻璃上
每个季节
都不一样

雨打在玻璃上
都是一种哭泣
再清澈的玻璃
也会变得模糊
看不到远方

心就像那玻璃
常常被泪水
哭得辨别不了真伪

解读：

诗人以四季的雨与玻璃之间的关系比喻心情，摹拟人生，表达出独特而有意味的人生体验：

雨打在玻璃上
每个季节
都不一样

雨打在玻璃上
都是一种哭泣
再清澈的玻璃
也会变得模糊
看不到远方

四季的雨交错变幻，春的淅沥，夏的狂野，秋的哀怨，冬的凄恻，每一个季节的雨都有一种性格，都是一种倾诉，而在诗人看来，雨水与玻璃的相遇，都是一种哭泣。每一个季节的雨顺着玻璃流下来，曲曲折折，是季节伤心的表白。雨水模糊了玻璃，就像泪水模糊了眼睛，阻断了投向远方的视线，只能将痛留在心中。诗人在这里既写玻璃，亦写心灵，交织错杂，赋予了玻璃幽远的象征意味，诗人说：

心就像那玻璃
常常被泪水
哭得辨别不了真伪

如果说心灵像玻璃，那么人生的磨难则像风雨，击打在心灵的玻璃上，化成酸涩的泪水，流淌成曲曲折折的心绪。雨水会模糊玻璃，人生的风雨也会扰乱心灵。隔着模糊的玻璃，人们看不清外面的物象；而看过太多人生的风景，一个人有时候也难辨真伪。形形色色的人物变换着面目，改换着角色，卑鄙可以装成高尚，下作也可冒充方正，作恶时常常露出笑意，撒谎时往往故作真诚，真与伪、是与非、善与恶的界限在令人眼花缭乱的表演之后变得模糊不清。面对纷纭复杂的现实，人们往往不是更清醒，而是更茫然。

现实的复杂根本上在于人性的复杂，而人性的复杂根本上又在于恶的羼入，恶在根本上又源于人类自私自利的天性，为满足自己的私欲，人类往往无所不为。因此，一定意义上说，人类历史就是各种利益的争斗史与各类恶性的呈现史，自人类有史以来，似乎从来没有改变。既然如此，人们对各色人物与事件进行真伪善恶的判断似乎就是一种可笑的徒劳。但事实上又不完全如此，因为历史的评价终究以真善为标准，无论当事人在具体事件中如何演绎，经过时间的沉淀，一切都会原形毕露，历史终究会给每个人物一个公正的评判。因此，诗人之所以哭泣，是因为历史还不够久远，当历史越拉越长，阻隔在现实此岸与历史彼岸之间的玻璃会越发清晰，清晰到可以看清每一个毛孔，一切伪恶都将无法隐藏，也无可抵赖。历史不相信眼泪，历史只还原事实，如果对历史心存敬畏，那么，就只能一心向善，谨慎戒惧。当然，总有一些自作聪明的恶棍挖空心思打扮自己，但历史的法庭从来没有放过一个恶人。

毛发

毛发的黑与白
其实都是七色的混合
黑的时候
是因为你看不见时光的稍纵即逝
白的时候
是岁月让你明白了光的速度

黑与白的毛发根部
都是血淋淋的历史根系
即使毛发脱落飘扬于云霄
也遗忘不了一生的起起伏伏

黑即是白啊
白即是黑
即使血淋淋的红色何尝不是一样呢
若毛发一生不离体肤
千年之后

红色的血
也会和你一样黑
一样的苍白

解读：

诗人从毛发颜色变化入手反思人生，在人们不甚经意的细节处发掘出深刻的人生意蕴。诗人说：

毛发的黑与白
其实都是七色的混合
黑的时候
是因为你看不见时光的稍纵即逝
白的时候
是岁月让你明白了光的速度

诗人告诉人们毛发的黑白变化不是旦夕之间的事，而是一个量变的过程，只不过人们很少注意这种日积月累的量变。直到白发出现，人们才蓦然意识到岁月的远去。因此，白发是对生命衰老的提醒，也是对生命短促的警告，警告人们珍惜生命，不负此生。毛发的颜色变化可谓浓缩的人生，古人云，"肾藏精，其华在发"。生命的盛年，精气旺盛，头发浓密而有光泽。年轻女性长发飘飘，别有一种妩媚，是青春年华最美丽的装饰，以至于古人常用"青丝""绿云"加以描述，蕴含着对青春的礼赞。而当芳华不再、容颜老去时，又往往表现为头发的花白与稀疏，白居易笔下的宫女初入宫时如花似玉，却因杨妃的嫉妒而"一生长向空房宿"，度过了悲剧的一生，诗人感叹说，"上阳人，上阳人，红颜暗老白发新”，以“白发”对“红颜”，象征青春的流逝和生命的衰老。

正因为头发标志生命的盛衰，所以头发的色泽、疏密往往引起人们的诸多感慨。白居易大概是对头发变化最为敏感的古代文人了，其《初见白发》诗云：“白发生一茎，朝来明镜里。勿言一茎少，满头从此始。”对白发初生充满惊惧之情，因为这正是衰老的开始。随着人生老去，白发愈生愈多，似乎转眼之间，已是半头白发了，《樱桃花下叹白发》诗云：“逐处花皆好，随年貌自衰。红樱满眼日，白发半头时。”白氏将自己与盛开的樱桃花对比，感慨岁月的无情。晚年《白发》诗云：“白发生来三十年，而今须鬓尽皤然。歌吟终日如狂叟，衰疾多时似瘦仙。”人生老去，发亦如之，其白其疏如东流之水不可回转，令多少人揽镜自照一发浩叹。

白居易咏发尚多为生命老去的感叹，而当雄心勃勃者面对人生老境时，白发所激发的人生愁绪及感慨便更其强烈和沉重了。李白漂泊一生，白首无成，眼看生命所剩无几，内心之焦虑与悲怆便纷至沓来，终于如黄河之水，冲决而下。《行路难》诗云：“君不见，黄河之水天上来，奔流到海不复回。君不见，高堂明镜悲白发，朝如青丝暮成雪。”诗人以极度的夸张构置出一个生命之水滔滔东注的单向流程和生命流逝无限短促的时间背景，宣泄了白首无成的强烈悲愤，而其对头发色泽变化的描写则成为易于引发读者联想的醒目标识。苏轼被贬黄州，遥想英雄的往事，反观自身老大而一事无成，同样感慨人生，“故国神游，多情多笑我，早生华发”。之所以早生华发，是因为心绪不平，而早生的白发更触发了焦虑之感。尽管苏轼竭力以佛禅化解悲情，但建功立业的渴望哪里是佛禅的空无所可轻易化解的呢？

在此过程中，人生的种种不幸化作焦虑、苦闷、愤郁等诸种负面情绪糅杂进漫长的人生，侵袭人的血气，造成人生的诸种颜色和况味，所以诗人说：

黑与白的毛发根部
都是血淋淋的历史根系
即使毛发脱落飘扬于云霄
也遗忘不了一生的起起伏伏

当英雄迟暮，追忆两手空空的人生时，白发便成为最刺眼的标识，它将生命的衰老与命运的无奈呈露给世间，留下沉重的叹息。杜甫飘泊西南，流落山野，饥寒交迫，前路茫茫，不禁痛切地长歌当哭："有客有客字子美，白头乱发垂过耳。岁拾橡栗随狙公，天寒日暮山谷里。"此时的诗人白发散乱，长垂过耳，几乎是个无家可归的野人，"白头乱发垂过耳"成为诗人对自身形象最强烈的感受。此前在长安任左拾遗时，杜甫便已注意到自己的白发，《曲江陪郑八丈南史饮》诗云："自知白发非春事，且尽芳尊恋物华。"诗人此时尚且有对春天的眷恋，对生命的珍惜。此时奔走于秦陕乱山间，诗人似已万念俱灰，故而悲叹说："呜呼一歌兮歌已哀，悲风为我从天来。"

随着生命的流逝及生活的摧迫，黑发必将随血气的消耗变成灰白，黑白的转化蕴含着生命盛衰轮替的辩证法，诗人甚至富于想象而不乏深意地说：

黑即是白啊
白即是黑
即使血淋淋的红色何尝不是一样呢
若毛发一生不离体肤
千年之后

红色的血
也会和你一样黑
一样的苍白

生命的由盛而衰不以人的意志为转移，即便淋漓的鲜血也会变黑变白，变得衰败苍老。衰老与死亡是人类永恒的归宿，世间的无量烦恼则是一个人由绿发少年变成皤然老者的重要原因，人类虽然渴望黑发长在，渴望青春永驻，但没有坎坷、苦闷、焦虑及世间一切烦恼，便不成其为人生。那样的人生，即便黑发满头，全无皱纹，也毫无意义。余秋雨先生说："没有皱纹的祖母是可怕的，没有白发的老者是让人遗憾的。"同样可以说，没有烦恼的人生是苍白的，没有风雨的人生是空洞的。只要人生充实地走过，那么满头白发便不是遗憾，而是一种特殊的收获。

古莲

帝王死了
却将我掳来为他陪葬
千年过去
帝王早已腐烂
而我却也寂寞了千年
我沉睡的梦
依然想见到阳光
想遇见水的那一刻

我是幸运的
不知是谁打开了地宫
让我重见了天日
呵
千年之后的太阳依然明亮
天还是那样的蓝

我没有死啊

我是千年的莲子呵
我的呼喊你是否听见

当把我放进水中的那一刻
我的梦也惊喜地落了泪
开始发芽
开花

一切的荣华富贵
都不如自由的呼吸珍贵
一切的高官厚禄
都不如沐浴阳光幸福
属于我的
只能是清白地开放

解读：

本诗以深情的笔触，生动描写了一颗古莲子的故事。这颗古莲子当年随帝王葬入地下的深宫，度过了千年寂寞的时光，但它从未泯灭自由的梦想，终于重见天日，并发芽开花，诗人由此歌颂了梦想的力量。诗人写道：

帝王死了
却将我掳来为他陪葬
千年过去
帝王早已腐烂

而我却也寂寞了千年
我沉睡的梦
依然想见到阳光
想遇见水的那一刻

重回大地，重见阳光，重归水中，重获自由，是古莲子始终不渝的梦想，也是它坚持下去的精神力量。它被葬入地下深深的墓室，要与帝王的尸体一起腐烂，但尸体腐烂了，这颗古莲子依然用坚硬的外壳对抗着墓室里的潮气与霉菌，呵护着莲子里面的胚芽，也呵护着一朝发芽的梦想。因为它是一颗种子，种子就要发芽，发芽需要等待，等待需要千年。这颗莲子是如何熬过千年的时光的呢？帝王的肉体一点点腐烂了，被细菌一点点分解，只剩下头发和白骨，散发着腐败的气息。用来覆盖棺椁的华丽的丝绸早已碎成了粉末，陪葬的金银珠玉也慢慢失去了原有的光泽，变得粪土一般灰暗。周围静寂得可怕，那是比死亡还要可怕的安静。白天与黑夜的界限消失了，时光以令人感觉不到的速度缓慢流动，就像爬得最慢的乌龟以最慢的速度爬行，原来时间可以变得如此之慢。不知多少年过去了，中间有过地震，有过洪水，洪水顺着垮塌的墓室的缝隙渗进来，浸泡着帝王的棺椁。有时还有蛇类、啮齿类动物爬进来，在黑暗中窸窣游走，给这死寂的墓室增添一点生气。在这漫长的岁月中，这颗古莲子躲在墓室的一角，始终在默默地等待，与时间进行着顽强的抗争。终于有一天，墓室的门被打开了，阳光和空气一拥而入，一种久违的无比鲜活的感觉瞬间涌入了这死寂的空间，古莲子终于获得了新生。

也许，这就是古莲子的故事，它重见天日是梦想的胜利，坚守的胜利，信念的胜利。实现梦想有时需要奋斗，有时也需要隐忍，隐忍以待有时并不容易做到，甚至比奋斗本身更为艰难，它需要更坚定的信念、更坚强的毅力、更长久的耐心。等待一天很容易,等待一年也容易,等待十年、二十年、三十年乃至一生,而梦想仍不褪色,则是生命的伟大。无论战争还是人生,一些人总是急于求成,却往往以失败而告终,因为他们不懂得隐忍以待时的道理,也没有为长期斗争作好准备。《周易·需卦》分别指出了“需于郊”“需于沙”“需于泥”“需于血”“需于酒食”的制胜哲学,告诫人们在遇到危险、困难的时候,要审时度势,等待时机,而不能鲁莽冒进。尤其是当一个人失去自由无所作为的时候,更需要隐忍以待。伏契克在《第二十七号牢房》的开头写道:“从门口到窗户七步,从窗户到门口七步。”七步,还是七步,空间如此狭仄,生活单调枯燥得令人发疯,没有梦想和信念的支撑,就只能崩溃。对普通人而言,失去自由,在方寸之地等待死亡,或等待漫长的出狱的时刻,比被枪毙还要难受。许多罪犯在牢狱里也能坚守下来,然而,许多人只是为了出狱,只是为了活着而已,与死人没有区别。坚守不仅需要某种信念,还要有高贵的灵魂,伏契克在狱中与人谈心,歌唱,从不放弃使被压迫者得到解放的信念,因为他有一颗悲天悯人的心,他写道:“太阳。你这个圆圆的魔术师,如此慷慨地普照着大地,你在人们眼前创造出了这么多的奇迹。然而生活在阳光里的人却是这么少。是的,太阳一定要照耀下去,人们也一定要在它的光辉中生活。”这种悲悯而乐观的情怀压倒了严刑拷打的折磨与单调生活的煎熬,使得等待不再是一种无谓的消磨时间,而成为一件有意义的事。罗莎·卢森保多次被捕入狱,她在狱中不仅思考革命,而且细细地观察着自然界生命的动态,从一只粪甲虫到一只蝴蝶,从一只土蜂到一只知更鸟,她都会留心观察它们,倾听它们,亲近它们,为它们的悲欢离合而黯然神伤或欢呼雀跃。她感动于青山雀问候般的啼声,每次听到那“戚戚勃”的活像孩子嬉笑的声音,就忍不住发笑,并且模仿它的叫声来回答它。监狱虽然剥夺了她的自由,然而她的精神空间无比辽阔,这种精神的自由及对天地万类的悲悯情怀让她的囚禁生活散发出动人的光彩。

当然，许多人没有革命者的理想，他们的梦想很简单，只是过上普通人的生活而已，古莲子千年的等待，也不过是为了“清白地开放”。然而有时候这种再简单不过的梦想也需要奋斗，需要磨难，需要等待，因此，一旦获得，或失而复得，便觉无比的珍贵和幸福。诗人写道：

当把我放进水中的那一刻
我的梦也惊喜地落了泪
开始发芽
开花

一切的荣华富贵
都不如自由的呼吸珍贵
一切的高官厚禄
都不如沐浴阳光幸福
属于我的
只能是清白地开放

电影《肖申克救赎》中的安迪在长达二十年的囚禁生活中，始终不曾放弃越狱的梦想，为之一点点积累，终于成功地挖洞出逃，他在大雨中发狂大叫的镜头生动展现了重获自由的生命是何等快乐。这颗古莲子也是如此，经过千年锲而不舍的坚守，才像无数普通莲子一样发芽开花，在重新入水的那一刻，这颗古莲子惊喜地落泪。这是梦想开出的花朵，这是命运给予梦想坚守者的无比珍贵的馈赠。

驼鸟

所有的鸟都会飞
唯独你把飞翔的本领遗忘

遗忘了飞翔不要紧
大不了不在天空飞翔

在土地上奔跑
不也同样是一种表达

你太高大了
你奔跑起来的速度
连汽车都望尘莫及

你喜欢在绿色草原上奔跑
你也喜欢在黄色的沙漠上奔跑
你伸长的脖子
为的是将无边无际的草原和沙漠

看个透彻

你甩开长长的步伐
迎着太阳奔跑
从早晨的红日升起
跑到夕阳落下
而享受这红霞满天的一瞬间
才是你最为自豪和骄傲

解读：

一种只会奔跑的鸟，相比其他鸟类，一定会有深深的遗憾，永远无法在高空中俯瞰大地，永远无法享受飞翔的自由。然而，这并不意味着它的生命失去了意义，诗人说：

所有的鸟都会飞
唯独你把飞翔的本领遗忘

遗忘了飞翔不要紧
大不了不在天空飞翔

在土地上奔跑
不也同样是一种表达

你太高大了
你奔跑起来的速度

连汽车都望尘莫及

你喜欢在绿色草原上奔跑
你也喜欢在黄色的沙漠上奔跑
你伸长的脖子
为的是将无边无际的草原和沙漠
看个透彻

诗人对只能奔跑，但却是以与汽车的疾驰相媲美的速度狂野奔跑的驼鸟给予了热情的礼赞。在诗人看来，奔跑也是鸟类的生命形态，奔跑也是生命的表达方式，没有任何人规定：鸟类一定要飞翔。无论飞翔还是奔跑，最关键的是拥有怎样的生活态度，是昂扬向上，还是消极颓废，驼鸟显然属于前者。我们不知道驼鸟为什么不能飞翔，也许是它主动的放弃，也许是它压根就只能奔跑，然而，它并没有因为不能飞翔便自惭形秽，而是高高地昂起头，在烈日下和暴雨中疾走狂奔，练就了强壮的双腿和罕有其匹的奔跑速度，从而敢于与狮、豹、大象、犀牛等陆地猛兽相抗衡，以鸟类的身份硬生生在非洲大陆开辟出自己的生存空间，创造出足以让整个鸟类为之自豪的业绩。由此，驼鸟当之无愧地成为陆地上最强大的鸟类。尽管它的生存方式改变了，但没有改变的是它勇敢进取的心，这就够了。

当然，还有一些鸟也不会飞翔，比如家养的鸡、鸭、鹅。它们也曾经有强健的翅膀，也曾经可以在高空自由飞翔，然而自从被人类饲养，它们就开始了没有飞翔的生活。在人类建造的安乐窝里，它们饱食终日，无所事事，或悠闲地散步，或开心地戏水，飞翔成为一件非常陌生的事情，顶多无聊的时候在太阳下拍打两下翅膀。它们因为生活安逸而大腹便便，臃肿笨拙，再也没有以往的矫健身姿，更没有以往的凌云壮志。有时候，偶尔会有同类从高空飞过，发出响彻云霄的长鸣，它们也只是抬头看看，若有所思，似乎勾起了陈年旧事，然后又低下头，安然地觅食。它们与曾经的同类已然分属于两个世界。它们虽然还有鸟的形态，但已不再是鸟类，而叫做家禽，因为它们狂野的心死了。

由诗人笔下的驼鸟，自然易于令人联想到某一类人，比如因为某些原因而遭废黜的文人，当年的苏轼因乌台诗案被流放黄州。他虽然痛苦，却没有沉沦，转而沉酣于文学创作，并创作出《赤壁赋》《念奴娇》这样的惊世绝唱，达到其创作的高峰。沈从文本是作家，却在政治运动中被剥夺了创作的权利，然而他没有自甘堕落，而是转而研究服饰，做起了学者，并在服饰研究方面做出了突出成绩。更有失掉双臂的残疾人，没有怨天尤人，而是自强不息，艰苦地训练，用双脚代替双手，灵活自如地吃饭、写字，甚至做针钱活，创造出人间奇迹。

生活总是给人出其不意的不幸，然而生活从来不会因此封堵一个人所有的出路。正如有人说，命运在关闭一扇门的时候，一定会打开一扇窗，但这扇窗需要你自己去打开。打开它，你便会成为生活的强者，而生活从来只肯定强者。诗人以激扬的诗句描写奔跑驼鸟说：

你甩开长长的步伐
迎着太阳奔跑
从早晨的红日升起
跑到夕阳落下
而享受这红霞满天的一瞬间
才是你最为自豪和骄傲

毫无疑问，这正是生活的强者，而只有强者，才能享受自己的骄傲与自豪，也才能为世界留下令人感奋的图像。

轮箍的前生今世

在大山
天生就是硬骨头
天生就是硬脾气
即使粉身碎骨
也不改初心

烈火熔化了我
出来还是硬朗朗的
钢坯

烈火看出了我的心思
烈火猜到了我
心中埋藏着一个
沉默而坚定的信念
猜到了我腾飞的梦想

为了让我腾飞

为了让我
在以后高速旋转下
不迷失方向
为了让我
具有超强的抗剥离性

车刀切割了我多余的赘肉
汽锤千万次不停地锻压轧制
来来回回的高温淬火
我紧咬牙关
抗过了千万次钻心的痛呵
我被烈火在炉膛塑成一轮红日
我被寒水在浇淋下塑成一轮银月

日月旋转
坚定信念
不忘初心
勇往直前
成了我一生的追求

解读：

轮箍的生命历程便是逐梦的历程，许多人虽曾有梦想，但梦想破灭了，意志便消沉了，从此自甘平庸，苟且度日。人生未必一定伟大，但人生应该拒绝平庸。真正追逐梦想的人往往将梦想镶嵌在内心深处，一以贯之，百折不回，诗人笔下的轮箍便象征了矢志不渝、追求梦想的人生。诗歌首先描写了轮箍“硬”的特质：

在大山
天生就是硬骨头
天生就是硬脾气
即使粉身碎骨
也不改初心

烈火熔化了我
出来还是硬朗朗的
钢坯

“硬”并不是它的全部，天生的优势并不等于当然的成功，任何优势只有在以梦想导航时，才能向梦想前行，并且愿意为之承受千锤百炼的极致考验：烈火高温的熔冶，车刀无情的切割，汽锤猛烈的击打，还有无数次的高温淬火：

我紧咬牙关
抗过了千万次钻心的痛呵
我被烈火在炉膛塑成一轮红日
我被寒水在浇淋下塑成一轮银月

就像凤凰涅槃，在浓烟烈火中告别过去，迎来崭新的自己，这一切都源于从不褪色的梦想。轮箍以自己的经历诠释了梦想的力量。

许多人有天才，而没有梦想；许多人有梦想，而没有毅力，于是天才终成庸才，梦想终于枯萎，最终登上峰顶的只是少数坚持到最后的人。苏轼云：古之立大事者，不惟有超世之才，亦必有坚忍不拔之志。志相对于才更重要。玄奘少年时代即遍访名师，寻觅佛法真谛，却始终不得要领，疑惑丛生，于是决心到天竺探求佛法本原。漫长的路途，险恶的环境，死亡的威逼，都没有磨折玄奘的信念。《西游记》所虚构的八十一难虽有神化，却非夸张。17 年西行求法，玄奘心无旁骛，精研佛法，终成一代高僧。玄奘求法过程中所遇到的磨难，随便一种都能吓退很多人，遑论要渡尽劫波。

追逐梦想的路途从来不是一帆风顺的，因为成功前后是两种全然不同的状态，由前一种状态转入后一种状态需要人生能量的持续输入，直到达到必要的程度。就像水必须加热到 100 摄氏度才能沸腾，就像石墨需要 1000 摄氏度以上的高温才能转化为金刚石。一个人的成功必须要汲取不曾拥有的知识，砥砺不曾驾驭的智慧，体验不曾经历的人生，而这需要艰苦的修行。这种艰苦未必所有人都能忍受。有时候，我们可以忍受许多艰苦，诸如疲劳、饥饿、干渴、恐惧，但很难忍受感情的折磨，尤其是亲子之情。唐传奇《玄怪录》载有一个杜子春的故事。杜子春随一老人往昆仑山炼丹修仙，其间要经历重重考验。老人警告他，无论遇到任何情形都不得开口。杜子春前后经历了神将威胁、鬼怪作祟、天地异变、妻子受难等四重考验，最后却未能越过孩子被丈夫摔死这一关，以致求仙之梦倏然破灭。对孩子的爱使杜子春在最后一刻功亏一篑。故事的主旨虽然意在说明求仙之不易及求仙对亲情的排斥，同时表明亲情是人性中最柔弱的部分，也是人之为人的属性与标志，是人与仙的根本区别，保存它便是人，割舍它便是仙，因此割舍它殊为不易。当年从事核研究的科研人员抛妻别子，隐姓埋名，在与世隔绝的环境中发愤图强，书写了壮心报国的英雄传奇。他们某种程度上割舍了亲情，因此才成就了强国梦。虽然很残酷，却又带着时代的悲壮，相比古人抛舍亲情之求仙，无疑是一种更其伟大的人格境界。

诗人以拟人的口吻描写轮箍说："日月旋转，坚定信念，不忘初心，勇往直前。"这其实正是成就梦想的秘诀，也是我们这个古老民族重新崛起的秘密。

感情篇

梅雨

太大的雨呵
我不想出门
太大的雨呵
也不见你回来的身影

大门虽然朝你大开
可是只能隔着窗外
听着雷一样的雨声

这肯定不是你的哭声
记得你走的时候
并没有一滴眼泪
这肯定不是你的眼泪
就是你的眼泪
也一定在眼眶中
不会落下来

雨
模糊了明净的窗户
再也找不到回家的钥匙

天地的眼睛
目睹了亿年伤心之事
索性就哭个够吧
哭干了泪水
就是灿烂的晴天

解读：

这是一首缠绵的情诗，似是“我”与情人间的矛盾，却将这种矛盾放到梅雨的背景中展开，从而赋予了感情更丰富的意蕴。

诗以“大雨”开篇，因为大雨，“我”不想出门，正是大雨将“我”与她阻隔开来。这里预示了一点信息，那就是“我”期待对方回来。似乎是雨太大，对方难以回来，但又似乎是对方去意已决，不再回来。所以才有第二段：

大门虽然向你大开
可是只能隔着窗外
听着雷一样的雨声

“我”的焦虑，与久等不见的失望，在大雨的映衬下越发强烈。由此，“我”的思绪因雨而发生转换，将大雨想象为女人的眼泪，却又立刻加以否定：

这肯定不是你的眼泪
就是你的眼泪
也一定在眼眶中
不会落下来

“我”在这里表现出对女人深切的理解，这是一个贤惠善良的近乎逆来顺受的女人，宁愿自己受尽委屈也不愿倾泻自己的痛苦，然而这样善于隐忍的女人也有忍不下去的时候。这里，“我”的悔恨与自责在慢慢强化着：

雨
模糊了明净的窗户
再也找不到回家的钥匙

雨模糊窗户的意象，象征着“我”的繁杂思绪，追悔、歉意、期待及失望混合为一，化成迷蒙的雨沿窗户弯弯曲曲地流下，而“我”再也找不到回家钥匙的隐喻似乎暗示着感情的万劫不复。这种痛楚最终演化为难以挽回的悔恨：

天地的眼睛
目睹了亿年伤心之事
索性就哭个够吧
哭干了泪水
就是灿烂的晴天

似乎又隐含着希望，万分的伤痛之后，才可能迎来平复的时刻。貌似豁达，又似无奈，而世间男女之情从来都是剪不断、理还乱的，由此而生发的愁绪更是难以祛除，欲说还休。或许经过感情的波澜，彼此的心灵才能通达相知的彼岸，那么，就让泪水奔流吧，或许真能像大雨一样洗出晴朗的天。

青春回忆

那天
我与秋林喝酒
那天
酒醉洪流
那天
我不知你会来

我听到敲门声
开门不见你
外面是黑夜

我在楼下的角落里
看见你羞涩的笑
雪白的牙

我告诉你
我和朋友喝酒

你消失在夜幕之中

好像也是夏天

解读：

似是对昔日爱情的回忆，诗人写得简短而隐秘。或许是“我”与昔日恋人的一场未必有约的相见，背景是酣畅的饮酒场面：

那天
我与秋林喝酒
那天
酒醉洪流

酒可以让情感不可羁勒，汹涌前行，如浩荡江水穿越三峡，倾泻在宽阔的中下游平原。在这种酣醉的亢奋中，诗人将镜头切换到黑夜中的相见：

我听到敲门声
开门不见你
外面是黑夜

敲门人被诗人称为“你”，自然是旧相识，然而敲门人并没有在门口等待，似乎心有犹疑。此时的“我”好奇，疑惑，继而寻声暗问，但神秘的敲门人快速躲开了，直到“我”走到楼下，才发现她的真面目，“羞涩的笑，雪白的牙”，一定还是往日的表情。“羞涩”是有情的男女才会呈现的表情,这个词暗示了我们多年前的隐秘往事。在那一刻,幕幕往事一定会慢慢涌入"我"的脑海。

我们不知道这段感情何以产生,又何以结束,也许就像湖面的涟漪,在某个瞬间泛动了一下,就重新恢复了平静,好像什么都不曾发生。然而男女之间一旦有了感情的共鸣,哪怕只是眼神的交流,也一定会在心中留下印记,就像皮肤受伤会留下斑痕,无论经过多少年,都有迹可循。作为感情的动物,女人尤其难以忘怀。在过去的若干年,她或许会时时记起与一个男孩在瞬间的相遇和短暂的相处。在某个阳光的午后,她或许会重温一个个细节,并在幸福的回忆中露出浅浅的笑意。这一切终于随时光的流逝而成为她心灵深处一张发黄的相片。

也许是偶然的路过,也许是一时的冲动,也许好奇他现在的形貌,也许压根不知道为什么,她轻轻走上楼,走到曾经熟悉的门前。她听到了里面的喧闹,闻到了扑鼻的酒气,捕捉到了熟悉的声音。烈酒点燃着他的热情,他在亢奋地谈论着,争辩着,表白着,一如往日。在一再的猜疑之后,敲响了房门。

他们终于相见了,好像又回到了昨天。羞涩的笑和雪白的牙,一切似乎都不曾改变。然而岁月已经过滤了最宝贵的东西:青春的激情和梦想。此时留存于二人之间的只有现实的场景:

我告诉你
我和朋友喝酒
你消失在夜幕中

"和朋友喝酒"的回答既是现实场景,也将我们的关系转切到平凡的现实。"我"没有惊喜的表情,眼神或许也没有爱恋的光彩,昔日的温情早已随风远去,她心中设想的种种相见时的浪漫也破碎成一地瓦砾。她如梦初醒,消失在夜幕中。然而,“我”的心并不平静,望着她消失的背影,过去与现实来往交织,在惝恍迷离中陷入长久的回忆。“此情可待成追忆,只是当时已惘然”,诗人的心永远那么相似,“好像也是夏天”便是“我”无奈的叹息。

逍遥谷

我躺在枯黄的草丛的怀抱
依旧能感受到被寒冬折磨过后的一丝余温
清风抚摸着我的肌肤
亲吻着我的脸颊
有些寒冷　匆匆而去
我仰望蓝天
回忆江湖的雾霾
有些担心
我的朋友还好吗
我坐在茅屋边
陪伴着还未凋谢的霜菊
残留的遗香
让我想起春天的模样
漫步河边
河里出现满头白发的我
才发觉真的老了
一只水鸟掠过

惊醒平静的水面
碎了的我
随他而去
雪从天而降

解读：

作为一首抒情诗，本诗突出描写“我”寒冬时节的情感活动，展现了神魂飞驰而时空交错的复杂的心理图景，传达出幽冷孤独而渴望温情的人生意绪。

诗以“我”的情感渴求及生命感受为主线，串联起轻灵飘忽的心理活动。“我”思绪展开的背景是寒冬时节枯黄的草丛，天地一片肃杀，而“我”在枯草的怀抱中依然感受到一丝余温。显然，“我”渴望温暖，这种温暖不是自然的温度，而是人间的温情。正因为有这样的心理渴求，“我”对周围环境才有着格外敏锐的感受，甚至当清风掠过的时候，“我”也企图从清风的抚摸中获取安慰，“亲吻”一词再度凸显了“我”对温情的渴望。但风是冷的，匆匆而去，无论枯草还是清风，无论余温还是亲吻，都无法温暖“我”幽冷的心，于是“我”由对环境的感受转向对朋友的思念，

我仰望蓝天
回忆江湖的雾霾
有些担心
我的朋友还好吗

自然的“蓝天”与“江湖的雾霾”构成了一种具象与抽象的对比，

“雾霾”自然别有所指，大概暗示江湖人事的种种曲折。由自然联想到江湖，映现出“我”对朋友的牵念，对友情的渴望，反过来暴露出“我”内心的孤独与幽冷。当周围全是寒意的时候，友情便似乎成为温暖的唯一来源，只是天各一方，朋友的安好与否难以确证，这也使得朋友的温情显得缥缈而脆弱，也加剧了“我”幽冷与孤独的感受。神思可以飞驰，空间却难以穿越，寒冷与孤独无可驱遣，于是“我”只能继续从眼前的景象与记忆中搜寻温情的片断。诗人写道：

我坐在茅屋边
陪伴着还未凋谢的霜菊
残留的遗香
让我想起春天的模样

霜菊虽可与“我”为友，聊遣寂寞，然而“我”似乎并不在意其凌寒不凋的品格，而是从残留的遗香想起春天的模栏，只是因为，春天是温暖的季节。对春天的联想，再次暴露出“我”幽冷的内心世界及对温情的眷念。

但朋友远去，春天远去，温情远去，只有冬天的严寒陪伴着“我”。这种由寒冬的季节及孤独的处境所激发出来的内心深处的冷意，因对生命老去的强烈感受而上升为生命层面的寒意。“漫步河边，河里出现满头白发的我”，寒冷、孤独与苍老，构成强烈的灰暗情绪，笼罩心头，似乎难以摆脱。此时，一只水鸟打破了寒瑟的意绪：

一只水鸟掠过
惊醒平静的水面
碎了的我

随他而去
雪从天而降

水鸟惊醒了平静的水面，“我”也随之而“碎”。显然，“我”长久沉浸于灰暗忧郁的思绪，直到被水鸟惊醒，思绪随之裂成碎片，随鸟飞向远方。在神魂飞逝的一刻，雪从天而降，笼罩了一切，将上面的一切场景及“我”的纷乱思绪笼括到混沌的天地。

全诗主要写“我”的寒意、孤独及对温情的渴望与追寻，由环境而友情再回到现实场景，由对自然环境的体味深化到对生命层面的感受，意绪越发凝重，终于用从天而降的雪将这种意绪带入到更深广的空间，造成意味深长的诗境。

雨

戊戌四月二十二日凌晨三时有雨雷裹挟，晨起赋诗

凌晨
谷雨哭声很大
卷着惊雷
为春送行

我醒来的时侯
春已走远
杜鹃
落满一地的红
火棘
点燃白色的怀念

太阳没有露面
鸟儿的鸣叫
不知是喜还是悲

解读：

谷雨，这个雨生百谷的节气即将远行，从此，春天将随落花消隐无踪，天地间的作物将随着更加温暖的阳光与更多的雨水疯长。诗人说：

凌晨
谷雨哭声很大
卷着惊雷
为春送行

季节的轮回虽是自然的节律，但春天的到来与远去尤易引起敏感的诗人无尽的情思。因为春天是生命滋长的季节，在经历了漫长的严冬之后，一切细微的生命活动都会惹起人们别样的感动。一颗种子的发芽，一朵花的开放，一只刺猬睁开惺忪的双眼，打着呵欠外出觅食；一双燕子飞回北方，生儿育女，都会在人们心中荡起爱的涟漪，人们也会随着万物的苏醒放飞感情。于是，听到关关雎鸠，多情的男子便渴望窈窕淑女。也正是在桃之夭夭的季节，美丽的姑娘嫁给了心上人。

一切美的东西都在春天里孕育，所以春天的逝去才带给人无限的伤感，它容易让人想到美的毁灭，生命的消逝，乃至国家的衰亡。所以孟浩然因为“夜来风雨声”，而痛惜“花落知多少”。秦观则因春之远去想到自身远贬南荒的不幸，写下“春去也，飞红万点愁如海”这样痛彻肺腑的词句。后主更因春天的逝去想到家国的败亡，遂以“流水落花春去也，天上人间”抒写亡国之根。而春天的花草更与爱情的愁恨有着密切的关联，或者是男人的单相思，“墙里秋千墙外道，多情却被无情恼”。或者是少女的心中事，“泪眼问花花不语，乱红飞过秋千去”。

春天的芳草既带给人爱情的幻想，而花朵的凋谢也可能让人万念俱灰，李商隐因此劝诫多情的女孩，“春心莫共花争发，一寸相思一寸灰”。春天、花朵与人的心灵永远有着剪不断理还乱的千头万绪，我们的诗人自然也是如此：

我醒来的时侯
春已走远
杜鹃
落满一地的红
火棘
点燃白色的怀念

太阳没有露面
鸟儿的鸣叫
不知是喜还是悲

春天的落红总是令人触目生悲，想起无数伤春的诗句。“况是青春日将暮，桃花乱落如红雨”，喜欢骑驴的瘦弱的诗人目睹桃花在春风中纷然飘落，便感叹青春短暂，年寿不永。而一生志在恢复的词人则因春天的逝去，感叹韶华不再，壮志难酬，“惜春长怕花开早，何况落红无数”。望着春天的背影，诗人的怅惘无可言说，只能以白色的火棘祭献春天的远去。然而春天开启了生命的闸门，世间万物将以更其热烈的姿态蓬勃生长，这难道不正是春天的意义吗？因此，春天带给世间的不只是花开花落的怨怅，更有生命的热烈与激扬，那么，面对绿肥红瘦的暮春，又何必黯然神伤而不能释怀呢？

夏夜哭了

哭了
一定是
触摸到你
心的最软处

蔷薇花虽柔弱
却也有刺一样的坚强
不信你强行
牵一牵她的手
一定会让你
手心盛开疼痛的血花

当然你也可以看看
初夏的院子
满墙的微笑
跌宕起伏
就像儿时

秋千上的童真
在蓝天下画出
优雅的弧线

解读：

哭大概是感情最强烈的表达方式，情不能已才会哭。哭虽然有各种形态，各种理由，但无一例外，都是因为被触摸到了心灵的柔软处，那便是伤痛或感动。夏夜哭了，因为夏夜被刺痛了。诗人写道：

蔷薇花虽柔弱
却也有刺一样的坚强
不信你强行
牵一牵她的手
一定会让你
手心盛开疼痛的血花

夏夜被蔷薇花刺痛了，夏夜哭了，泪水里既有伤痛，也有幸福，因为蔷薇长大了，开花了。夏天就像母亲，她的到来原本就是为了让天地间的一切生命健旺地生长，热烈的阳光和丰沛的雨水让一切植被都尽力地伸展根脉与枝叶，就像母亲以全部的爱哺育子女。然而，当孩子们长大时，青春的叛逆也便不期而至，他们的心灵开始追逐自己的方向，不再按父母的教导循规蹈矩。因为生命的本义不是沿着既定的轨迹走完一生，而是听从自己内心的召唤，发现自己。在每一个生命孕育的时候，宇宙便将某一个秘密赋予了他（她），并通过他（她）的生命历程展现出来，因此，每一个生命注定是一个独一无二的存在。既然如此，父母便没有必要将千万种生命强行装入一个模子，企图塑造出自己期待的模样。当父母遭到孩子的叛逆时，不必像夏夜触碰到蔷薇的花刺一样流泪，而应该感到欣喜，因为孩子的叛逆告诉你，他(她)已经开始独立探求生命的意义。

天下父母总是把自以为最好的人生提供给子女，却往往遭到子女的拒绝乃至反抗。因为他们不知道，父母的使命只是为孩子打开认识自我、认识世界的通道，而不是提前设计某一种人生。蔷薇的刺让夏夜哭了，叛逆的孩子让妈妈哭了，千辛万苦的哺育似乎没有得到应有的回报，其实，这正是一种回报。蔷薇开花了，长刺了，甚至会刺破随意触碰的手掌，因为它长大了。孩子不再依顺父母，甚至敢于与父母吵架，因为他(她)长大了。孩子的叛逆说明他们要脱离父母的怀抱，独自飞翔，这不正是父母多年的期望吗?

然而，一旦再不能像以前那样抚摸孩子稚嫩的小脸，牵着他们肥胖的小手，在孩子蹒跚学步和牙牙学语中收获无限的幸福，而只能看着孩子日渐远去的背影，母亲的心就会涌起苦涩，但过去的时光将永不再来。因此，每一个母亲都是在伤感与欣慰中看着孩子长大的，而当孩子终于长大成人，可以独立面对人生的风雨时，母亲的欣慰总是多于伤感，就像夏夜的蔷薇花开满院墙一样：

满墙的微笑
跌宕起伏
就像儿时
秋千上的童真
在蓝天下画出
优雅的弧线

月牙泉

我是天上月牙的孪生姐妹
一不小心跌落沙漠
从此就再也没回到故乡

我仰望蓝天
眼里常常饱含思念的泪水

站在沙丘上看我的
所有人
都称赞我有一双明亮的眼睛
可我知道呵
那是我的泪水呵
哭了千年
早已哭瞎了眼

我是一个睁眼瞎呵
我的眼里尽是沙

我早已记不得日出日落的模样
我的心也早已是一片死寂
没有一点涟漪

感谢我呵
身边的二株沙枣树
从未因为我的瞎眼而嫌弃
一直陪伴我至今
让我有活下去的勇气

想想他们
也该是饱经风霜满脸皱纹的老人

解读：

月牙泉是敦煌鸣沙山的一泓泉水，诗人以童话思维将月牙泉看作从天上降落人间的月亮的孪生姊妹，却再不能重回天上，于是思念的泪水汇成了这美丽的泉湖。诗人以悲情的口吻写道：

站在沙丘上看我的
所有人
都称赞我有一双明亮的眼睛
可我知道呵
那是我的泪水呵
哭了千年
早已哭瞎了眼

诗人没有正面描写月牙泉的风光，而是别出手眼，构思出一个悲剧性的神话，那不竭的泉水正是月牙女神千百年来思念的眼泪。她不仅哭瞎了双眼，而且“心也早已是一片死寂，没有一点涟漪”。哀莫大于心死，当相聚已成遥不可及的梦想，当思念已成机械呆滞的重复，活着本身便成为一种煎熬。我们不知道她当初为何飞临人间，也许是因为天上的寂寞，也许是出于对人间的好奇，也许是为了追寻梦中的爱情，但她最终没有得到梦想的一切，于是，只能在人间天堂之间的无奈与思念中，熬过千年枯涩的岁月。就像飞入月宫的嫦娥，虽然成了仙人，然而独自面对无边的寂寞，又哪里比得上人间男女的恩爱绸缪。所以李商隐写道：“嫦娥应悔偷灵药，碧海青天夜夜心。”或许，正因为不甘心嫦娥一样的寂寞，月牙才要寻觅爱情。

生命的意义在于情，正是情让生命变幻出千百种姿态，而爱情更是人间最美的花朵，绽放在每一个女人的心头，她们无不渴望遇到心爱的人，挽起自己的手臂，一起走向幸福的殿堂。没有爱的滋润，女人就如干涸的河道，再也泛不起一丝涟漪。舒婷在《神女峰》中写道：“心，真的能变成石头吗？……与其在悬崖上展览千年，不如在爱人的肩头痛哭一晚。”对女人而言，爱情几乎就是她们生命的全部，她们可以为爱去生，去死，汤显祖在《牡丹亭》题记中动情地写道：“如杜丽娘者，可谓是有情人耳。情不知所起，一往而深，生者可以死，死可以生。生而不可与死，死而不复生者，皆非情之至也。”月牙正像杜丽娘一样，是“情之至者”，她为梦想飞临人间，未尝不知不能复返天上的代价，然而她仍然冒险一试，是因为，情比仙更重要，没有情爱的滋养，即便长存千年又有什么意义呢？虽然她没有像杜丽娘一样收获爱情的幸福，但她的追求证明了爱情的力量，的确可以让人生死相许。月牙泉千年不竭，始终碧波荡漾，便是人间爱情不可或缺、永不磨灭的证明。

鸣沙山

来到这里
才知道你美丽的造型
不过都是风
吹出来的
骆驼扬起的沙子
才知道你不过是一盘散沙
踏上你的肩膀
才知道你的身子骨是那么的软弱

你没有大山的硬气
也没有大山的骨骼
更没有大山拥有森林的绿色戎装

是什么
让人们被你迷惑了很久

把你踩在脚下

看一看远处的月牙湖
仿佛她也早已对你失望了很久
没有一点涟漪
没有一点喜悦
有的只是死一般的绝望

所有人
离开你最后一件事
就是使劲将鞋抖尽黄沙
踏上洒满金光的大道
大步朝东迈进

解读：

山往往是是强悍的象征，因为它的筋骨是刚硬的岩石。然而鸣沙山似乎难以称为真正的山，因为它是由沙子在风力作用下堆积而成的，它有着流线的轮廓，柔软的质地，以及悦耳的声响。它是美丽的，然而它的美丽并不能掩饰它的软弱。在诗人眼中，鸣沙山象征了一种美而无用的人格形态：

来到这里
才知道你美丽的造型
不过都是风
吹出来的
骆驼扬起的沙子
才知道你不过是一盘散沙

踏上你的肩膀
才知道你的身子骨是那么的软弱
你没有大山的硬气
也没有大山的骨骼
更没有大山拥有森林的绿色戎装

鸣沙山徒具山的形态，却没有山的本质。山或者是地壳板块碰撞挤压隆起而成，或者是大地深处的熔岩冲开地壳沿裂缝喷涌冷却而成，无论何种成因，都经历了高温高压的历练，因此才有挺拔高峻的身姿。鸣沙山没有这种经历，它的生命形态只是松散的流沙，它没有经历过血与火、光与热的锤炼，它只喜欢在风的抚弄下作上上下下往复流动的游戏。因此，它既没有大山的骨骼，也没有大山的硬气，只能被风肆意地玩弄，哪怕一点点气流也可以让沙子顺风流淌。因为，它终究不是山。诗人别有意味地写道：

看一看远处的月牙湖
仿佛她也早已对你失望了很久
没有一点涟漪
没有一点喜悦
有的只是死一般的绝望

诗人将月牙湖看作含情脉脉的女孩，本欲示情于鸣沙山，怎奈他不是铁骨铮铮的男子汉，不能给人安全感。由此不由令人想到时下演艺圈火爆的小鲜肉，他们既无深厚的人文内涵，亦无为人称道的演技，完全依靠病态的颜值博人眼球。其粉嫩的肌肤，妖冶的姿态，令人乍看之下不辨男女，由此又不禁令人想起傅粉施朱、顾影自怜的魏晋人物，史载，“男子傅粉之习，起自汉魏，至南北朝犹然也”，“梁朝全盛之时，贵游子弟多无学术，无不薰衣剃面，敷粉施朱，从容出入，望若神仙”。何晏即是如此作派，“尚书何晏，好服妇人之服”。所谓的妇人之服，大概是透视装、吊带裙，魏晋时期的很多画作中男人穿吊带裙并不鲜见。这些人风度翩翩，望之若神仙中人，然一味清谈，不问世务，终有五胡乱华、永嘉南渡的历史悲剧。故而此后桓温收复洛阳感慨说：“遂使神州陆沉，百年丘墟，王夷甫诸人不得不任其责。”何晏、王衍等人虽然清谈误国，终究还有些学问，当今的小鲜肉除了所谓颜值，便似乎别无所长了。一些人无论用怎样华丽的外表掩饰内在的空虚，除了一时间引起世人的瞩目与赞叹，不可能留下长久的价值。中华民族正值重新崛起的历史机遇，这一历史使命的承担者不可能是柔弱无骨的小鲜肉，而应是有胆有识的男子汉，有志于承担大任的青年自应谨记先人教诲，苦其心志，劳其筋骨，动心忍性，增益其所不能，最终将自己锻造成挺立的大山，而不是徒有山形的流沙。诗人篇末不无深意地写道：

所有人
离开你最后一件事
就是使劲将鞋抖尽黄沙
踏上洒满金光的大道
大步朝东迈进

流沙在赤足踩踏时无论感觉怎样的舒适，一旦灌入鞋中，便成为前行的障碍，终于会遭到抛弃。历史终究会以铁血手段检验出真金白银，过滤没有价值的杂质与渣滓，则究竟以何种方式度过人生，便成为当代青年不可回避的严肃课题。

窗前

还有什么比这可怕
将湛蓝的天
用暗伤的手段刺伤
殷红的血
染成历史的旗帜
愤怒的阳光
化为一股龙卷风
将藏匿于黑暗处的牛鬼蛇神
撕成碎片抛洒于云端

我坐在窗前
看见仙人球
浑身的锋芒
不再是球状
而幻化成一把莫邪剑

解读：

诗人似乎写了一场突如其来的狂风暴雨。闪电撕开了蓝天，就像裸露出大片红色的血肉，呈现出狰狞恐怖的猩红。诗人写道：

还有什么比这可怕
将湛蓝的天
用暗伤的手段刺伤
殷红的血
染成历史的旗帜

诗人之所以将闪电刺破蓝天称为暗伤，因为闪电与蓝天原本是一体的，正负电荷强烈吸引所产生的闪电竟然成为蓝天的破坏者，就像昔日的好友反目成仇，将利刃刺入好友的胸膛。诗人别具深意地说："殷红的血，染成历史的旗帜。"这自然是对人类历史的形象总结。历史上无数的起义与革命，总是伴随着形形色色的内讧与动机不同的背叛，或分赃不均而同室操戈，或贪恋荣华而卖友投敌，或意志不坚而屈节附逆。张耳、陈余、李陵、张邦昌、张安国、吴三桂、洪承畴、汪精卫，如果全部列出，将是长得惊人的名单。当然，还有特殊年代亲人之间的相互揭发，子女要与父母划清界限，夫妻互相向组织检举对方的"反动言论"。这些人将有形或无形的刀刺入了同伴、同胞及亲人的后背，鲜血浸透了历史。当后人翻看到这些发黄的篇章时，似乎仍可以看到历史深处的幢幢鬼影。诗人愤激地写道：

愤怒的阳光
化为一股龙卷风
将藏匿于黑暗处的牛鬼蛇神

撕成碎片抛洒于云端

诗人渴望正义的阳光变成龙卷风，扫荡人间，将化为人形却作恶多端的牛鬼蛇神撕成碎片。诗人站在窗前，注视着远方曲曲折折、瞬间变灭的闪电，神思飞驰，心潮翻涌，对邪恶的仇恨使他义愤满腔，情不能已，似乎要将一切可见的东西都变成消灭邪恶的武器，乃至眼前的仙人球“渐身的锋芒，不再是球状，而幻化成一把莫邪剑”。

这是一首即景而成的诗，但它却在眼前景象中揉入沉重的历史，以暴风雨中的闪电形象引发人们对历史的深思。借助诗人笔下的电闪雷鸣，我们不仅看到了历史深处的东西，也似乎看到了诗人冷峻的面孔和猛烈的心跳，听到了诗人心底山呼海啸般的呐喊。

鸳鸯独白

别总把鸳鸯当成爱情的典范
和相爱的人厮守在一起
本来就是生活的常态

告诉你吧
我也常常与野鸭一起嬉耍
但并不能说明我就是花心

野鸭有野鸭的习性
野鸭有野鸭的智慧

鸳鸯的习性并非天生优秀
鸳鸯的智慧也并不高于其他

有谁知道
我们常年在江湖上行走
有多么的不易

有时因为一颗不知从什么鬼地方
飞来的子弹
我们的爱情就会残缺不全
就会是一生的悲痛

解读：

鸳鸯在中国文化中一向是忠于爱情的象征，然而诗人却试图将其降解为普通的鸟类，消除传统观念附加在鸳鸯身上的耀眼光环，还原它们原本的身份。诗人写道：

别总把鸳鸯当成爱情的典范
和相爱的人厮守在一起
本来就是生活的常态

在诗人看来，爱情原本应该长相厮守，鸳鸯不过标准地表现了爱情的模样，便被人类赞美，其实不过是爱情正常不过的形态。自然，爱情未必一定是耳鬓厮磨，也可以表现为其他形式，比如野鸭便不像鸳鸯那样形影不离，诗人说，“野鸭有野鸭的习性，野鸭有野鸭的智慧”。诗人并不认为鸳鸯相比其他鸟类对爱情更为坚贞，“鸳鸯的习性并非天生优秀，鸳鸯的智慧也并不高于其他”，忠贞其实与形式无关，形影不离未必心心相印，天各一方未必就不是坚贞不渝，所以秦观才写下千古名句，“两情若是久长时，又岂在朝朝暮暮”。鸳鸯不过代表了人类长相厮守的愿望而已，便被人类视为忠贞爱情的化身，其实这种爱情很脆弱，诗人又似带点讽刺意味地说：

有谁知道
我们常年在江湖上行走
有多么的不易

有时因为一颗不知从什么鬼地方
飞来的子弹
我们的爱情就会残缺不全
就会是一生的悲痛

过于亲密的爱情反而容易受伤，一颗子弹就可中止。这是诗人对鸳鸯式爱情的调侃。诗人想要以此说明，鸳鸯所象征的爱情主要是一种理想，而且只属于古代，那种心心相印、不离不弃、白头生死的爱情已经远去了，我们只能在古典诗词中寻觅这种爱的温情，《古诗十九首·客从远方来》云："客从远方来，遗我一端绮。相去万余里，故人心尚尔！文采双鸳鸯，裁为合欢被。著以长相思，缘以结不解。以胶投漆中，谁能别离此？"在家里痴痴等待的女人满怀对良人的思念，将其从远方寄来的带有鸳鸯图案的布料精心剪裁成合欢被，并以如胶似漆的比喻表达对爱情的忠贞不移，是典型的古典爱情。所以如此，在于古代的男女受限于社会组织方式及男女分工，不可能接触到更多异性，一旦两情相悦，便格外珍惜而渴望长相厮守。尤其是女人，长久地困守闺房，局促于狭仄的天地，无从与外界交流，便只能将感情寄托在丈夫身上，形成令人动容的爱情。《古诗十九首·孟冬寒气至》云："客从远方来，遗我一书札。上言长相思，下言久离别。置书怀袖中，三岁字不灭。一心抱区区，惧君不识察。"在家苦苦思念丈夫的女人突然收到远方的来信，如获至宝，小心翼翼地放到怀袖中，以便时时拿出来展读，以慰相思之苦。这样高频率的阅读竟然没有损伤字迹，以至于"三岁字不灭”。可想而知，三年来，这个女人是怎样精心地呵护这封家信。显然，这封来之不易的信已经成为这个女人的精神支柱，成为支撑她活下去的力量，这便是古典的爱情。

当代女性早已走出家庭，走向社会，并已获得几乎与男性一样的工作机会，面对众多的异性，其选择范围空前扩大，选择自由度空前提高，较之古代已是天壤之别。而与此同时，女性对爱情的忠诚度也便随之下降了，大量的出轨事件与居高不下的离婚率真实地反映着当下女性对爱情的态度。西方荒诞派戏剧《秃头歌女》中的一对男女受邀到史密斯先生家里做客，他们来自同一个地方，坐同一列火车，有一个同名且长得一样的女儿，令人吃惊的是他们还睡在同一张床上，原来他们彼此是夫妻。这则黑色幽默真实描述了西方社会夫妻同床异梦、貌合神离的感情状态。当代中国男女虽然还保留着许多传统的东西，但许多人已与这对西方夫妇相去不远。

人类社会无疑在进步，人类对感情的选择也趋于多元，在此过程中，男女之间的感情也在由传统的忠贞不渝转而为顺其自然，乃至于随随便便。许多青年人闪电般地认识，又闪电般地分手，这不好说是一种退步，但也很难说是一种进步。而无论如何，鸳鸯已经离我们远去了，它已成为爱情的神话，留在了古典诗词中。我们只能在翻开那些发黄的篇章，吟咏那些动人的诗句时，才能感叹，原来，世上还有那样一种爱情。

梵高的星月夜

我想用刻刀
将梵高的星月夜
雕刻在木板上
想纪念一下
拥有向日葵
心境的画家

用刀刻出蓝色的星光很难
用刀刻出村庄的宁静也很难
用刀刻出被星光点燃的柏树更难
每一刀都刻得很痛

我刻得越认真
越能体会梵高当时的心境

我越刻越能体会
金黄色满月漩涡的吸附力

越刻越能体会
星云的纠结
每一刀刻出的都是时光的流逝
每一刀刻出的不是火焰般柏树伸展的火焰
而是一股喷溅而出的血气

我刻在木板上的声音
仿佛找到了梵高丢失的耳朵
我刻在木板上的图画
仿佛找到了星月夜
凤凰涅槃的身影
明天应该有一轮金晃晃的太阳悬挂在天空

解读：

1889年5月8日，梵高精神第二次崩溃之后，来到离阿尔25公里的圣雷米自愿接受精神病治疗。住院一个月后，创作了《星月夜》这幅著名的绘画作品。《星月夜》是梵高的狂想曲，他把自己对星月夜的直觉感受以及人与自然的关系进行了独具特色的描绘，是充满诗意的独白。金黄的满月形成巨大的漩涡，星云的短线条纠结盘旋，暗绿褐色的柏树奋力伸展着枝叶，像巨大的火焰。夜空下，是安睡的村庄。这些意象传达出作者内心的苦闷和忧郁，也折射出时代的阴影。

诗人怀着对这位天才画家的敬意，决心用刻刀摹刻星月夜的意象，以纪念这位“拥有向日葵心境的画家”。梵高的绘画是用点构图，勾勒出一个个漩涡，造成了强烈的流动感，诗人用刻刀来表达星月夜的神韵当然困难。这里不仅有着绘画技法的不同，而且有着艺术理念

的差异,但诗人执着地用刻刀追寻梵高的心路历程,诗人说:

> 用刀刻出蓝色的星光很难
> 用刀刻出村庄的宁静也很难
> 用刀刻出被星光点燃的柏树更难
> 每一刀都刻得很痛

诗人的痛来自于对梵高身世的深切理解与同情。这位后印象派画家以其对艺术的狂热追求,沉浸于自己的精神世界,他孤僻而倔强,最终陷于精神错乱而自杀,这似乎是许多杰出艺术家的宿命。诗人怀着对画家的敬意刻画着星月夜的景象,追寻着画家短暂的一生,内心浮起一种超越时空与国界的痛感。这是一种与画家的心灵无限贴近后,对艺术探索者孤独心灵的深切体悟而产生的痛感。虽然后来者怀着对梵高的敬意神化其作品,将其《星月夜》解读为"传达出一种不向命运低头的精神","表现出人类的挣扎与奋斗",但画面上密集的点所构成的旋转的涡流以及鲜亮的色彩,却透露出梵高孤僻怪诞而又渴望温暖的精神世界。梵高处在资本主义蓬勃发展的时代,社会的剧变强烈冲击着原有的价值,而又似乎没有提供新的价值安顿他们的心灵。在这时代的十字路口,置身其中的人们茫然无措,敏感的梵高真切地感受到时代的颠狂,画作中那旋转的涡流与其说是他的心灵状态,不如说是这疯狂的时代在其心灵的投影。梵高的创作风格不仅不同于传统绘画,而且不同于前印象派,带有强烈的个人印记。诗人用刻刀复现《星月夜》,无疑是与梵高的一种超时空对话,这是后来者与先行者的对话,是生者与死者的对话,也是东方与西方的对话。无论就绘画技法还是艺术精神而言,《星月夜》都是与中国绘画传统迥然不同的另一个世界。诗人以刀刻再现《星月夜》,不仅有着绘画技法的阻隔,而且有着艺术精神的阻隔，并且还有着时代的阻隔。但艺术永远具有超越时空与民族界限的穿透力，因为人类的精神是相通的，艺术家的心灵是相通的，因此，诗人才可以在对星、月、夜意象的再现中，捕捉到画家的心路历程及作品的生命精神，诗人写道：

我刻得越认真
越能体会梵高当时的心境

我越刻越能体会
金黄色满月漩涡的吸附力
越刻越能体会
星云的纠结
每一刀刻出的都是时光的流逝
每一刀刻出的不是火焰般柏树伸展的火焰
而是一股喷溅而出的血气

无论漩涡的吸附力还是星云的纠结，都传达出画家的心理矛盾，这自然也折射出时代的矛盾。诗人用“喷溅而出的血气”概括《星夜月》的精神气质，指出了画家在那个剧变的年代，躁动、挣扎而无所归依的心灵。1888 年，因失望与自责，梵高将所有不属于自己的错误揽到自己身上，割下了一小块耳朵。此时距画家自杀离世只有两年，由此事件不难想象梵高极不平静的内心世界。诗人写道：

我刻在木板上的声音
仿佛找到了梵高丢失的耳朵
我刻在木板上的图画

仿佛找到了星月夜
凤凰涅槃的身影
明天应该有一轮金晃晃的太阳悬挂在天空

诗人以刻刀在木板上作画，在对原作的复现中，仔细地追寻、触摸着画家的痛苦，并以对原作的精神涅槃，实现了自我的超越。正因为如此，诗人不会再像梵高一样用星月夜象征心灵的黑夜，用旋转的色流描述心灵的挣扎。他已经扫除了精神的阴霾，以后来者的通达告别了一个痛苦的心灵。诗人转过身来，面对的是阳光灿烂的天空。

赠车前子

我不是一株野草
我不是一味草药
我是战车前的一名冲锋陷阵的战士
莫嫌我拄着双拐
你会依旧看见我自信的微笑
莫嫌我行动缓慢
你会依旧看见我目光的骄傲
请按下诗的门铃
你会听见我久违的先锋号角

我抚摸我残疾的双腿
一双无力的双腿
莫笑呵
我每天迎着阳光
拄着双拐站立绝不弯腰
双拐在大地的键盘上
敲出人的尊严

我发现我渐渐地红了
人人都认识我车前子
却忘了我真正的名字
我发现我变得很苦
只有我自己内心知道
我真的是车前子呵
我真的变成一株野草
我真的变成一味草药
不信你把我熬一熬吧
我可以清热解毒
我可以祛痰明目

这世界体热多毒
这世界多痰不畅
这世界目光混浊不辨是非
我庆幸
我从战车的一名冲锋陷阵的战士
死后成为一株野草
一味草药

解读：

诗人车前子刚来到世上，在被接生婆捧在手中时，突然狂笑不止，受惊的接生婆慌乱之下将其丢掷地上，车前子一条腿就此残疾。生来即罹遭不幸，似乎造成了他狂放怪诞的个性，成年后的车前子成了诗人，诗歌从此成为他宣泄的通道。他独树一帜，在诗歌王国天马行空。

他从药典随手拈出一味中药作笔名，车前子就从中药变成了诗人。百度百科云："车前子性味甘寒，功能利水通淋，渗湿止泻，清肝明目，清热化痰。"这味中药的功效似正可隐喻诗人的人生。

诗人以先否定而后翻转肯定的线索结构全篇，对车前子以残疾之躯而仍然在诗歌王国奋勇冲杀的硬气给予礼赞。诗歌开篇从称谓入手，否定车前子与野草及草药的关联，并正面肯定车前子的战士本色：

我不是一株野草
我不是一味草药
我是战车前的一名冲锋陷阵的战士
莫嫌我拄着双拐
你会依旧看见我自信的微笑
莫嫌我行动缓慢
你会依旧看见我目光的骄傲
请按下诗的门铃
你会听见我久违的先锋号角

对真正的人来说，身体的残疾虽然会让他们行动不便，甚至生活不能自理，却不能阻碍他们登上精神的峰顶，贝多芬虽然耳聋了，却听到了宇宙间最雄浑的乐章；霍金全身瘫痪了，却窥探到时间最深奥的历史。对人而言，真正意义上的健全永远是精神，而不是肉体。因此，身体残疾的车前子仍然可以迎着阳光拄拐前行，在大地上"敲出人的尊严"。

然而他的怪异，他的荒诞，似乎与这个繁华富丽的时代渐行渐远，俗众们忙着赚钱消费，醉生梦死，车前子却一如既往地用诗的解剖刀剖开社会的肌体，展示腥臭的脓疮。在这个人人开心的盛世，他却站在时代的阴影里，他是清醒的，因此是孤独的。诗人写道："我发现我变得很苦"，"我可以祛痰明目。"是的，事物之间往往相克相生，车前子之所以可以入药，在于其可祛痰明目，清热解毒。作为诗人的车前子，其价值在于让欢喜而麻木的庸众回过头来，重新打量一下周围的世界，看看繁华边缘的贫穷，看看庄严背后的罪恶，重新审视一下自己的心灵，掂一掂良心的份量。这世界有太多的热毒和淤痰，有太多的虚妄和荒诞，然而置身其中的人们视而不见，在相互欺骗中演出并不存在的大团圆。也许没有多少人读车前子的诗，无量的庸众被物质与消费的大潮裹挟前行，成为这个繁华盛世的过客。因此，真正的诗人注定是寂寞的，但诗人的价值往往在于对寂寞的坚守。叙利亚诗人阿多尼斯发现，在诗歌面前只有两条道路，要么是作为消费品而写，要么是作为撄犯者而写。选择前者，诗歌一降生便已死亡；选择后者，诗歌一降生便被遗弃，沦为边缘。然而，一个真正的诗人别无选择，只有走上撄犯之路。这也正是车前子的选择。诗人称赞说：

我庆幸
我从战车的一名冲锋陷阵的一名战士
死后成为一株野草
一味草药

草药而诗人，诗人而草药，对这个时代而言，永远是耐人寻味的隐喻。

怀念火炬报

今天
在阳台发现了
发黄的火炬报
一册几页暗藏着火的小报
这把火已燃了三十九年
依然发出夺目的光彩
这把火已是绝版了
这把火把我烧成一具“诗”体
烧成一名铁骨铮铮的诗人
这把火已是绝版了
这个诗人已是绝版了
你看见黑暗前的火炬吗
你听见真理的声音吗
火炬已绝版
真理已绝版

解读：

上世纪七八十年代之交是中国新诗发展的黄金时代，产生了许多引领一时风气的诗歌刊物，北岛等人主编的《今天》便是代表性的一本。这些如雨后春笋般涌出的诗刊是新时期思想解放的产物，那一首首新诗如惊雷般炸响在曾经阴霾密布的天空，又如金色的迎春花怒放在寒冰初融的大地。对“文革”的反思，对真理的追求，成为这一时期诗刊的流行色，“卑鄙是卑鄙者的通行证，高尚是高尚者的墓志铭”。“黑夜给了我黑色的眼睛，我却用它来寻找光明”。这些产生于那个时代的诗句，成为流传至今的经典。

本诗写到的《火炬报》大体产生于同一时期，刊名打着深刻的时代烙印，那就是要燃烧，要光明。我们的诗人即是伴随着《火炬报》的发展成长为时代的歌者，诗人动情地写道：

这把火已燃了三十九年
依然发出夺目的光彩
这把火已是绝版了
这把火把我烧成一具“诗”体
烧成一名铁骨铮铮的诗人

这是一个思想激荡的时代，每个人的心像火炬在燃烧，久被桎梏的心灵有太多的感情需要宣泄，有太多的困惑渴望解答，人们拼命读书，思考，企图对过去的一切作出全新的衡量和判断，而诗歌则成为这个时代最响亮的号角。北岛、顾城、舒婷等一代诗人，如群星闪耀在时代的夜空，他们背叛，挣扎，寻找，呐喊，似乎要把世界剥开表皮看透本相，似乎要把灵魂在太阳下炙烤驱除幽魅。作为最敏感的群体，他们在新旧时代的碰撞中体验着涅槃的痛苦与快慰。我们的诗人无疑是那个时代的见证者与参与者,时代给了他洞彻人生的慧眼,给了他鞭挞现实的勇气,也给了他无所不能的如椽巨笔。时代的烈焰最终将他熔炼成一个铁骨铮铮的人,这无疑是那个时代给他的最丰厚的馈赠。

四十年转瞬即逝,曾经的贫穷渐渐远去,曾经的梦想似乎实现,然而激情不再,茫然如昨。昔日的诗人住进了广厦,心灵却无处安放;曾经的诗人还在歌唱,喉咙却已经嘶哑。那个远去的时代就像风干在海边的贝壳,再不能游向大海深处,只能以斑斓的色彩,激起人们的无限回忆。诗人伤感地说:“火炬已绝版,真理已绝版。”火炬虽然绝版,却没有熄灭,它变成了死火,冰冻在幽冷的深谷,渴望着有朝一日苏醒过来,重新燃烧。真理可以绝版,却永不止步,它只是转化为另一种形态,在历史的深处斗折蛇行,就像岩浆在地壳的缝隙蜿蜒翻涌,寻找着爆发的出口。

那个时代远去了,那些诗句却永不消失,每当翻开发黄的诗册,那些鲜活的声音便如狂奔的马蹄杂沓而来,击撞着日渐枯涩的心灵。只要有现实的呼唤,那个时代将永不死去。

分手

离开家如果是你的快乐
那你走吧
虽然另一位不快乐

没有你的日子
另一位只能把纷乱的心绪
泼洒在纸上
理理辛酸
理一理泪的流淌

交织在一起的线
犹如此时内心的复杂

写写宋词吧
体验下宋人对爱的理解
写写唐诗吧
体会下唐人对活着的潇洒

人的一生呵
就像这白纸
被岁月之手写得忧伤悲愤

解读：

男女之间可以如胶似漆，也可以反目成仇，愈是美好的感情，愈加脆弱，容易受伤。爱情的伤最不易医治，最不易恢复，当这种伤穿透心灵，便是刻骨的痛。当逐爱的心受到伤害时，便如一盆冷水当头浇下，顿然清醒，恍悟往日的甜言蜜语、恩恩爱爱不过一个童话，一场幻梦。于是，分手便成唯一的结局。诗人生动描述了两人分手的情形，尤其描写了男人在女人离开后的活动与心境：

没有你的日子
另一位只能把纷乱的心绪
泼洒在纸上
理理辛酸
理一理泪的流淌

交织在一起的线
犹如此时内心的复杂

分手无疑是痛苦的，对于一个心思细腻的文人来说，用以排遣痛苦的手段莫过于以艺术的创作挥洒内心的伤痛，或者是飞扬的书法，或者是抒情的诗作。千百个往日镜头浮现在脑海，每一个片断，哪怕极细微的细节都可能激起幸福的回忆。闭目体味往日情境，似乎一切都不曾远去，然而她已经决然地远去了，甚至离开时的表情和背影还历历在目。一切都已结束，一切都难以追回。往日的幸福与当下的刺痛交织在一起，激荡成滚滚热泪，那满纸纵横交错的线条，恰似剪不断理还乱的纷杂思绪，宣泄着痛入心脾的情感。爱可以给人无上的幸福，因此也给人最深的刺痛。诗人自我宽慰道：

写写宋词吧
体验下宋人对爱的理解
写写唐诗吧
体会下唐人对活着的潇洒

然而，宋人的爱情词除秦观“两情若是久长时，又岂在朝朝暮暮”较为豁达外，其余莫不词苦调悲，充满离愁别恨。晏殊《木兰花》词云：“无情不似多情苦，一寸还成千万缕。天涯地角有穷时，只有相思无尽处。”欧阳修《蝶恋花》词云：“泪眼问花花不语，乱红飞过秋千去。”贺铸《青玉案》词更用“一川烟草，满城风絮，梅子黄时雨”将其爱情失落的愁绪夸张到极致。爱情固然给人安慰，但宋词中的男女之情却欢寡而愁殷，因为沉浸于爱情中的男女无暇用纸笔记录幸福的历程，唯有离别的伤痛才能催生出动人肺腑的词句。因此，诗人企图以宋人之词求得解脱必然难以实现，重温宋词意境恐怕只能惹起更深的伤感。

唐人自然比宋人豪迈慷慨，包一卷书，背一把剑，便可漫游天下，纵横四海，其间或呼朋引伴，登山临水；或寄迹佛寺，精研典籍；或杀人红尘，快意恩仇。太白便代表了这种盛世精神，高调而张狂，《庐山谣》云：“我本楚狂人，凤歌笑孔丘，手持绿玉杖，好入名山游。”《侠客行》云：“十步杀一人，千里不留行。事了拂衣去，深藏身与名。”失意则牢骚满腹：“欲渡黄河冰塞川，将登太行雪满山。”得意则豪气干云：“仰天大笑出门去，我辈岂是蓬蒿人。”但唐人的豪迈已然随那个强盛的王朝沉入了历史深处，即便诗人重新拾起那些激扬的诗句，也不过是寻获些历史的余烬，早已丧失了原始的温度。当诗人将古人的诗句铺染开来，云烟满纸，也不过是暂时的安慰。推开纸笔，分手的感伤依然会如烟似雾般地涌来。诗人最后感叹说：

> 人的一生呵
> 就像这白纸
> 被岁月之手写得忧伤悲愤

如果人生中所有的不幸都会在心中留下伤痕，那么，爱情的创伤一定是最深的那一个。

情感

情感就像沙丘
一样柔软
你行走在上面
感到很吃力
脚深深地陷入沙里
完全不能自拔

你得小心地走
你得慢慢地走
哪怕走一走
喘一喘气歇一歇
也不能放弃

情感就像沙丘
很容易在风的鼓动下
游走
而走过的脚印

也会消失得无影无踪

爱情很容易放弃
你以为很努力
看到的却是满眼的黄沙
你以为很努力
却看不到一点点绿色

你感到很累
坐下来就不想起来
你以为你再也看不到爱的光芒
所以想离开这个沙丘
重新寻找另一座沙丘

其实沙丘的魅力都一样
沙丘的烦恼都相同
其实你只要在绝望的时候再坚持一会
就会看到冉冉升起的太阳

解读：

诗人以沙丘为喻，描述了情感的追寻历程以及自己的爱情体验。诗人将情感比作沙丘，将情感的历程比作在沙丘上行走，形象而贴切。感情是柔软的，它能给人以舒适愉悦的美妙感受，双脚踏在沙丘里，松散的沙粒既不会像石头一样硌疼脚掌，也不会像水一样柔若无骨；但它既可以像水一样流过脚面，又会以细小的颗粒刺激皮肤，给人以舒适熨贴的抚摩。当然，有时也会有较大的沙粒刺痛脚掌。这极像男女之情，既有相互吸引的美妙，又因为偶然的误解而让彼此惴惴不安，乃至伤心流泪。美妙与刺痛相伴而生，便是爱情的真谛。不仅如此，一旦陷身于爱情，往往不可自拔，恰如双脚深陷流沙，寸步难行，诗人写道：

情感就像沙丘
一样柔软
你行走在上面
感到很吃力
脚深深地陷入沙里
完全不能自拔

这是极真切的体验，品尝到爱的滋味，痴情的男女往往一往情深，一发不收，古今中外，无数爱情诗句无不是对上述体验的诠释。柳永词云："衣带渐宽终不悔，为伊消得人憔悴。"元好问词云："问世间情为何物，直教生死相许。"将爱情神奇而巨大的吸引力进行了高度概括。席慕容说："幸好爱情不是一切，幸好一切都不是爱情。"则又将爱对人的吸引与人对爱的逃离表达得意味深长。爱情虽然美丽，却未必能够得到，爱的获取需要付出，需要耐心，需要坚持，诗人说：

你得小心地走
你得慢慢地走
哪怕走一走
喘一喘气歇一歇
也不能放弃

爱情唯其纯真，故而容不得一点瑕疵，一点丑陋都可能结束一段感情，一点误解也可能让对方离你远去。只有小心、耐心和坚持，才可能最终收获爱情的果实。即便如此，也不意味着一切追求都可以成功，也许辛苦的付出，最终仍是一场徒劳，如诗人描述的那样：

情感就像沙丘
很容易在风的鼓动下
游走
而走过的脚印
也会消失得无影无踪

爱情原本是一种难以捉摸的情感，因为它是一种纯粹的精神爱恋，类似于空中楼阁，虚无缥缈，正因为如此，它极容易改变，今天海誓山盟，明天就可能移情别恋，在男女接触频繁的当代社会，爱情的不稳定性更加突出，一点点刺激或诱惑，都可能改变爱情的方向，如诗人所说，很容易在风的移动下游走，风就是身边各色各样的刺激或诱惑。在此背景下，爱情的成色严重下降，保质期也大幅缩短，于是轻易的背叛与分手成为常态，爱情也便越发难以追寻。诗人说：

爱情很容易放弃
你以为很努力
看到的却是满眼的黄沙
你以为很努力
却看不到一点点绿色

因此，在当代社会，有人不再相信爱情，爱情已经被金钱腐蚀得千疮百孔，对于笃信爱情的人而言，这是一种令人悲观的现实。茫茫人海中，寻寻觅觅，却一无所获，诗人写道：

你感到很累
坐下来就不想起来
你以为你再也看不到爱的光芒
所以想离开这个沙丘
重新寻找另一座沙丘

那种一见钟情的爱情很少见了，爱情掺杂了太多物质化的东西，从而使爱情不再是爱情，这就是当下人们的爱情体验。经过一座座沙丘，蓦然回首，感情便成了一片荒漠。当然，诗人并没有否定爱情的存在，他说：

其实沙丘的魅力都一样
沙丘的烦恼都相同
其实你只要在绝望的时候再坚持一会
就会看到冉冉升起的太阳

这自然是诗人对人们善意的安慰。爱情的成功固然需要坚持，许多男女确实经过多年感情的修炼终成正果，每一颗心都需要长期真诚的付出，才能得到另一颗心的接纳。但问题是，当代爱情越发远离爱情的本义，真爱越发稀缺，许多貌似爱情的爱情往往掺入了太多无关爱情的因素，脆弱而不堪一击，一旦这些因素发生变异，爱情便会瞬间瓦解。爱情的开幕与收场在我们眼前不停地上演，为这个时代的爱情作着最具讽刺意味的注脚。爱情或许真的成了松软的沙丘，随风流动，再不能支撑爱情的重量。

己亥情人节

今年的情人节
鲜花不好卖
天还有点冷
大街上有些冷清

今年的情人节
女人在等着男人发红包
真的假的，收到的没收到的
都发截图向世界宣布
她很幸福
有一份额外的爱情
很温暖

世界变了
本来偷着乐的事情
也敢拿来炫耀

解读：

本诗从情人节的鲜花生意清淡入手，揭示当代社会的情感畸变，其中引人深思的对象便是情人节的红包。

在中国的各类人情交往中，送钱一直是主流，比如春节压岁钱，红白喜事的份子钱等等，不大时兴送鲜花之类有点高雅情调的东西，哪怕是情人节。自情人节引入中土以来，送花给心上人渐成时尚，但在中国功利性的文化土壤中，这一风习似乎一直不瘟不火，因为送花远不如送钱实惠，中国人注重功利胜过对高雅的追求，以至于网络红包成为当代中国引人瞩目的社会现象，尤其是春节期间，相互发红包、抢红包成为祝贺节日、烘托喜庆氛围的重要手段。在微信网络平台，商家通过发红包沟通与潜在客户的感情也极为常见。在这样的社会氛围中，情人节给情人发红包也没有什么奇怪。

但这并不表明中国人从来没有西方人那样的浪漫，其实早在《诗经》时代，青年男女便以鲜花示爱，比如《诗经·邶风·静女》便写一个娴静美丽而又有点调皮的女孩采来辛夷花送给男友，“静女其娈，贻我彤管，彤管有炜，悦怡女美。”彤管就是辛夷花，《本草》载：“此花初发如笔，北人呼为木笔。其花最早，南人呼为迎春。”显然，女孩喜欢这个单纯执着的男子，便以春天最早开放的辛夷花作为情物送给他，也寄托了自己对美好未来的期望。得到花朵的男子欣喜若狂，动情地说：“自牧归荑，洵美且异，匪女之为美，美人之贻”。花朵固然美丽，但在男子心中，这种美丽源于对心上人的痴情与爱恋，所谓爱屋及乌。这首诗虽然描写的是两千多年前的爱情，但经过漫长的时空，我们的眼前似乎仍能映现出这对青年男女纯朴而幸福的面庞，嗅到辛夷花淡雅的芬芳。在那遥远的年代，我们的古人总是喜欢以鲜花歌唱爱情和婚姻，表达对美好生活的祝福，诸如“桃之夭夭，灼灼其华。之子于归，宜其室家”。“何彼秾矣，唐棣之华，曷不肃雍，王姬之车”。但这种单纯质朴而美好的情感随着民族功利性文化的滋长而渐渐远去，有关鲜花与爱情的诗篇也不断沾染世俗的污泥浊水，历代的爱情悲剧往往与权势和金钱有关，比如《孔雀东南飞》中刘兰芝、焦仲卿双双自杀便是因为刘兄攀附权势而造成的逼婚，《杜十娘怒沉百宝箱》中杜十娘愤而自沉便是因为李甲对金钱的贪婪。传统中国女子珍重爱情甚于金钱，爱情没有了，金钱就是一堆粪土，所以杜十娘才怀着无限的绝望怒沉百宝箱，并以投河自尽的决绝之举表达对负心背叛的抗议。

相比女人，男人往往贪恋权力与金钱，因为主宰了权力与金钱，也就主宰了世上的一切资源，包括女人。当无数美女可以用权力和金钱得到的时候，爱情也就消亡了，所以帝王没有爱情，富商没有爱情，只有肉欲。当一个男人很难得到女人的时候，才会珍重对方，珍重感情，爱情才会出现，所以《卖油郎独占花魁》中的秦重才会格外珍惜作为妓女的莘瑶琴。女人作为天生的弱者，难以掌控世上的资源，在传统社会中只能委身于男人讨生活。相比男人，她们的选择空间无疑要小得多，因而更易于因为经济上对男人的依附而产生从一而终的情感。这种对生活资源支配的不平等注定了男女对感情的不同态度，所以传统社会男多负心，女多痴情。现代社会女人大多经济自立，对男人的依赖大大弱化，对爱情的坚执也不似传统女人那样坚定，某种意义上说，男女经济的独立造成了爱情的消亡，至少消解了爱情的神圣性。对女人而言，金钱更为重要，现代社会的物质化、商品化和市场化使得金钱注定成为社会的核心，当男人无法依靠的时候，金钱就成为女人生存的根本保证，在爱情淡薄如纸的现代社会，只有金钱才能给女人以踏实的安全感，它比爱情的空洞许诺要靠谱得多。于是情人节的女人渴望男人发红包胜过送鲜花，也便毫不奇怪。

但红包果真等于幸福吗？诗人以不无讽刺的口吻写道：

真的假的，收到的没收到的
都发截图向世界宣布
她很幸福
有一份额外的爱情
很温暖

爱情原本与金钱无关，不仅无关，而且排斥金钱，用红包来标记爱情是对爱情的亵渎，截图向世界宣布自己的幸福，更是一种讽刺。诗人最后不无深意地说：“世界是变了，本来偷着乐的事情，也敢拿来炫耀。”其实就人性而言，炫耀什么往往欠缺什么，炫耀金钱者往往是暴发户，炫耀权势者往往是曾经的奴才，炫耀爱情者则往往历经感情的挫折，因此一点点可有可无的爱情证据也要拿来向人前示众。但炫耀不等于拥有，就像那个吃木鸡的人，津津有味的样子不过是一种假装的幸福，正如南橘北枳，叶徒相似，其实味不同。那么，情人节从鲜花到红包的蜕变是否可以视为现代爱情变质或消亡的证明。

孔雀羽毛上的图案

孔雀羽毛上的图案
就像会飞的蝴蝶
撩起对梁祝的回忆

用画笔画一画
不用颜色
也能体会忧伤

不信
你看一看这图案
你也会看见悲痛的眼睛
正在注视着你

怀念是一种记忆
记忆也是一种怀念

怀念与记忆

本身就是一对孪生兄弟

解读：

孔雀虽有美丽的羽毛，却并非给所有人以愉悦，在诗人眼中，孔雀羽毛上面的图案便是一只只忧伤的蝴蝶，撩起诗人对梁祝的回忆。梁、祝以愤而赴死的决绝捍卫了爱情的誓言，而化蝶的传说则以另一种方式延续着对爱情的坚守。诗人怀着类似的忧伤，或许自身的某种遭际挥之不去，于是，蝴蝶的意象一旦扑入眼帘，便瞬间触发了对梁祝的记忆。诗人说：

孔雀羽毛上的图案
就像会飞的蝴蝶
撩起对梁祝的回忆

用画笔画一画
不用颜色
也能体会忧伤

不信
你看一看这图案
你也会看见悲痛的眼睛
正在注视着你

但凡一种痛深埋心底，即便经历岁月的淡化，也仍然会留下疤痕，一点刺激，一点暗示，也会轻易撩拨起深藏的隐痛。在中国文化语境中，化蝶已成为梁祝爱情的另一种表达，蝴蝶意象因梁祝故事而与爱情悲剧更紧密的关联在一起，以至于当蝴蝶翩然掠过，一些人的脑海中就会瞬间闪现出梁祝形象，或许小提琴协奏曲《化蝶》那忧伤的旋律也会在耳边响起。忧郁的诗人对蝴蝶意象无疑更为敏感，面对凤冠霞帔、仪态万方的孔雀，诗人既没有欣赏其美丽的羽毛，也没有观赏其优美的姿态，却被羽毛上的圆点所深深吸引，它们不再是孔雀美丽的点缀，而化作蝴蝶的眼睛，悲伤地与诗人对视，似乎是梁祝的精魂翩然而来，倾诉着那个遥远的故事。在与蝴蝶一样的眼睛对视过程中，诗人脑海中一定将梁祝爱情重新回放了一遍，其间一定也穿插着对自身往事的回忆，那悲伤的眼睛与其说是孔雀天然的图案，不如说来自诗人心底对爱情难以忘却的记忆，两重悲剧交织在一起，激荡在诗人的心头，造成无声却长久的共鸣。经过时间的沉淀，诗人对昔日感情的记忆已升华为一种怀念，诗人说：

怀念是一种记忆
记忆也是一种怀念

怀念与记忆
本身就是一对孪生兄弟

在这种升华的过程中，昔日的一切不快都被忽略，一切伤害都被原谅，原本悲伤的往事成为一种超越历史记忆的完美的存在，被诗人珍存在心灵的一角。然而，这种因为逝去而形成的完美，常常因其虚幻性而化成忧伤，以至于孔雀身上的眼睛图案竟然唤起了诗人蝴蝶的联想，进而引起诗人对往事无限伤感的回忆。无论孔雀多彩的羽毛还是优美的姿态，都没能吸引诗人的眼球，诗人有意无意地忽略了这些寻常的美丽，而只注意到了孔雀羽毛上形似眼睛的图案，并将当下的一切情感汇聚于此。诗人将蝴蝶置于孔雀的背景上，将悲伤置于美丽的背景上，这种对比就使得诗人的记忆与怀念具有了格外悲凉的情感内蕴，见出诗人难以修复的感情创痛。

抽象画

被生活折腾的
没了形
除了泪水就是血水
再就是辛酸与忧郁

这一生
太复杂
说也说不清楚

画出来就是这个样
你说他是抽象也好
你说他乱画也好
但在我心中
就是一幅真实的画

我不太会说话
只能用雕刻的刀胡乱地表达

如果有一人能够读懂
这才是我一生的知音

解读：

在常人眼中，抽象画就是各类线条及色块的没有规律的胡乱错杂的搭配组合，它排斥传统绘画规范的艺术造型，而是采用创作者自身才能理解的符号系统；它拒绝用外在意象表达自我，而是将内在心象直接地呈现出来，从而形成一个似乎只有创作者才能进入的抽象世界。诗人说：

被生活折腾的
没了形
除了泪水就是血水
再就是辛酸与忧郁

诗人之所以要用抽象画表达自己，是因为被生活折腾得变了形，泪水和血水、辛酸和忧郁混杂在一起，构成诗人的心灵痛史。这种复杂的人生感受虽然也可以像传统画家那样，用某种特定形象寄托心志，但终究不如杂乱的线条、斑驳的色块的随心所欲的错搭交织来得酣畅痛快，就像方正规矩的楷书不如狂野奔放的草体更能泼洒愤激的生命情怀一样。唐代草圣张旭，每嗜酒大醉，呼叫狂走，或以头发蘸墨书写，洒脱自在。待酒醒后观看作品，以为神奇，不可复得。对于这种近乎癫狂的创作状态，韩愈赞叹有加："喜怒、窘穷、忧悲、愉佚、怨恨、思慕、酣醉、无聊、不平，有动于心，必于草书焉发之。观于物，见山水崖谷，鸟兽虫鱼、草木之花实，日月列星、风雨水火、雷霆霹雳、歌舞战斗、天地事物之变，可喜可愕，一寓于书，不可端倪，以此终其身而名后世。”这种醉酒状态的狂草只求宣泄个体情感，而不求旁人看懂，大概也可算是书法中的抽象艺术了。甚至有人作草书只图一时之快，全不在意字体是否合乎规范，宋代张商英便是如此。史载张商英“一日得句，索笔疾书，满纸龙蛇飞舞。使侄录之。当陂险处，侄惘然止。执所书问曰：‘此何字也？’丞相熟视久之，亦不自识。诟其侄曰：‘汝胡不早问，致余忘之。’”张商英对自己的草书也不认识，其书可算书法中的正宗抽象派了。

生活的真面目本来难以言说，而主体的情感世界更是千头万绪，难以用规范的艺术形象加以模拟。传统艺术虽然形式严整，但在长期的创作中逐渐形成一种模式，一种框架，虽然容易理解，却与外在的现实世界与主体的内心世界拉开了距离。比如中国传统文人画，虽然不同时期有不同的技法与风格，但无论如何变化，从题材而言多是描绘山水花木，就寄托而言不过表达遁世绝俗的“雅趣”，并没有多少深意。更重要的是，我们从这类绘画中看不到真实的生活内容，也难以感受创作者的喜怒哀乐，一切都被相似的题材及相近的手法遮蔽了，陈陈相因，了无生气。相对于传统绘画，抽象画虽貌似费解，却更加真实，它将主体当下的心灵状态或人生情形以基本的绘画语言呈现出来，而排斥了对外在意象的借用。就此而言，抽象画其实才是真正的具象艺术。诗人说：

这一生
太复杂
说也说不清楚

画出来就是这个样
你说他是抽象也好

你说他乱画也好
但在我心中
就是一幅真实的画

世界虽只有一个，但不同人心中的世界却如恒河沙数，每个人都在从自己的角度观察和感受这个世界，每个人都活在自己的世界里。所以，不同世界中的人便难以相互理解，所以才有“何不食肉糜”之说。也正因为如此，超越自己的世界而进入另一个人的世界便格外难能可贵，这需要一颗悲悯的心，陈寅恪先生倡导“同情之理解，理解之同情”便是此意。每个人的世界在他人看来也许就是一幅抽象画，但只要怀有悲悯的心，无论多么抽象的画作都可以破解，因为再抽象的画作也反映着心灵的真实，而人类的心终究是相通的。

拥抱

拥抱
是需要勇气的

阳光下的拥抱
一定是友谊
黑暗中的拥抱
不是爱情就是偷情

拥抱有时是一种安慰
让委屈得到一种释放
拥抱有时是一种鼓励
让胆怯变得勇敢和自信

拥抱是一种境界
拥抱就是找到了圆的形式
这种形式只有旁观者才能看到
但又有谁去

思考过这拥抱的真正内涵

拥抱是一种圆融
去掉你我的分辨
才能相融在一起

圆融是祛除烦恼的法门

解读：

诗人以现实生活中随处可见的拥抱行为生发议论，简要概括了拥抱的不同类型与性质，从不同侧面揭示了拥抱的社会功能与文化意义。诗人写道：

拥抱
是需要勇气的

阳光下的拥抱
一定是友谊
黑暗中的拥抱
不是爱情就是偷情

拥抱是人世间最亲密的行为之一，而不同性别间的拥抱则具有不同的意义。同性间的拥抱，除了同性恋，更多是友谊的表示，尤其是男人间的拥抱，更能显示彼此间的深情厚谊。在外交场合，两国领导人的拥抱就是要向外界展示双方及两国关系的非同寻常。女人间的拥抱多发生于同学、闺密之间，往往为了表达久别后的亲昵，伴随着彼此间对对方脸蛋、身材、体重等信息的惊讶，以及对对方不打电话的嗔怪。而人类最甜蜜的拥抱则是异性间的拥抱，这种拥抱因其私密性，往往不大向他人公开，尤其是情侣间的第一次拥抱，更是二人专享。所以，这种拥抱往往选择在幽僻的角落，或只有二人存在的地方。当然，随着西方文化久入中土，浸成风俗，如今的青年男女甚至中年男女在大庭广众之下勾肩搭背或深情拥吻也是寻常之事，且有情侣故意在公共场所拥抱示众，以显示双方之情好日密。然而，情侣间的第一次拥抱未必那么容易，作为异性间的第一次亲密接触，拥抱存在一定的心理障碍，需要某一方主动实施。尤其是男人，不但要善于抓住机会，而且还要率先伸出臂膀，这确实需要一定的勇气。当然，拥抱在一起的男女，除了情侣，还有情人；有时因为爱情，有时则是偷情。爱情自然是正大光明的，偷情则为人所不齿，因为违反道德。但世间男女因为种种原因而去偷情，从来没有中断，或者因为婚姻不幸而另寻寄托，或者为了寻找刺激而尝试新欢，或者旧情复炽而重续前缘，或是为了某种交易而主动献身，如此等等，不一而足。而无论何种原因，偷情的拥抱虽然有新鲜的刺激，终究难免被人发现的恐惧。有违道德的行为，无论具有怎样的诱惑，终究需要敬而远之。

从感情交际的角度而言，拥抱具有多方面的感情抚慰功能，诗人说：

拥抱有时是一种安慰
让委屈得到一种释放
拥抱有时是一种鼓励
让胆怯变得勇敢和自信

拥抱是最有力的肢体语言，它所传达的信息远胜过各种情感词汇的堆砌。当同事执勤遭到误解时，拥抱是最温暖的安慰。当夫妻吵架感觉委屈时，另一方的拥抱是最真诚的道歉，也是最有效的矛盾化解方式。当队友在球场遭遇失败时，当同事的实验屡遭挫折时，拥抱是最有力的鼓励，胆怯因此可能变得勇敢和自信。作为肢体语言，拥抱能够传达语言无法传达的微妙信息，没有任何语言可以代替身体的接触。因为拥抱是彼此情感最直接的交流方式，是消除任何戒备之后的心息相通，双方的心此时在一起跳动，拥抱着的双方能够从对方的体温与呼吸中感受到世间最美好最温馨的亲情、爱情与友情。诗人说：

拥抱是一种圆融
去掉你我的分辨
才能相融在一起

圆融是祛除烦恼的法门

是的，真诚的拥抱一定抛弃了彼此的分辨，甚至忘掉了自己，双方已融成一个整体。只有在把自己的心灵完全向对方敞开，把自己的情感完全交付给对方，语言成为一种多余时，这种拥抱才会发生。因此，真诚的拥抱一定是两个心灵的交流与圆融，无论同性还是异性，拥抱在一起时，一定是最温暖、最幸福的时刻。

历史篇

乌镇

坛坛罐罐
透露出这座古镇的年龄
水很软
像一条麻绳
拴住了六千岁老人的心

乌篷船为了游人的欢笑
不知疲倦地在水上桥下
来回穿梭

桥
驼背的老人
伫立迎送儿孙们
来来往往

青石板
还是那么的硬

硬得很深很远
即使千人万人踏
也决不服软

来到这里
我只想见到两个人
一位是茅盾
一位是木心

解读：

坛坛罐罐，水，乌篷船，青石板，江南才子，构成了乌镇最醒目的标识。诗人将这些江南水乡惯见的意象连缀起来，便构成了乌镇的现代写意。

酒坛承载着乌镇先民最开心的记忆，糯米、白面、白水，这三样朴素的材料被堆入坛子，从此便守候着一个个美丽的约定。当新房落成的时候，当金榜题名的时候，当新年来到的时候，当女儿出嫁的时候，坛子被打开，扑鼻的酒香便会荡漾开来，醉了一城的心。千百年如此，于是，那一个个大大小小形状各异的酒坛便成了乌镇的年轮。

酒能醉人，水却可以让人的心变软，像一条麻绳将乌镇串穿起来。撑着乌蓬船，似乎可以到达乌镇的任何角落。人们习惯了乌镇的水，习惯了柔软，于是再也走不出水画出的圆。

除了乌蓬船，还有青水石桥。千百年，人们从桥上走过，桥像慈爱的老人，驼了背，却心甘情愿地让自己的儿孙从背上踏过，青石板路永远那么硬，就像乌镇人的性格，永不服软。因此江南才会哺育出柔情似水而又外柔内刚的江南才子，诗人心怀敬意地说：“来到这里，我只想见两个人，一个是茅盾，一个是木心。”茅盾以其惊世才情，描绘出一个旧时代的衰弱与没落，奋斗与新生。木心则基于自身的苦难审视中国的历史与当代，左手作画，右手为文，渲染出个体与民族的别样痛史。

乌镇的幽幽流水、青石板桥和杏花春雨，孕育了江南才子源源不竭的灵性与才思，而乌镇的千年风雨、沧海桑田、世事变幻则赋予了他们洞彻人生的慧眼。跋涉过，飘泊过，呐喊过，绝望过，挣扎过，躁动的心灵最终归于寂寞。他们的灵魂终归故里，重归江南的迷蒙烟雨。是的，乌镇的自然与人文最终浓缩到这两个人身上，读懂了他们，便读懂了乌镇。

西塘

平川就像
一枚枚钮扣
在流水的缝合下
镶嵌在这块布满灰瓦石板的老粗布衣上

有谁知道
西塘
应该叫胥塘

吴语的缠绵
导致后人的误读
也使后人忘记了
春秋伍子胥
为民修水利的这一段历史

西园里的大家闺秀
嫁了人

也就留下了空空的宅院
花开树茂
也只能孤芳自赏

后人把柳亚子请进
这座庭院
希望能有一些
诗的声音

这里的小巷胡同很多
如果没有了向导
你会很迷茫

如今这里的水
不再那么清澈

灯火辉煌的晚上
不过是酒的芳香
和迷乱震耳的音乐
歇斯底里的狂叫
这也是我最为担心的

一座座石桥
如一个个问号

仿佛在向世人寻求答案

解读：

平川是西塘的别名，虽曰平川，却不是连片的陆地。江南水乡，湖汊纵横，溪流将平川分割开来，就像一枚枚钮扣，被流水“镶嵌到这块布灰瓦石板的老粗布衣上”。

河汊，黑瓦屋，青石板路，久远的历史，便是西塘最醒目的标记。然而历史中总有为人淡忘的东西，诗人提醒说：“有谁知道，西塘，应该叫胥塘。”春秋时期的伍子胥筑坝修塘，才留下了这造福生民的水利工程。然而，吴音的缠绵将“胥”转读为“西”，伍子胥的英名便被埋没到了历史深处。追思古人，诗人的思绪不乏感慨。西塘的历史当然不止于英雄的业绩，还有文人的风流。西园，这个昔日朱氏侯王的宅第，当年兴盛一时，公子，才人，小姐，侍女，通宵达旦的宴会，文采风流的雅集，西园的昨天富集了西塘的精萃。然而花开花落，白云苍狗，王侯老去了，小姐出嫁了，王榭堂前燕飞入了寻常百姓家，昔日繁华衰败成了一地凋零。诗人伤感地写道：“花开树茂，也只能孤芳自赏。”

斗转星移，若干年后，王朝陨灭了，当年的王侯府第，成了人人可以涉足的公园，名满南国的柳亚子也曾如惊鸿翩然而至，与西塘南社谱写了民国的一段传奇。伍子胥、西园、柳亚子、南社，一以贯之的文脉不绝如缕，令人玩味不尽。只是在历史的演进中，文化渐渐沉沦，享乐甚嚣尘上，消费腐蚀了思想，物质压倒了精神，诗人不无深意地写道：

这里的胡同小巷很多
如果没有了向导

你会很迷茫

是的，置身时代的歧途，我们同样不知道何去何从。可是，向导在哪里呢？那“一座座石桥，如一个个问号，仿佛在向世人寻求答案”。

致项羽

因为你的善
将福留给了阴谋
将祸留给了自己

因为你的善
将生留给骏马
将死留给自己

你头颅落地
却让江水托起

你的流传
不是因为你力大无比
也不是因为你是西楚霸王
更不是因为你缠绵的爱情故事
是因为你的善啊
让人敬仰了千年

让乌江红了千年

解读:

对项羽的评价,千古不绝,聚讼纷纭。本诗从独特的视角解析项羽千古流传的原因,归结于"善"。项羽之"善"往往被称为妇人之仁,最要紧的是鸿门宴上未能当机立断除掉刘邦,以致养虎遗患。显然,项羽远不是成熟的阴谋家,与刘邦之类全无底线的流氓无赖相比,终非对手,最后自刎乌江实属必然。

蜀人李宗吾将古往今来夺权成功的秘笈归纳为厚黑学,即所谓脸皮厚,心肠黑,并将厚黑学划分为三个阶段,第一阶段是"厚如城墙,黑如焦炭",第二阶段是"厚而硬,黑而亮",第三阶段则是"厚而无形,黑而无色"。刘邦最后能够称孤道寡,在于把厚黑的真谛学到了家,因此笑到最后。与之相比,项羽厚而不到位,黑而不彻底,关键时刻优柔寡断,以致错失良机。诗人将这种优柔寡断称之为善,亦不无道理。鸿门宴上刀光剑影、杀机四伏的时刻,如果项羽下定了狠心,则刘邦断难逃脱。虽然范增屡次示意,无奈项羽视而不见,不为所动。并非不敢,而是另有心思。也许是因为入咸阳前早有约定,忌惮杀掉刘邦会失信于天下;也许是自恃兵强将广,压根没有把刘邦放在眼里,总之,在最容易下手的时刻网开一面,仍然表明项羽内心怀有难以消弥的善性。但中国的政治传统从来不认同仁义道德,而是成王败寇,无论用怎样的手段,只要得了天下,就自然成为得民心的正义化身,一切污秽与骂名都将由失败者承担,因为历史永远是由胜利者书写的。楚汉相争的年代,中国历史还没有充分展开,深谙厚黑学的天才尚未粉墨登场,因此,项羽还来不及向前辈学习,便在与厚黑鼻祖的较量中落败了。自然,这里也有年龄及阅历的因素,项羽死时只有 25 岁,不过一个涉世未深的毛头小子,在需要下黑手的时刻,那种与年轻伴生的善性往往会阻挡恶念的奔窜。刘邦彼时则已是半百之年，中国人说“人老奸，马老滑”。刘邦生性无赖，兼以多年闯荡江湖，更锤炼出皮厚心黑的本领，面对涉世未深且心粗气傲的项羽，心理上自然更多胜算。事实正是如此，从这个意义上说，项羽的确败在了自己的“善”上。所以诗人感叹说：

因为你的善
将福留给了阴谋
将祸留给了自己
因为你的善
将生留给骏马
将死留给自己

因善而失败，因恶而成功，成功不相信善良，却令人何去何从！这不由令人想起东汉党人范滂临终前对儿子的遗言：“吾欲使汝为恶，而恶不可为；使汝为善，则我不为恶。”道德与结果间的二律背反令人困惑，然而人心如镜，如果我们相信历史的公正，那么就可以正道直行而无须顾虑，如孟子所告诫的那样：仰不愧于天，俯不怍于人。即便倒下了，也会以正气浩然的形象永存天地之间。正如诗人对项羽的评价：“你的流传，不是因为你力大无比，也不是因为你是西楚霸王，更不是因为你缠绵的爱情故事，是因为你的善啊！让人敬仰了千年，让乌江红了千年。”

树

昨夜的风
太大
将这个部落的帐篷卷飞
人们清楚地看见
是树在疯狂地舞动
于是
目光投向了树
人们认定就是树制造了风

树从此
面临被这个部落的人
全部砍光的厄运

树无法辩解
因为至死
还留着被风折断的
手臂

她无声地从心底发出撕裂心肺的声音
我是保护你们家园的勇士呵
可是又有谁相信呢

千年之后
被砍光了的
树的部落
淹没在一片沙漠之中

解读：

历史的真实永远掩盖在表象之下，可惜的是，人们总是懒得揭开表象，探寻真实。本诗是一首寓言诗，写了树的悲剧。原本与风斗争、保护部落的树，却被当作招引大风的罪魁祸首，惨遭砍伐。诗人怀着无限的同情，抒写了大树悲愤的控诉：

她无声地从心底发出撕裂心肺的声音
我是保护你们家园的勇士啊
可是又有谁相信呢

树的悲剧无疑是人类悲剧的生动写照。多少人类的先知，因为远远超出了庸众的认知水平而遭到怀疑、迫害和杀戮，因为传播日心说，布鲁诺被活活烧死。因为主张变法维新，戊戌六君子血洒菜市口。因为对"文革"提出质疑，张志新被割喉枪毙。庸众并不知道，这些先知先觉者正是他们的拯救者。然而，在受到长期的愚弄之后，庸众并不容易分清善恶，以至于很多情况下，他们会愤怒地冲上前去，将追求真理的先知撕得粉碎。

文明的进步需要民智的开化，而民智的开化需要思想的自由，但被长期压迫、愚弄的奴才习惯了看主子脸色行事，早已丧失了质疑、反思和批判的能力，他们在很多情况下本能地与主子站在一起，对叛逆者举起屠刀。戊戌六君子慷慨赴死时，京城百姓拍手称快，以至于刑场附近时不时传来这样的叫嚣："我等深恶六贼，恨不能食其肉，饮其血，以表忠君爱国之赤诚！""六贼"自然是官方的定谳，既然朝廷称之为"贼"，当然该死，当然要表示拥护，唯此才是忠君爱国。鲁迅说："先觉的人，历来都被阴险的小人，昏庸的群众排挤、压迫、放逐、杀戮，中国人格外凶。"王权思想根深蒂固的民众无法理解变法的意义，不懂得变法与自身命运有怎样的关系，唯以朝廷马首是瞻，于是成为麻木的看客和愚昧的帮凶。因此，历史的停滞不仅在于统治者的奸恶险诈，而且在于奴才的逆来顺受，愚忠耿耿。

从根本上说，先知们超越时代的先觉和先见有利于统治者及整个族群，但主子们仅仅因为眼前利益受到损害便无法容忍，必欲除之而后快，以为将这些不守本分离经叛道的异端悉数诛除就可以高枕无忧了。国民昏昧无知，固然利于统治，但当狮虎一样的外敌汹涌而来的时候，只知道伏首贴耳的愚氓怎么能抵抗强大的敌人！1840 年以后清政府屡战屡败的历史已经告诉了我们答案，那就是整个族群一起灭亡。诗人感慨说："千年之后，被砍光了树的部落，淹没在一片沙漠之中。"清王朝在遭到列强一再的打击之后，终于在武昌起义的炮声中土崩瓦解，而古老的民族也在列强的侵迫之下陷入亡国灭种的危机。

树的故事警示大众要善于分辨是非，不能一犬吠日群犬吠声；同时更警告统治者要有容忍异见的雅量，因为先知的异见是长鸣的警钟，是救世的良药，顽固排斥，野蛮打压，只能像砍光了树的部落一样自取灭亡。

峡谷之石

由于你太硬
才被抛弃于这荒郊野外
由于你太有个性
才被抛弃于这人烟绝迹的山谷
由于你从不弯腰低头
才被抛弃于寂寞的深山老林

你们是一群不同经历
却有着相同品格的石头
你们相逢在一起
成为这里的传奇
成为这里一道靓丽的风景
从天而降的瀑布
为你们书写清亮而壮美的楹联
耸立云霄的岩壁
为你们留下无字的丰碑
森林敬仰你们

年年为你们佩带怀念的花朵
溪水敬重你们
昼夜为你们传唱

嫉妒的风雨
向你们浇来腥风苦雨
仇恨的雷电
向你劈来淫威的利剑
你们还是那个脾气
不言　不哀　不卑　不亢
依然高傲
不屑于遍体鳞伤

解读：

石头因其坚硬的质地，多样的形态，常被用来比喻国之栋梁，一些忠臣良将常被称为国家柱石。同样因其坚硬的质地，也常用来形容坚贞的品格。本诗则描写了一群峡谷中的石头，因其太硬，太有个性，从不弯腰低头，而被废弃于荒山老林：

由于你太硬
才被抛弃于这荒郊野外
由于你太有个性
才被抛弃于这绝迹人烟的山谷
由于你从不弯腰低头
才被抛弃于寂寞的深山老林

这样的石头自然是人的生动写照。硬，可谓石头的基本特征，现实中很少有力量可以将坚硬的石头轻易击碎，因此也常常用石头形容一个人品质坚定，比如坚如磐石。或者单取石头的硬加以形容，比如硬骨头。之所以被称为“硬骨头”，是因为还有软骨头，与石头不同，很少有人在面对强力的碾压时，还能依然故我，大部分人为求自保，往往退让，妥协，屈服，只有极少数人敢于捍卫神圣的原则。因为他们在他们心中，所欲有甚于生者，所恶有甚于死者，道义比生命更可贵，因此不惜一身剐，也要舍生取义。历史上因为骨头硬而遭嫌弃，被流放，遭杀戮者所在多有，屈原、李膺、嵇康、海瑞等等，构成了在王权面前敢于斗争、挺立不屈的士大夫群像。于是，以石头自喻身世，倾吐不平，便成为中国文人的传统。绍圣以后，秦观被贬岭南，曾作《陨星石》诗，诗云：“萧然古丘上，有石传陨星。胡为霄汉间，坠地成此精。虽有坚白姿，块然谁汝灵。犬眼牛砺角，终日蒙膻腥。”本是天上高贵的星星，陨落人间却成为平凡无奇的石头，以至终日与狗牛厮混，腥臭难闻。秦观以陨星石的命运寄寓了自己被贬蛮荒的愤懑。无独有偶，今人贾平凹亦曾作《丑石》一文，写了一块外形奇丑、遭人唾弃的石头：不圆不方，无形无棱，既不能砌墙，亦不能洗衣，就连孩子在上面玩耍，也会因其不平而磕着碰着，于是乎大家一致称其为“丑石”。但就是这块似乎百无一用的丑石，有一天却时来运转，一个天文学家路过看到它，发现这是一块身世不凡的陨石，丑石从此身价百倍。丑石或许是贾氏自身命运的写照，或许表达了一种理想，但这种好运在传统文人那里几乎是一种空想。一旦遭贬，往往回天无力。其实秦观也渴望着有这么一天，在《陨星石》一诗最后，秦观写道：“俛仰一气中，万化无常经。安知风云会，不复归青冥。”但他终究没有等到重归青冥的一天，北返途中，客死于滕州。

这些文人的悲剧在于，他们相信，无论自己如何行事，只要公忠体国，发自至诚，就一定会得到君主的信任和谅解。屈原满怀冤屈，在《离骚》中升天入地，就是要向楚王表白自己的忠诚，他恨不得要剖开胸膛，让楚王看到自己的碧血丹心。他以为，只要楚王能懂得自己忠于楚国，就能重返朝廷，再担大任。君主未必不知道他的忠诚，但在君主看来，顺从自己比忠于国家更重要，士大夫忠诚的往往是国家，而君主需要的是忠于自己。君主并不完全代表国家，常常只代表他自己，君主追求的往往是大权独揽，骄奢淫逸，而不是造福苍生，泽被万代。因此，很多情况下，忠于国家，就一定会冒犯君主，冒犯君主，就一定下场悲惨。岳飞忠昭日月，仍然被赐死，便是明证。

王权从来喜欢柔软，喜欢顺从，喜欢乖巧玲珑，硬而特立独行从来不会在王权那里得到宠爱，也不可能得到公正的评价，能够给他们公正评价只能是人心，是历史，李白诗云："屈平词赋悬日月，楚王台榭空山丘。"即是此意。在中国的文化土壤中，这便是屈原等传统士大夫的宿命。

腐烂的板材

一切的妖魔鬼怪
都喜欢在黑暗中蹲守

你本不该在黑暗中的
我知道你本是一块不错的板材
却在黑暗中腐坏了身子

一张变形的脸
你可能不知道
有多么的丑陋和可怕

你可能很长时间没有照镜子了
很长时间没有晒晒太阳了
不信你抖一抖身子
霉菌会像粉尘一样落满空中

一切都已晚了

你坏了的身子
再也无法使用

解读：

诗人以腐烂的板材为喻，描述了一个朋友因某种原因而堕落废弃的故事，表达了由衷的叹惋之情。诗人写道：

一切的妖魔鬼怪
都喜欢在黑暗中蹲守
你本不该在黑暗中的

我知道你本是一块不错的板材
却在黑暗中腐坏了身子

我们不知道这位朋友为何置身于黑暗，人之常情，没有人乐意躲在黑暗中，但有时候强大的外部力量会将人挤入黑暗，就像将一个优质的木料挤入阴沟，使之变成腐烂的板材。历史上这类事例不胜枚举。许多曾经豪情满怀的青年才俊，在经历宦海浮沉之后，往往消尽激情，沦落为混吃等死的废物。欧阳修曾描述一个叫黄梦升的青年，因为长期仕途失意，郁郁不快，最终自甘沉沦并终于赍志以没的故事。欧阳修初见黄梦升时，“梦升年十七八，眉目明秀，善饮酒谈笑。予虽幼，心已独奇梦升。后七年，予与梦升皆举进士于京师。梦升得丙科，初任兴国军永兴主簿，怏怏不得志，以疾去。久之，复调江陵府公安主簿。时予谪夷陵令，遇之于江陵。梦升颜色憔悴，初不可识，久而握手嘘唏饮以酒，夜醉起舞，歌呼大噱。予益悲梦升志虽衰而少时意气尚在也”。其后黄梦升一直沉沦下僚，落魄不遇，“负其所有，常怏怏无所施，卒以不得志死于南阳”。黄梦升的遭遇代表了中国传统知识分子的整体命运。当年的苏轼兄弟同中进士，名满京城，可谓志满意得，一时间豪情满怀，将建功立业看得易如反掌，后来在其《沁园春》词中描述当年心态云：“当年共客长安，似二谢初来俱少年。有笔头千字，胸中万卷，致君尧舜，此事何难。”但乌台诗案的打击使得苏轼切身感受到仕途的凶险，政治理想远不是有激情有才能便可实现，君臣矛盾、党派斗争及无数阴谋算计随时可以将人置于死地，对一个缺乏政治经验的年轻人来说更是如此。被贬黄州之后，苏轼志气衰落，感叹“人生如梦”。元祐还朝后，虽与乃弟俱受重用，而其心态之消极颓废则没有根本改变。宦海风波消磨了苏轼的政治热情及人生激情，某种意义上由一个优质的板材蜕变为一块普通的木料。向前追溯，唐代白居易也是同样的人生轨迹，年轻时豪情四溢，与元稹一起创作新乐府痛批时弊，企图修明政治，重建盛世。后因所谓“越职言事”及遭人诽谤而被贬江州，入世之心一落千丈，自称“天涯沦落人”。还朝之后官越做越大，入世之心则衰弱不振。晚年享受优厚的俸禄并以此自足，诗作中充斥着颓废的俗趣，与早年的激昂慷慨判若两人，由一块优质板材变成了一块无甚用途的废料。

面对沉沦堕落的朋友，诗人痛心地写道：

一张变形的脸
你可能不知道
有多么的丑陋和可怕

你可能很长时间没有照镜子了
很长时间没有晒晒太阳了
不信你抖一抖身子

霉菌会像粉尘一样落满空中

这未必是朋友的主动选择，在这个世界上，恐怕没有人愿意自甘堕落。由青年之入世到中晚年之出世，由良材沦为废材，是许多传统知识分子的人生轨迹，少有例外。专制环境容不得个体意志的伸张，大一统思维与王权的合一对个体权利形成了全面的碾压，任何不恭顺的思想行为都将受到不容置疑的打压，对许多人来说，沉默而无所事事便是唯一的选择。当然，也有不甘堕落勇于抗争者，如魏晋之嵇康，鄙视司马氏政权之卑鄙险恶，坚决拒绝与之合作，并与仕途得意的山涛公然绝交，其行为之高调乖张令司马氏恼羞成怒，终于为其所害。与嵇康相提并论的阮籍面对黑暗的逼迫，缄口不言，以求自保。但其虽以难得糊涂的姿态苟活于世，实则无异于行尸走肉，内心充满苦闷与绝望。为了消释精神压力，常常"率意独驾，不由径路，车迹所穷，辄痛哭而返"，可谓生不如死，同样成了一块于世无补的废料。因此，在中国传统的专制时代，士人或者依附黑暗，或者被黑暗吞噬，很难有其他选择。虽然可以像陶潜一样归隐田园，但传统士人的基本追求从来不是独善其身，而是兼济天下，如果只能独善其身，则其本质也是一块废料。在个体权利无法得到保障的时代，无论怎样的良材，都难逃沦为废材的命运。诗人感叹"你本不该在黑暗中的"，然而这却非个人所可选择。置身于黑暗，往往由于时代的黑暗；脸形的丑陋，乃是因为时代的丑陋；自身的腐朽，乃是因为时代的腐朽。诗人惋惜地说：

一切都已晚了
你坏了的身子
再也无法使用

这，并非偶然的个案，而是阴差阳错的宿命。无数人怀着青春的激情奔向理想，经过人生的风雨，或老于世故而默不作声，或自暴自弃而无所事事，再也不能振作，再也无法使用。似乎是一道无形的城囚禁了曾经狂放的灵魂，任其挣扎呻吟，自生自灭。这自然是一种悲剧，只是，永远没有剧终。

宣纸

出生之时
都一样贵贱
来到世上
遇到什么人
成了他命运
转折的关键

同样一张纸
遇到高人
了了数笔
就高高在上
悬挂于墙
让世人仰慕
身价倍增
遇到蠢才
即便刻画万笔
小心谨慎

也会成为任人脚踩的垃圾
一文不值

同样的墨
同样的彩
造就不同的人生
这是否就是命运

解读：

一张宣纸，是靠名家的精采之笔而传世不朽，还是因蠢材的胡涂乱抹而沦为垃圾，实在是一件极靠运气的事。诗人追问说：

> 同样的墨
> 同样的彩
> 造就不同的人生
> 这是否就是命运

诗人笔下宣纸的命运正是历史上各类人才命运的隐喻。历史上的人才之于君主恰似宣纸之于书画家，遇到明主或许可以大显身手，建立丰功伟绩；遇到心胸狭隘猜忌成性的庸主或暴君，则或者横遭排挤而志不得伸，或者遭人谗害而死于非命，当然也可以退出官场而终老山林，就像被糟踏的宣纸一样成为垃圾。韩信当年在项羽手下只能做一个小小的执戟郎，转而投奔刘邦之后则被委以重任，将其惊人的军事才能发挥得淋漓尽致。魏徵早年追随李密不得重用，后在太宗朝直言进谏，遂成一代名相。这类例子充分说明君主的重要性，但并非所有人都有韩信、魏徵那样的好运，自以为才华满腹而不得其用的人在历史上比比皆是，因此留下了那么多牢骚太盛的诗篇，比如李白便恨恨地说，“大道如青天，我独不得出”。当然，也有人初受重用，其后则遭冷遇，比如贾谊少有才名，二十岁便任文帝朝博士，迁太中大夫，后被周勃、灌婴等元老重臣排挤出朝，谪为长沙王太傅。在经过湘水时，作《吊屈原赋》，以怀念古人的方式抒写自己的愤懑，其中写道：“鸾凤伏窜兮，鸱枭翱翔。阘茸尊显兮，谗谀得志；贤圣逆曳兮，方正倒植。……斡弃周鼎，宝康瓠兮。腾驾罢牛，骖蹇驴兮；骥垂两耳，服盐车兮。”小人得志，君子遭殃，大体是专制时代的共同状况，贾谊在这里虽是感叹屈原才不为用，当然也是哀叹自己生不逢时。实际上能够得遇明君并能大有作为者是极少数，尤其是秦汉之后大一统背景下，士人受到专制政权的任意摆布，动辄得咎，很难再像战国时代的苏秦、张仪一样左右逢源，建立不世之业。所以当有人问东方朔，先生您才高学富博闻辩智，何以“旷日持久积数十年，官不过侍郎，位不过执戟?”东方朔喟然叹息说，“彼一时也，此一时也，岂可同哉！夫苏秦、张仪之时，周室大坏，诸侯不朝，力政争权，相擒以兵，并为十二国，未有雌雄。得士者强，失士者亡，故说得行焉”。诸侯并争的时代，一个人如果才能卓绝，自然会被各国君主奉为上宾，因为诸侯国间的斗争拼的就是人才，“今则不然。……天下平均，合为一家，动发举事，犹运之掌。贤与不肖，何以异哉?”在大一统的专制环境下，才能并不是被任用的必要条件，必要条件是君主的喜欢、赏识与信任，而取得君主宠信的途径主要不是才能，而往往是才能之外的手段，这类手段就像兵法，“运用之妙，存乎一心”，可意会而不可言传。在这种时代，一个人用不用完全取决于君主的好恶，所以东方朔感叹说，君主“抗之则在青云之上，抑之则在深渊之下；用之则为虎，不用则为鼠。使苏秦张仪与仆并生于今之世，曾不得掌故，安敢望侍郎乎！”割据时代的士人可以待价而沽,大一统时代,士人能够侍立于朝廷并全身而退已经很不错了。汉武帝肆意杀戮大臣,先后清除六位宰相,其他大臣被诛杀者更多,实为一代暴君。东方朔这样的人只能在武帝身边依靠滑稽搞笑讨生活,其身份实为弄臣,类似于影视剧中胁肩谄笑的和珅。在生杀予夺喜怒无常的君主身旁活下来已属不易,施展才华有所作为自然便成了奢望,所以中国历史上一些人好不容易获得了亲近君主的机会,自以为从此可以大展鸿图,但在君主眼中,他们不过是偶一用之的工具,可以随时抛弃。当年李白经过二十多年的活动才被玄宗召入宫廷,孰料玄宗不过以陪侍文人看待,并不真正重用,李白大失所望,遂主动求去。有才而不遇明君固然是悲剧,有才而不为君主所用同样是一种遗憾,像王安石与宋神宗那样的君臣相得是中国历史上几乎绝无仅有的案例,所以古人感叹说,遇不遇时也,得不得命也,终究无法掌控自己的命运。历代士大夫更多的是感叹自己不遇和不得,陈子昂“前不见古人,后不见来者”的慨叹代表了古往今来怀才不遇的士人群体的共同心声,这也是专制时代士人的共同命运。

将命运寄托于明君是不可靠的,可靠的是制度,只有现代社会才拥有健全的法制环境,公平的选拔机制,才能选贤任能并使人尽其才。当然,即便如此,仍然会有不遇,就像绘画大师仍然会产生废品一样。但只要每个人机会均等,便可以最大限度地减少不遇的可能,至少不会再有陈子昂那样的愤叹。在这样的环境下仍然不遇,大概只能归之于天命了。

龙

十二属相里十一只动物我都目睹过
就是没见过龙

你看到的龙只能是想象中的龙
有谁亲眼看过龙的真面目呢

龙在海里
会让浪花歌唱
龙在云中
能呼风唤雨

龙之所以无人亲见
是因为有人
成为真龙天子
龙不再属于百姓
尽管黄皮肤的人都自称为龙的传人
但历史上连持有龙纹的器物的权利都没有

龙从此不再与动物为伍
而与帝王为伍
谁还能见到呢

解读：

诗人以龙为评论对象，批判了高高在上、脱离民众的统治者。

龙原本是一种并不存在的动物，完全是人们以自己的想象捏合而成的，至迟到战国时代，龙便已是一种虚幻的物象了，《庄子》中有一个叫朱泙漫的人，"学屠龙于支离益，单千金之家。三年技成，而无所用其巧"，因为世上原本没有龙。到了东汉，龙则成为能够进行诸般变化的神物，许慎《说文》云："龙，鳞虫之长，能幽能明，能细能巨，能短能长，春分而登天，秋分而潜渊。"这自然不是寻常动物所拥有的本领，这些神异的本领自然是人类以自己的想象附加上去的。

根据考古学家的意见，远古的龙不同于现在人们熟知的龙的形象，越古的龙越像鳄鱼、爬虫甚至恐龙，实际上就是原始部族的图腾，与鸡、狗一样是寻常的动物。随着众多部族合而为一，龙的形象也不在不断发生变化，由自然界中的某种动物，演变为多种动物的聚合体。而其地位也随之不断上升，由部族图腾演化为专制王权的象征。于是，龙不再是一种人间的动物，而成为一种见首不见尾的神物，寻常之人再也看不到所谓的"龙"了，诗人说：

龙从此不再与动物为伍
而与帝王为伍
谁还能见到呢

与帝王为伍便是与权力为伍，或干脆就是权力的象征，从此，“真龙”与“天子”便连属在一起，成为帝王的专属称谓，龙也成为帝王专享的名词，只有帝王才可以用龙的形象称谓与自己相关的一切，诸如龙袍、龙椅、龙床、龙辇、龙颜、龙种等等，龙赋予了帝王常人难以企及的地位和无法享有的特权，同时也将帝王与百姓隔绝开来。帝王深居皇宫，普通百姓无缘一见，就像飞龙在天，莫测首尾。于是，龙这种似真似幻、似有似无的动物从此与人世无缘，成为高不可攀、只能在想象中存在的神物。

然而，龙原本不是神物，最初不过是猪婆龙一样丑陋的动物，被神化之后，才成了不可一世的神兽，它的神圣并非来自于自身，而来自于权力带来的幻觉。权力是一种致幻剂，一旦拥有了权力，便拥有了操控世界的幻觉，权力愈大，幻觉愈甚。这种权力的幻觉一方面令人感到自己无所不能，同时也将普通人视为卑贱的蝼蚁。陈胜尚为平民时，对同伴说：“苟富贵，无相忘。”而一旦得势，便自以为是神圣的龙种，不能再忍受他人对其尊严的侵犯。面对前来探望的穷兄弟，陈胜全然忘记了昔日的诺言，只因为一起佣耕的故人了解自己的底细，向旁人谈及当年的旧事，便以为有损威严，干脆将其杀掉。项羽烧掉秦王宫，欲东归故土，便对人说：“‘富贵不归故乡，如衣绣夜行，谁知之者！’”有人讽刺说：“人言楚人沐猴而冠耳，果然。”项羽闻听此言，恼羞成怒，便将此人一烹了之。陈胜和项羽之所以如此草菅人命，是因为他们已然高高在上，自以为不同凡俗的龙凤之种，下人不配再与自己平起平坐，任何冒犯龙颜的言行都是大不敬，杀人立威乃是理所当然。于是龙颜大怒便成为中国文化中令人恐惧的症候，逆龙鳞更是专制时代最大的忌讳，当然也是最需要勇气的行为。龙从此不再仅仅是行云布雨的瑞兽，更是面目狰狞的怪物，它往往不会唤起人们美好的想象，而总是令人想到深宫、阴谋、权力的横暴和专制的冷酷。因为它已经脱离了民众,不再是部族共同认可的图腾,而是专制王权的象征。而任何权力一旦脱离民众,就一定会走向民众的对立面,成为让人敬而远之的异在力量。从自然界的动物到王权的象征,龙的演变生动展现了中国社会的演变,也生动诠释了权力对人性的侵蚀。

龙虽然成为帝王的专利,但在属相这一领域保留了一个相对平等的空间,只要年份恰当,你就可以属龙。龙虽然是一种属相,但缺乏鸡、狗那样的人间烟火气;虽然高贵,却又虚无缥缈。相对于位高权重的真龙天子,普通百姓的龙属相不过是一张可有可无的名片,除了满足一点可怜的虚荣,没有任何意义。

镜中的龙

想从棱镜中逃出
来到世间
这只是你的梦想

我知道你是一条龙
从你露出的尾巴
我就猜得出

可惜你生错了地方
生在一个幻觉的世界
或者是所谓的仙界
你有你的逍遥
可你永远也来不到
活生生的世界
享受爱情
享受人世间的酸甜苦辣

算了吧
你还是留在仙境的棱镜中吧
你还是做你不可一世的龙吧
让人们敬仰
让人们谈一谈你神奇的传说

解读：

在中国文化中，龙原本是极神奇、极高贵的物种，千变万化，神秘莫测，高踞权力之巅，俯视天下万类，它也因此与王权纠缠在一起，乃至成为王权的象征。因此，古代在评价一个人有帝王之相、前程不可限量时，往往用“非池中物”加以描述。一旦大展宏图，则是“飞龙在天”。然而，诗中的龙却被镶嵌进棱镜中，诗人写道：

我知道你是一条龙
从你露出的尾巴
我就猜得出

可惜你生错了地方
生在一个幻觉的世界
或者是所谓的仙界
你有你的逍遥
可你永远也来不到
活生生的世界
享受爱情
享受人世间的酸甜苦辣

徒然具有龙的外形，可能还有伴生的云气，却不能飞动，就那样直挺挺地与镜中的图像搭配在一起，成为人们欣赏把玩的对象，其神秘其威严荡然无存。

这里的龙，象征一切远离人间烟火的形象，比如神仙，比如帝王。古代无数人渴望成仙，为此炮制出无数仙方，那些鬼迷心窍、成仙心切的道士则跑到深山老林架炉炼丹，闹出无数人命。无数人渴望拥有帝王的权力，然而一旦拥有了这种权力，则又与世俗的人世隔绝开来，各类阴谋、算计、陷害与杀戮随即纷至沓来，历史上大大小小的宫廷政变以及轰轰烈烈的朝代更迭，使得无数帝王与皇室宗亲死于非命。唐玄宗在马嵬之变中连自己心爱的妃子也无法保全，只能眼睁睁看着她自缢而死，以至诗人感叹说："如何四纪为天子，不及卢家有莫愁。"崇祯皇帝在李自成农民军攻入北京之后，挥剑砍杀自己的女儿，痛哭流涕说："汝何故生我家?"演出了中国帝王破家亡国最惨痛的悲剧。脱离世俗生活的一切神仙、帝王，都不及普通百姓的生活有滋有味，以至于有的帝王在宫廷也要模仿人间集市买卖东西，虽然荒唐，却表达了遥处深宫的帝王对普通生活的向往。宋徽宗贵为皇帝，后宫女人无数，却偏要到市井嫖妓，过一把普通人的瘾，大概也是羡慕世俗的生活。唐人卢照邻在其《长安古意》中声称："得成比目何辞死，但羡鸳鸯不羡仙。"正表达了中国人的生存哲学。

而这一切的前提是自由，没有自由，一切都无从谈起。因此，对生命而言，自由是其存在的本质，没有形体的自由，生命便与一具冻僵的古猛犸象没有区别。如果镜中的龙有感知，如果让它在僵死的龙与自由的虫之间做选择，那么，这条龙恐怕宁可做一只自由的虫。我们常常可以看到监狱中的囚犯用无比羡慕的眼神看着天空中飞过的小鸟，他们的眼神告诉世界：自由就是一切，没有自由，一切都没有意义。所以匈牙利诗人裴多菲才会说："生命诚可贵，爱情价更高。若为自由故，两者皆可抛。”也有人直截了当地说：不自由，毋宁死。不自由，其实与死了没什么两样。

因此，自由而普通的生活，才是生活的本义，那种超越现实的种种非分之想，便如棱镜中的龙一样，只是一种可望而不可即的幻觉。强行追求，恐怕只能走上走火入魔的不归路。

虎

是何方神圣
将你披上黄袍
为你满身描绘传奇的条纹
在你额头贴上王的标签

从此把你
捧进山林
登上一代兽王的宝座
一生将孤独品尝

谁人知道
一声声
震动山林的吼叫
不是向世人示威
而是一肚子的怨气

他哪里想当什么兽王

整天为温饱而烦忧

他哪里想当什么兽王
没有了朋友
听不到真话
拥有山林又有何用

解读：

虎被造物主放到百兽之王的宝座，从此声势赫奕，威风八面，一切动物都在它面前战战兢兢，伏首贴耳。由虎之威，自然易于想到君之势，如果说虎之威源于其他兽类难以对抗的利爪刚牙，那么君之势则源于生杀予夺集于一身的无上权力。韩非子说："君持柄以处势，故令行禁止。柄者，杀生之治也；势者，胜众之资也。"韩非子认为，君主所能够君临天下，并不在于品德之高尚，也不在于能力之出众，而是因为拥有"势"而位尊权重。因此他明确地指出："贤人而诎于不肖者，则权轻位卑也；不肖而能服于贤者，则权重位尊也。尧位匹夫不能治三人，桀为天子能乱天下，吾以此知势位之足恃，而贤智之不足慕也。"凭借"势"所赋予的权力，君主号令天下，无所不能。从大臣到平民，不仅唯君主马首是瞻，而且要极力讨好逢迎，即便穷乡僻壤的野人，也想着把自以为世间最好的享受献给君王，遂有"野人献曝"的故事。

君主虽然高高在上，却难以听到真心话，没有人敢于推心置腹地与之交流。且愈是暴君，便愈加闭目塞听。虽然人人都渴望真诚的交流，但真诚的前提是平等，面对高高在上的当权者，没有人敢于敞开心扉，因为任性的权力随时可能草菅人命。于是所有人都在君主面前唯唯诺诺，君主听到的除了奉承，便是谎言。所以君主是孤独的，历代帝

王自称“寡人”,名至实归。虎也是如此,“登上一代兽王的宝座,一生将孤独品尝”,诗人以拟人的口吻描写虎的心态说:

他哪里想当什么兽王
没有了朋友
听不到真话
拥有山林又有何用

虎或许不甘寂寞,渴望推心置腹的交流,渴望真情至性的表白。而人间的王者则将权力看得高于一切,虽然寂寞,但可以声色犬马加以排遣。虽然没有朋友,听不到真话,但与其听到真话勃然作怒,反不如享受肉麻的谎言来得舒坦。所以,周厉王才要弭谤,所以那个童话中的皇帝宁愿把空无当作美丽的衣裳。但周厉王最终流于彘,皇帝则穿着内裤在大街上出丑。因此,专权者不仅是寂寞的,而且是可悲的,当人们慑于威势不敢讲真话的时候,专权者便被囚禁在了谎言的城堡,成了盲人瞎马。当夜半临深池的时候,灭亡的结局便难以挽回了。

海螺

不知什么时候
肉身被杀戮
只剩下不朽的躯壳
被凶狠的浪潮随意丢弃在沙滩
海风将海螺的悲痛吹得云消雾散

不知过了多少年
不知什么人
不知出于什么目的
让海螺开口说了话
讲出了亿万年的故事

当我们手持海螺重新复述
让人类听到的不过是一声声哀鸣

当我们抚摸他的时候
只剩下硬朗朗的不屈的骨骼

闻一闻
还能嗅出历史的血腥味

解读：

诗人描述了一只海螺的悲情故事：

不知什么时候
肉身被杀戮
只剩下不朽的躯壳
被凶狠的浪潮随意丢弃在沙滩
海风将海螺的悲痛吹得云消雾散

这只海螺曾在大海中经历了五彩斑斓的生活，蓝色透明的海水，大片美丽的珊瑚，随水拂动的水草，以及游来游去的水中生物，构成了赏心悦目的生活环境。这只海螺徜徉其中，自得其乐。但有一天，这一切彻底结束了，它遇到了天敌，也许是一只邪恶的乌贼，用它强有力的吸盘死死攫住了这只可怜的海螺，并在瞬间将它壳内的肉体部分吸得一干二净。这只海螺的空壳从此在海中飘来飘去，成为各种小型浮游生物的栖息地。直到有一天，这只海螺壳被汹涌的海浪冲上了沙滩，与其他贝壳一起，构成了五颜六色的贝类生物展览馆。每天，当海风吹过这只海螺壳，它就会发出悲凉的呜咽，似乎在讲述自己不幸的故事。

诗人笔下的海螺似乎是一种象征，象征中国历史上无数的小人物，在各种恶势力的霸凌之下，遭受各式各样的无妄之灾。比如杨乃武与小白菜，本是大清朝的顺民，安分守己，并没有招惹谁，却祸从天降，被官府以莫须名的罪名投入大狱，遭到非人的折磨。虽然最终平反昭雪，但身心俱受重创，出狱后已形同废人。杨乃武与小白菜尚属幸运，历史上无数小人物或遭恶霸的欺凌而噤若寒蝉，不敢反抗；或蒙冤入狱囚禁一生，乃至被枉法错判断送性命。这类小人物像窦娥一样遭受迫害而诉告无门，只能接受残酷的命运。他们横遭不幸，虽是因为恶势力的横行，根本原因则是权力的不作为。在传统专制社会，公权力不仅不能打击邪恶，主持正义，反倒常常与恶势力沆瀣一气，狼狈为奸，成为社会最大的恶。法律与公权原本是民众最基本的安全保障，如果法律被权力玩弄于股掌，为邪恶保驾护航，恶势力自然有恃无恐，对普通民众而言，这便是他们的噩梦。历史上无数小人物的冤狱，莫不是因为法律的形同虚设，权力的助纣为虐。诗人写道：

当我们手持海螺重新复述
让人类听到的不过是一声声哀鸣

当我们抚摸他的时候
只剩下硬朗朗的不屈的骨骼
闻一闻
还能嗅出历史的血腥味

无数冤狱的主角的暗黑的血已经干涸在历史的深处，但任何时候挖开历史的废墟，都能够嗅出历史的血腥，听到冤魂的呻吟。正如海风吹过海螺的空壳，总会发出悲怆的哀鸣。

完整的骨架

血早已流干
肉身早已腐烂
只剩下完整的骨架
已无法考证是什么动物
但从锐利坚硬的骨骼来看
生前一定是名勇士

我看过无数千年以后
从地宫显露的帝王的尊容
除了华丽的衣裳之外
骨架早已坍塌
脊椎骨无力地散落

唯一有生命迹象的
却是他身旁周围无声的
坛坛罐罐

然而这具不知名的骨架
也许
是我今生所见到的
最为完美的英武的骨骼

我不想成为帝王
也不想成为腰缠万贯的商人
我只想在生命结束之后
依旧有一具
生命存在状态下的
完整坚强锐利的骨架
让世人检验

让世人看看这硬朗的骨骼之外
还有
如白玉般的色泽
却找不到一点点黑色的污染

解读：

诗人从一具不知名的动物的骨骼切入，抒写自己对人生价值的看法。开篇即动情地描述了骨骼的形态：

血早已流干
肉身早已腐烂
只剩下完整的骨架

已无法考证是什么动物
但从锐利坚硬的骨骼来看
生前一定是名勇士

挺立的骨架象征了一种宁可死去也不屈服的生命意志，诗人笔下的这具尸骸生前也许是一只虎，也许是一头犀牛，在与敌人的殊死搏斗中死掉了，虽然死了，却依然保持着战斗的姿态。锐利坚硬的骨骼仍然散发着丝丝缕缕的杀气，令人想象到它与强敌拼死搏杀以及热血喷涌的场景。诗人以“勇士”称之，无疑会令人想到历史上无数浴血沙场的勇士，在向前冲锋的瞬间或被长矛刺穿了胸膛，或被冷箭射透了心脏，于是，冲锋的姿态戛然而止，永远风干成历史的雕像。

沙场勇士的死固然令人起敬，但为捍卫真理和正义而献出生命的人更是值得称颂的勇士，因为他们往往要面对更严酷的考验，忍受更长久的折磨，因此需要更坚强的意志，而这却不是寻常人所能拥有，比如行吟泽畔而不改其志的屈原，比如非薄汤武而从容就死的嵇康，比如布鲁诺被烧成了灰烬，比如张志新被割断了喉管，他们永远地倒在了人类追求真理与正义的路途中。虽然倒下了，但其超越时代的精神和勇气永远给后来者以激扬的力量，就像诗人笔下那具动物的骸骨，仍然保持着向前冲锋的姿态，每每读到这些历史，总是令人热血腾涌。

由这具动物的骨架，诗人联想到帝王陵寝里坍塌散落的骸骨，诗人写道：

我看过无数千年以后
从地宫显露的帝王的尊容
除了华丽的衣裳之外
骨架早已坍塌

脊椎骨无力地散落

唯一有生命迹象的
却是他身旁周围无声的
坛坛罐罐

权力可以给人以生前的尊荣，却未必可以赋予生命以不朽的价值，相反，权力往往腐蚀价值，蛀空灵魂。昔日的帝王因为拥有权力而自以为无所不能，陶醉于支配一切的幻觉中不可自拔，他不仅让一切人跪拜在自己的脚下，而且企图让一切事件按照自己的意志运行，终于背道逆天，冒大不韪，沦为人心丧尽、众叛亲离的孤家寡人，比如秦二世，比如隋炀帝，生前已是千夫所指，死后则是遗臭万年。诗人笔下坍塌散落的骸骨正象征了其腐朽不堪的灵魂，即便那些陪葬的坛坛罐罐也比他们更有价值。所以李白才会将屈原与楚王加以对比，“屈平词赋悬日月，楚王台榭空山丘”，指出了永恒与虚无的不同结局。由两种不同的骸骨，诗人表达了自己的价值追求，诗人说：

我不想成为帝王
也不想成为腰缠万贯的商人
我只想在生命结束之后
依旧有一具
生命存在状态下的
完整坚强锐利的骨架
让世人检验

权力和财富之所以让人迷恋，甚至让人疯狂，在于它们可以调动几乎所有的资源供自己驱使。权势者所到之处，人们无不唯唯诺诺，毕恭毕敬，置身其中，气指颐使，似乎真的可以生杀予夺，号令天下，人类特有的虚荣由此得到极大的满足。但这一切都不过是一种幻象，当权力消失、财富散尽之后，一切都将恢复本相，如李白在其《梦游天姥吟留别》中描述自己一梦醒来怅然若失的感觉说："惟觉时之枕席，失向来之烟霞。"权力和财富带给人的同样是一场梦幻，而梦幻终有结束的时候。因此，诗人既不渴望成为帝王，也不渴望成为富商，只希望死后留下"完整坚强锐利的骨架"，这正是看透人生之后的醒世恒言。只不过，在这追欢逐乐浮躁不安的时代，不知道还有多少人渴望永恒的价值。

戏曲人生

镜中的我
已不是我
一半红脸
一半白脸

舞台上委婉的唱
优雅的做
一声声清盈唱白，一声声嘹亮的喝彩
灯光闪烁
谁能看清我本来面目

宽大的戏袍绸缎
藏了多少辛酸和苦水
鬓发的纸花
看似好看
却诠释了潦倒的人生

我在舞台后勾画脸谱
却在舞台上诠释脸谱

琴声清越
琴声急促
美髯飘洒
水袖抖动了舞台
掀开了帷幕

一切的装扮
都埋葬一代君王
君王与平民
都是悲剧故事中的主角

谢幕后的面具抛弃在角落
也将贪婪血肉和坚强骨头刻画在历史的天空

龙马的飞奔
不过是一种挥鞭的手势
一座城究竟有多少人
任凭想像

脸谱和脸谱
挤压在一起

平日里只听到我昼夜的清唱

一字字一句句
从牙尖唱出天生丽质
道出历史的苍凉孤寂

不要在舞台上看我的背景
我的背景是天空是大地
我只能是我
不是将相不是才子佳人

我唱出的曲调
至今也无法考证
为何这般唱
阴谋总是在后台无止无休
前台却将这阴谋描画得如此凄美

你我不过是台上台下的距离
你我的灵魂不过是清澈与混浊的区别
我泪眼婆娑
在台上轻盈走步
演绎黑夜的松林
演绎烛光里的红衣和翠钿
只有不停地演绎才有一世的声名

当我们卸下戏装
同样还会在寒冬中颤抖不安
同样已没有
少女纯净的目光

那青春的我
早已远离岁月
走得太远
舞台上的一瞬已是百年的时间

解读：

诗人以精奇之笔勾勒戏曲的种种场景，抒写演员的种种心态，揭示戏曲与人生的错杂关系，展现出中国戏曲丰富深厚的文化意蕴，以及演艺本身的苦辣酸辛。

中国戏曲是一种高度程式化的表演艺术，观众欣赏的主要是演员的唱腔、动作所表现出来的独特韵味。欣赏戏曲不同于观看影视作品，影视作品看完之后可能不再想看，但老戏迷会沉醉于戏曲唱腔而流连忘返，尤其是名角的表演，更会让老戏迷欲罢不能。因此，尽管老戏迷对一出戏曲的故事情节早已烂熟于心，但仍然不厌其烦，一遍遍地欣赏品味，兴之所至，还会手舞足蹈，自吟自唱，一些发烧友可以达到极高的表演水准。显然，他们欣赏的重心不再是故事情节，而是表演艺术本身所具有的深长的韵味，只有名角才能传达出这种韵味，因此，剧场观众会捧角，会追星。如果表演没有韵味，则会被观众喝倒彩，被扔垃圾，被轰下台。因此，成为“角儿”便成为旧时代戏曲演员的永恒梦想，电影《霸王别姬》生动讲述了这种梦想以及成角的艰辛历程。舞台上的精彩亮相、动人心弦的唱腔、精致入微的动作、精妙传神的表情，背后是艺人的无尽血泪。诗人写道：

舞台上委婉的唱
优雅的做
一声声清盈唱白，一声声嘹亮的喝彩
灯光闪烁
谁能看清我本来面目

宽大的戏袍绸缎
藏了多少辛酸和苦水
鬓发的纸花
看似好看
却诠释了潦倒的人生

演员在舞台上演别人，也是演自己；讲他人的故事，也是在描述自己的人生。演员与角色，舞台与人生，貌似两分，实则何曾有别。演员出身草根，却演帝王，内心的贪婪与帝王的梦想何尝两样？当谢幕之后将道具扔到角落，将油彩洗涮干净，便是花天酒地，声色犬马，几乎就是帝王的翻版，那种唯美的表演只属于舞台，只属于虚拟的艺术世界，诗人说：

不要在舞台上看我的背景
我的背景是天空是大地
我只能是我
不是帝王将相不是才子佳人

我唱出的曲调
至今也无法考证
为何这般唱
阴谋总是在后台无止无休
前台却将这阴谋描画得如此凄美

一切阴谋都可以通过表演得以放大，一切丑角都可以借助艺术得以美化，神圣的舞台与艺术的表演使一切罪恶的历史也成为审美对象。当一切阴谋被搬上舞台，昔日鬼影幢幢的罪行被暴露于光天化日之下时，它已不具有现实的危害性，观众在以一种超然的心理欣赏品味。白脸人物间的低语，密谋设定后的狞笑，忠良蒙冤时的凄凉，正义伸张后的快意，都在演员举手投足、唱念作打的演绎中得到艺术的还原，令人感情激荡，叹为观止。舞台因而成为奇幻的魔术室，将一切单调的历史变幻出五色的花样。但这一切只属于舞台，属于表演这个特定的时间与空间，演员某种意义上与脸谱一样，不过是一种特殊的道具，而在唯美的演艺背后，则是艺人寻常甚至苦涩的生活，诗人说：

当我们卸下戏装
同样还会在寒冬中颤抖不安
同样已没有
少女纯净的目光

那青春的我
早已远离岁月
走得太远

舞台上的一瞬已是百年的时间

虽然帝王将相才子佳人或许是历史的主角，而演绎他们的艺人不过是为他们捧场的道具。但在戏曲中，那些光彩照人的舞台形象使那些出身草根的艺人当之无愧地成为舞台的主角，而历史上煊赫一时的人物反倒不过是艺人呈现自己无尽才情的道具。历史上的帝王将相才子佳人已随风而逝，而戏曲名角们所创造的舞台形象却成为永恒的经典。

羊的自白

不过吃了些草
就被你们开膛破肚
肋骨被断成一段段
在炉火中烤炙
撒上些盐
就成了你们的椒盐排骨
心肝肠肺被剁成碎末
就成了一碗碗美味杂碎汤
能吃的都被你们吃了
就连我的头颅也不放过
被剔干净的骷髅
高高地悬挂在雪白的墙上
供人欣赏
我想看清你们的面目
想看未来的世界
却再也看不见
因为我的双眼被你们剜去

只留下深邃的黑洞
而我的纯白的皮呵
被你们扒下
披在了你们的身上
抵御刺骨的寒风
你们成了披着羊皮的人
我却成了脱下羊皮的羊
羊的名字
常常被你们当作吉祥的象征
但我从不感到吉祥

解读：

本诗是被侮辱与被损害者的控诉，它以生动的笔调描述了羊被人类开膛破肚、吃得干干净净的过程：

肋骨被断成一段段
在炉火中烤炙
洒上些盐
就成了你们的椒盐排骨
心肝肠肺被剁成碎末
就成了一碗碗美味杂碎汤

羊的命运就是卑微小民悲剧命运的生动写照。历史上无数辛苦劳作的奴隶就像羊一样被驱赶，被役使，被剥夺，被宰杀。他们或是农人，成年累月地在烈日下劳作；或是工匠，永无休止地为帝王修建各种豪华的宫殿或陵寝;或是士兵,在血肉横飞的战场上拼死搏杀。无数人耗尽了最后一点能量,流干了最后一滴血,或倒毙于旷野,或被砌入长城,或被饥饿的乌鸦分食一空。而剥削者则在华丽的宫殿里享受着美味的大餐、悦耳的音乐和妖冶的舞蹈。许多有良知的文人对此进行揭露和鞭挞,孟子说:“庖有肥肉,厩有肥马,民有饥色,野有饿殍。”杜甫说:“朱门酒肉臭,路有冻死骨。”白居易说:“一束深色花,十户中人赋。”然而这点微弱的呼号远不足以打动统治者的心,更不可能让他们良心发现,体恤下民。因为一方面穷奢极侈的享乐需要剥削,另一方面,在统治者看来,剥削乃是天经地义的合法行为,不需要进行什么解释和论证。所以历代统治者对于割剥下民从来都是心安理得,不会有任何手软。与此同时,小民同样认为缴纳皇粮国税天经地义,几乎没有人质疑其合法性,只是在赋税过于苛重时有所不满和抱怨而已。而一旦地方闹灾荒无税可交,皇帝不得已开恩免税,小民则是感激涕零,山呼万岁。于是,剥削者与被剥削者在皇天与国家的神圣面前达成了一种奇怪的默契:不管以怎样的手段,只要成功获取了最高权力,也便自动获得了剥夺下民的权力;而下民也便自动默认了这种剥削权力,自觉献出自己的财富和劳动。所以,以国家权力剥夺他人财富供自己享乐是最省事、最稳妥的享乐手段,而且可以获得天下极致的享乐。

所以刘邦见到秦始皇的排场才由衷地赞叹说:“大丈夫当如此也!”项羽更是毫不掩饰地说:“彼可取而代也!”自然,吸引他们的是只有皇帝才拥有的无与伦比的排场、威风及与之相伴的享乐。所以,罗隐在其《英雄之言》中说:“西刘则曰‘居宜如是’,楚籍则曰‘可取而代’。意彼未必无退逊之心、正廉之节,盖以视其靡曼骄崇,然后生其谋耳。”也就是说皇帝的“靡曼骄崇”是刘、项二人此后逐鹿中原的唯一动机,这基本上合乎历史事实。但可恶的是,明明是因其贪侈之心而争夺天下，却偏偏打着替天行道的幌子。庄子冷峻地指出："窃钩者诛，窃国者为诸侯，诸侯之门，而仁义存焉。"窃国者不仅窃取了国家权力，而且一并窃取了仁义道德，将之高悬于国门，作为政权合法性的装饰，然后就可以堂而皇之地磨刀霍霍，肆意侵掠百姓财富以供自己挥霍了。当年刘邦进入咸阳后，以征服者的姿态大摇大摆地走进秦宫室，原本即是酒色之徒的沛公面对不可胜数的珍器重宝以及数以千计的后宫美女，贪心大起，便想止宫休舍，体验一下做皇帝的滋味，只是在樊哙、张良等人的一再劝谏下方才作罢。刘邦其后还军霸上，假惺惺地与关中父老约法三章，以收拢民心，又给老百姓吃定心丸说："余悉除去秦法。诸吏人皆案堵如故。凡吾所以来，为父老除害，非有所侵暴，无恐！"作这番表态只是因为还没有得到天下，所谓约法三章不过是表面文章，一旦江山一统，大权大握，便凶相毕露了。所以，窃国大盗乃是盗贼之极致，剥削下民乃是偷窃之极致。无数下民眼睁睁地看着财富被洗劫而无可奈何，诗人悲愤地写道：

能吃的都被你们吃了
就连我的头颅也不放过
被剔干净的骷髅
高高地悬挂在雪白的墙上
供人欣赏
我想看清你们的面目
想看未来的世界
却再也看不见
因为我的双眼被你们剜去
只留下深邃的黑洞

羊被挖去了双眼，再也看不到作案的凶手，与此同时，凶手却将自己打扮成受害者的模样，“而我的纯白的皮呵，被你们扒下，披在了你们的身上，抵御刺骨的寒风，你们成了披着羊皮的人”。这种可笑而残酷的场面并不陌生，历代皇帝总是喜欢将自己打扮成与民同乐的圣君，却实际上无不将黎民视为可以随意屠宰的羔羊，所以张养浩才一针见血地说：“兴，百姓苦。亡，百姓苦。”而诗人也以羊的口吻说：“羊的名字，常被你们当作吉祥的象征，但我从不感到吉祥。”是的，羊的确被视为吉祥的象征，但只有当羊被摆到高高的祭坛时，吉祥才显出其本真的意义，这是人间的盛事，同时却是羊的葬礼。

骨笛

上个世纪八十年代，我们从舞阳贾湖遗址里发现了用仙鹤腿骨做成的骨笛，已有九千余年，引起世界轰动。

我什么也不要
我只要一身清白
丹心一颗

我在天上飞
我在云中游

偶尔也来到人间
在江湖上走一走
才知道民间有多么的苦

我知道我没有什么
能够给予人间
所以我发愿

我死后也要
用腿骨做成一管骨笛
吹一曲春暖花开
为你们祝福

一万年了
当你看到我腿骨上的
圆圆的钻孔
我相信
日月也一定是圆的
白天阳光灿烂
夜晚明镜高悬

解读：

鹤，姿态优美，鸣声嘹亮，是祥瑞和高洁的象征。“鹤鸣于九皋，声闻于天”，似能与神仙相接，于是，道家人物常以鹤陪伴自己，鹤也因此与道人、仙人有更密切的关系，象征一种超然世外的生活。诗人笔下的这只白鹤，虽然只有一身清白和丹心一颗，与世无争，逍遥世外，只是偶尔来到人间，却再也无法忘却人间的疾苦。它对悲苦的人世充满同情，却无力改变，于是发愿以腿骨做成骨笛，为苦难的民众送上祝福：

我知道我没有什么
能够给予人间
所以我发愿

我死后也要
用腿骨做成一管骨笛
吹一曲春暖花开
为你们祝福

这是一只具有悲悯情怀的白鹤，它以腿骨做成骨笛的愿望极易令人想起佛教徒燃顶、燃指以供佛的血诚，只是白鹤为民众祈福，佛徒为自己超脱，相比而言，白鹤的发愿更为感人，它与无量寿佛更为类似。无量寿佛出家前名法藏，曾在“世自在王佛”面前发下四十八种大愿，其第十八愿曰：“设我得佛，十方众生，至心信乐，欲生我国，乃至十念。若不生者，不取正觉。”发誓救度一切众生到自己的净乐国土之中。发完四十八愿，世界震动，天雨妙花。法藏此后觉悟成佛，即是无量寿佛。他所取的世界，即是西方极乐世界。虽然白鹤没有无量寿佛那样的宏愿和法力，但其出发点与无量寿佛别无二致，都以悲天悯人之心，渴望拯救芸芸众生于水火。

这只白鹤兑现了自己的诺言，死后用腿骨做成了一只骨笛，用悲婉的音调为世间众生祈祷幸福：

一万年了
当你看到我腿骨上的
圆圆的钻孔
我相信
日月也一定是圆的
白天阳光灿烂
夜晚明镜高悬

这只骨笛吹奏了一万年，白鹤相信自己的至诚可以感动天地，相信一万年后的人间，“白天阳光灿烂，夜晚明镜高悬”，民众可以享受无上的幸福。这自然是美丽的幻想。然而历史上却有无数诗人，像白鹤一样，同情人民疾苦，不仅怀着桃花源那样的梦想，而且以如椽巨笔揭露社会黑暗，杜甫、白居易等都曾写下愤怒的诗篇，讽喻统治者修明政治，造福百姓。自然，他们的希望同样落空了，与骨笛空洞的吹奏没有两样。黑暗从来不会因为善意的祈祷而良心发现，也不会因为激烈的批判而自行改变。但这并不等于对幸福的向往及对现实的批判没有意义，它唤起了人们为理想奋斗的热情，激发起人们改变现实的动力，一代一代，前后相续，构成了激越雄浑的乐章，轰响在历史的空间，也激荡在人们的心头，成为推动古老民族不断自新的力量。

南山矿露天矿坑遗址

莫笑我
已是百年干瘪的老头
莫笑我
满脸的皱纹千丘万壑
我
早已把藏了亿万年的宝藏
全部奉献给了
生我养我的祖国
现在
一贫如洗的我
并不后悔
我浑浊的老眼
依旧向往蓝天
向着太阳

梦里
依旧听见

干劲十足的挖掘机
振聋发聩的吼叫
依旧梦见
彪悍的大卡车
卷起尘沙的矫健身影
醒来
却见相爱的白天鹅
向我引吭高歌

今天
你们来到这里看我
觉得我
是孤独
还是幸福

解读：

曾几何时，积贫积弱、饱受欺凌的中国渴望着工业化，渴望着钢铁能够为孱弱的民族撑起坚韧的脊梁。为此，从晚清以来的中国人前赴后继，艰苦奋斗，终于使长期积弱的国度成为世界第一钢铁大国。钢铁使一度横遭践踏的民族挺直了脊梁，重新傲立于世界的东方。在这一过程中，中国矿工功不可没，他们的无私奉献为中国钢铁业的发展提供了坚强有力的保障。

本诗以马鞍山南山铁矿矿坑为题材，歌颂了老一辈工人群体甘于奉献的爱国精神。诗人将矿坑比作饱经沧桑的老人，以拟人手法代矿坑独白，生动展现了它的内心世界：

莫笑我
已是百年干瘪的老头
莫笑我
满脸的皱纹千丘万壑
我早已把藏了亿万年的宝藏
全部奉献给了
生我养我的祖国
现在
一贫如洗的我
并不后悔
我浑浊的老眼
依旧向往蓝天
向着太阳

诗以“干瘪”“皱纹”描写矿坑，暗写这里的工人群体心怀祖国、任劳任怨、艰苦奋斗的历史。后面同样以拟人手法写矿山，“一贫如洗的我，并不后悔”，南山铁矿将全部矿藏奉献给国家，却心甘情愿，歌颂其忠心报国的情怀，实则写照了那个时代的工人群像。

近代以来的中国，列强环伺，磨刀霍霍，中华民族面临亡国灭种的严重危机。但源远流长的文化、多灾多难的历史早已锤炼出这个民族应对危机的能力，《周易》教诫说：“天行健，君子以自强不息。”天道广大深远，生生不息，强健有力，其中潜藏着人类历史浩荡前行的秘密，强而可以积弱，弱而可以转强，天道循环，变化万端。而唯一不变的是：历史将永远前行，理想的火炬永远在前方闪烁。人类理应从中汲取信心与力量，自强不息，砥砺奋进。中华民族在其漫长的历史中历经劫难，犬戎破周，五胡乱华，安史之乱，靖康之变，蒙元灭宋，清兵入关。在这一次次的劫难中，曾经的辉煌沉入历史，强健的民族精神转入地下，成为历史深层的火焰，静静地燃烧，虽然微弱，却不曾熄灭，在巨大的危机中往往喷薄而出，化成冲决一切的熔岩。《礼记》教诫说："知耻而后勇，知不足而奋进。"面对近代以来的重重危机，中国人以变应变，浴血奋进，从"师夷长技以制夷"到洋务运动，从戊戌变法到辛亥革命，从闭关锁国到改革开放，无不彰显出古老民族面对危难愈挫愈勇的勇毅和坚韧，也透露出古老民族博大深沉的文化底蕴。这不是一个任人宰割的民族，也不会是一个长期落后的民族。今日之中国已成长为世界第二大经济体，也已成为全球瞩目、举足轻重的强国，但她不会停下前进的脚步。

灾难深重的年代虽然远去了，但由民族的屈辱所激发的斗志与拼搏精神永远是维系民族生存发展的宝贵财富。时代在前进，世界在变化，但弱肉强食的丛林法则没有根本改变，强者支配弱者并追求利益最大化的世界格局一如既往。昨日的屈辱与今日的辉煌，共同诠释着自强不息的内涵，也将永远昭示着奋斗不止的民族精神，这也正是本诗的意义之所在。

老树

老树的胸中
也藏有山川水流
老树的心中
也常常怀念儿时的模样
虽然经历过风雨雷电
虽然苍老的身躯
也逃不过天灾人祸
但坚定的根
却紧系大地
不信你刨一刨看吧
看看根究竟有多深多远
不信你再仰一仰头颅
看看他的茂盛的枝叶
就知道
什么是青春不老

解读：

本诗以拟人手法写一棵饱经沧桑的老树。这棵树遭受过无数的的风雨雷电，或许也经历过无数次干旱和水灾，这一切灾变都在它的树干上及年轮中留下了清晰的痕迹。也许它曾被可怕的雷电劈下半边树身，身上还残留着电击的伤疤；也许曾在持续干旱的煎熬中奄奄一息；也许曾在突如其来的洪水中只露出一小片树冠，但这棵老树仍然有着青春的活力。诗人写道：

但坚定的根
却紧系大地
不信你刨一刨看吧
看看根究竟有多深多远
不信你再仰一仰头颅
看看他的茂盛的枝叶
就知道
什么是青春不老

老树之所以青春不老，在于将根深深扎入大地，从土壤深层汲取养分和水分，只要根在，只要根始终扎入大地，那么，无论树的地上部分遭受怎样的磨难，老树都将生生不息。哪怕树干被砍掉，只剩下一个树墩，它也仍然要从树墩旁边伸展出嫩绿的枝桠和叶片，若干年后，又将是一棵大树。

这棵老树极似我们这个多灾多难的民族，一次次灾变，让古老民族一次次跌入苦难的深渊，尤其近代以来从鸦片战争到倭人入关的一连串灾难，不断消耗着民族元气，摧残着民族精神，使得汉唐以来雄健壮大的民族意气日趋颓废消沉。但中华文化的内在生命决非外在强力所可轻易摧毁，几千年的积淀使其有着强大的韧性，它可以隐忍，变形，待机而动，而决不会自甘堕落，自取灭亡。《周易》云：“天行健，君子以自强不息。”从天地大化生生不息的运行中，古老民族不断吸取前行的智慧与力量。虽然儒家说，“天不变，道亦不变”，民族精神在儒家文化的引导下日趋保守和衰颓，但具有实用品格的法家文化往往在危机时刻振衰起弊，以大刀阔斧的变革为沉闷的王朝注入活力。于是，保守与变革、沉暮与开新相反相成，构成古老民族波澜壮阔而生生不息的历史画卷。苦难从来没有成为埋葬古老民族的火坑，而每每成为使古老民族浴火重生的烈焰。

悠久的历史以及深广的智慧使得古老民族拥有强大的自我调适能力，哪怕被敌人侮辱，损害，踩在脚下，也不会忘掉文化赋予的自信、坚韧与高贵，总是以热血与勇气奋起抗争。《山海经·海外西经》载：“刑天与帝至此争神，帝断其首，葬之于常羊之山，乃以乳为目，以脐为口，操干戚以舞。”刑天被砍掉了头颅，依然操干戚以舞，其不甘屈服、斗争到底的意志震铄古今，陶渊明由衷赞叹说：“刑天舞干戚，猛志固常在。”刑天执干戚舞的形象正是中华民族抗争精神的生动写照，虽然历经劫难，而其猛志长存不殁，唯此才可以置之死地而后生。即便面对穷凶极恶的倭寇，中华民族也没有低下高贵的头颅，而以全民族的血肉之躯冒死前行，以千万人的牺牲捍卫了自身的尊严。所以如此，在于民族的根深深植入历史的深处，汲取着智慧、勇毅和坚韧的养分。就像老树，将根伸入大地深处，即便被刀砍斧劈，也仍然在地面露出新芽。

这是老树的赞美诗，也是民族的颂歌，自然，也可以视为对某一类人的礼赞。而无论指代何种对象，诗人笔下的老树都刻录着民族的历史和文化的密码，让人感到熟悉和亲切。它既唤起我们的历史记忆，也会坚定我们的文化信念，使我们无论置身何种境遇，都将在对民族历史与文化的重温中汲取力量，砥砺前行。

岩画

我看见天下许多崖壁上的诗文
都以一种姿态
被镌刻在坚硬的岩石上
希望后人仰望
记住他们的名字
记住他们的才华

但这
都不能引起我的关注

我常常游走于这样一些山崖
岩壁上常有一些红色的符号
虽然至今也无法辨识

有人猜测是人类
最早的文字

其实
认识与不认识已不重要
重要的是
它是人类的一些记忆

记忆
在岩壁上
千万年也褪不去
那一抹朱砂红

我抚摸着那一抹朱砂红
希望每一天
都有满天的红霞
在天空绽放

解读：

诗人将今人刻在石壁上的文字与古代的岩画进行对比，表达了对人类远古文明的追思与敬畏。诗人写道：

我见天下许多崖壁上的诗文
都以一种姿态
被镌刻在坚硬的岩石上
希望后人仰望
记住他们的名字
记住他们的才华

但这
都不能引起我的关注

我常常游走于这样一些山崖
岩壁上常有一些红色的符号
虽然至今也无法辨识

有人猜测是人类
最早的文字

其实
认识与不认识已不重要
重要的是
它是人类的一些记忆

人类的记忆显示着自身前行的足迹，是人类无比珍贵的财富。人类是依靠记忆成长的，有记忆的民族才能日积月累，不断进步。中华民族拥有几千年的历史，而且曾创造出傲视天下的文明，这固然在于中华民族本身的勤劳智慧，同时也因为她是一个善于记忆的民族。自有文明以来，中华大地上的族群便以各种方式记录自己点点滴滴的历史，诗人所看到的刻在山崖上的红色符号大概便是远古先民的古文字，或许是对自身状况的描述。自文字产生以后，中华民族更将著史当作极重要的工作，连续不断的二十四史完整记录了古老民族辉煌而沧桑的过去，更有历朝历代浩如烟海的经论与杂记，反映着庙堂与江湖、个体与群体、雅士与俗众的各不相同的理想、志趣与情感，当然，还有大量的碑刻、墓志、楹联等文字资料，共同构成了古老民族全方位的历史记忆。这种记忆就是一个民族的根脉，缺失了记忆，就等于文化上的消亡，所以龚自珍说："灭人之国，必先去其史；灭人之枋，败人之纲纪，必先去其史；绝人之材，湮塞人之教，必先去其史；夷人之祖宗，必先去其史。"历史是一个完整的链条，哪怕是无法破解的文字，也要珍存它，敬畏它，因为它负载着漫长历史中一段不可缺失的环节，正如诗人所说："认识与不认识已不重要，重要的是，它是人类的一些记忆。"

一个民族对历史的记忆不仅使其不断反省自身，求得进步，更重要的是形成强烈的民族认同，从而即便在乱云飞渡、亡国灭种的危急时刻，也不会迷失自己。正是依靠这种记忆所积蓄的精神力量，中华民族终于从备受凌辱、山河破碎的近代奋起，重新恢复了昔日的荣光。世界上还有一些部落及民族，虽有历史，却没有记忆，因而注定不会形成强烈的民族认同，极易在民族危机中迷失自我，遭到异质文化的侵蚀与同化，最终丢弃自己的根。一些民族虽有自己的记忆，却将以往的罪恶隐藏起来，以光鲜亮丽的虚假历史教化后人，造成民族记忆的残缺与畸形。列宁说，忘记过去就意味着背叛。那么，隐藏罪行则是对本民族及人类的犯罪，因为隐藏本身就是一种恶，隐藏决不能导向善，只能使恶以另一种方式潜滋暗长。因此，记忆是人类进步的阶梯，人类正是在记忆中不断反思和进步，不断攀上文明的高处的，省略它，抹杀它，歪曲它，只能让人类付出惨重的代价。所以，哪怕是远古先民刻在石壁上的稚拙的岩画，形同天书的符号，抑或丢弃在某个角落的断章残简，都值得敬畏和珍藏，因为它们或许是人类文明的一缕曙光。

自然，随着人类的开蒙，后世的人们越发聪明起来，拼命让自己成为后人的记忆，企图名垂青史。为此绞尽脑汁，将自己的名字或作品刻在石壁上或其他可以长久保存的地方，以求不朽。但不朽与否与载体是否坚固无关，而只与思想或艺术的价值有关。一些著名艺术家的作品散落民间，也会被人好好珍藏，比如相传为张旭的肚痛帖，不过是肚痛时随手所写的自诊医案，却被后人视若拱璧。反之，有些文字虽然依靠外在力量兴盛一时，终于湮没无闻，如臧克家所说："把名字刻入石头的，名字比尸首烂得更早。"这是历史的淘汰。不是所有的东西都会被历史所记忆，史蒂芬·斯宾得说："历史好比一艘船，装载着现代人的记忆驶往未来。"所以，历史也需要轻装前行。

丑石

别看我长得如此丑陋
我是黄河边的一块石头

黄河水将我滋养得粗犷
黄河水将我冲刷得坚硬

我决不为了别人的喜好
而改变自己的容貌
我决不为了得到别人重视
而放弃自己刚毅的性格

在黄河边享受西北风的风范
我愿意
在黄河边孤独赏月
我也愿意

世外即使无比精彩

我也不愿离开这里一步
因为
黄河是我一生的守望

解读：

丑石是黄河文明所哺育的中国人的象征，朴实无华而性格刚毅，对故土怀着深情的眷恋。诗人写道：

别看我长得如此丑陋
我是黄河边的一块石头
黄河水将我滋养得粗犷
黄河水将我冲刷得坚硬

诗人在这里揭示了丑石与黄河之间的关系：黄河让这块石头粗犷、坚硬，同时也拥有了坚定的自信。丑是黄河水和沙砾反复冲刷磨砺的结果，丑是粗糙、粗砺、粗犷的另一种称呼，就像从硝烟烈火中走出的勇士，脸上身上伤痕累累，再无出征时的帅气英武，但却有了以往不曾有的成熟及敢于对抗一切磨难的刚毅，这种丑是另一种意义上的美。因此，丑石决不会因其丑而有丝毫的自卑，相反，它有着强烈的自信，这种自信来自于黄河这一中华民族的母亲河对它的孕育、滋养、打磨、历练，因经它才会说：

我决不为了别人的喜好
而改变自己的容貌
我决不为了得到别人重视

而放弃自己刚毅的性格

奔腾咆哮的黄河既灌溉了这片广袤的土地，又以频繁的水患造成了无尽的灾难；她养育了这个民族，又不断将她的子女推向深渊。黄河似乎就是为砥砺民族性格而存在的，正是在与不计其数的水患的斗争中，古老民族才磨砺出坚韧不拔、百折不挠的性格。黄河的泛滥史就是民族的成长史与发展史，没有桀骜不驯的黄河，就没有古老民族一次次的浴火重生。黄河害苦了这个民族，也成全了这个民族，使她无论遇到怎样的危机，都能沉着应对，屹立不倒。因此，古往今来的无数诗人才会将颂歌献给黄河，以之寄托自己的心志，最动人的莫过于唐人吟咏黄河的诗作，其中李白对黄河的描绘惊心动魄，充分展现了这条桀骜不驯的大河气势奔腾、冲决一切的力量：

黄河西来决昆仑，咆哮万里触龙门。
西岳峥嵘何壮哉！黄河如丝天际来。
黄河万里触山动，盘涡毂转秦地雷。
巨灵咆哮擘两山，洪波喷流射东海。

李白以不可一世的自信屹立于天地之间，将奔涌的黄河揽入胸怀，代表了我们民族巅峰时代强悍的生命精神。即便在世不称意，李白仍然可以用黄河意象宣泄才不为用的悲愤，《将进酒》诗云："君不见黄河之水天上来，奔流到海不复回。"诗人将黄河置于从天上到海边的无比辽阔的空间背景，又用黄河奔流入海暗喻快速流逝而不可回转的人生，从而抒写白首无成的万般悲慨。李白之后，再不见有诗人以如此雄健的笔力描写黄河，我们的民族也日趋衰颓，直到清末近代的暮色苍茫。

回首望去，历经沧桑的古老民族就像黄河岸边的丑石，仍然以桀骜不驯的姿态面对着大千世界，似乎一切都没有改变。丑石与黄河已经成为不可分割的整体，黄河打磨出丑石，丑石见证着黄河的伟力，就像一个慈爱而严厉的母亲，教化出一个不同凡响的儿子。于是，成年之后，对母亲及故土的眷恋与守望便成为儿子无怨无悔的选择。诗人写道：

在黄河边享受西北风的风范
我愿意
在黄河边孤独赏月
我也愿意

世外即使无比精彩
我也不愿离开这里一步
因为
黄河是我一生的守望

诗人以丑石的独白，倾诉了炎黄子孙对黄河的一腔深情，就像一棵树，无论怎样枝繁叶茂，总是把根深深地扎入大地，与之成为不可分割的整体。这其中固然有农业文明所形成的安土重迁的民族性情，更有几千年的黄土文明所培育的对家园、对故土、对乡情的深入心灵的眷恋。黄河就是民族的根，根在这里，血脉就从这里延伸。如今，古老民族重新崛起，丑石也便具有了新的意义，但它永远积淀着历史的记忆，永远与黄河的浊浪相偎相依。就像每一个炎黄子孙，无论走到哪里，心总会朝向着家乡的方向，总是牵扯着古老民族久远而深厚的信息。

奇石

不知是什么仙人
让石头学会了写字
让石头学会了画画
一生就会写一个汉字
就会画一幅画
就征服了世界

他不会说话
无法与人沟通
沉默了千万年
为的就是写好一个汉字
为的就是画好一幅画

他知道
他没有玉石的透明温润
他没有翡翠的姿色
他唯一能够证明自己的

就是文化

有时实在不行
干脆牺牲自己的身体
让风雨侵蚀
让雷电劈打
也要塑造成一具有形象有意味的文化造型符号
让世界的眼睛猜想
满足人们的好奇

解读：

诗人笔下的奇石穷尽一生的时光，为的便是书写一个汉字，刻画一种图案，象征了中国人对文化的信仰与执着。这颗奇石或许可以看作历代读书人的象征，以文化的创造追求不朽。也可以看作底层草根的象征，以顽强的拼搏实现命运的逆转。也可以看作中华民族的象征，以对文化的敬畏，书写跌宕起伏、波澜壮阔的文明史。诗人写道：

不知是什么仙人
让石头学会了写字
让石头学会了画画
一生就会写一个汉字
就会画一幅画
就征服了世界

他不会说话

无法与人沟通
沉默了千万年
为的就是写好一个汉字
为的就是画好一幅画

河道中无数的石头，被河水裹挟着，懒散地滚动。然而却有一块心怀奇志的石头，不甘心苟且度日，它要在身上刻下文化的印痕。怀着这样坚定的执念，这块石头不再浑浑噩噩地随波逐流，而是与满含砂砾的浊水相荡相摩，与大大小小的石头相切相磋，甚至“让风雨侵蚀，让雷电劈打，也要塑造成一具有形象有意味的文化造型符号”。千万年过去了，这块石头呈现出寻常石头没有的灵气，显露出形同文字的图案，那正是文化的印痕。有一天，有人把它从水中拾起，惊讶地大叫，因为它的身上分明游荡着文明的精魂。它终于脱颖而出，成为一块令人惊叹的奇石。痛苦，枯燥，寂寞，而能坚持不懈，这是对文化的执念。就像一个苦行僧，一心向佛，心无旁骛，终于修成正果。诗人写道：

他知道
他没有玉石的透明温润
他没有翡翠的姿色
他唯一能够证明自己的
就是文化

它不是玉石，不是翡翠，它只是一块普通的石头，只有文化，才能让它变成珍宝。就像无权无势的寒门子弟，只能依靠自身的努力，依靠文化的雕琢，才能跻身社会上层。所以能够如此，在于中国人自古以来便对文化有一种天然的敬畏。《淮南子·本经训》说:“昔者仓颉作书,而天雨粟,鬼夜哭。”大概因为仓颉造出文字之后,人类将从此摆脱蒙昧,走向文明,鬼神再也无法控制人类,其统治地位不得不让位于文化,所以才会哭泣吧。春秋时代的人们对鬼神的态度便不似商朝那般虔诚,孔子“敬鬼神而远之”,而更注重对文化的接受与传承,所以孔子“自卫反鲁,然后乐正,《雅》《颂》各得其所”,并谆谆教导学生说:“小子何莫学夫诗。”又说:“君子有三畏,畏天命,畏大人,畏圣人之言。”自文字产生以来,尊崇先人,敬畏文化,读圣贤书,立君子品,便成为中国士人一以贯之的传统,悬梁刺股、凿壁借光、囊萤映雪等种种发愤苦读的故事成为中国人耳熟能详的励志经典。对文化的敬重与追求刻在了骨子里,中国的先人因此留下了世界其他民族罕有其匹、浩如烟海的文化典籍。文化才能让人心安,文化才能给人信心和力量,因此,董仲舒才会三载不窥园,深入研读儒家经典,探究天人之际。玄奘不远万里,也要到天竺取经,为的便是消除心中的疑惑。正因为对文化的敬重,才造就了传统社会以诗赋经义策论等文体作为考核内容的科举制。多少寒门子弟,无权无势,仅仅凭着一枝秃笔而鱼跃龙门,改变了自身命运,文化是他们唯一的资本,也是他们人生价值的唯一证明。

没有文化,就没有眼光,没有高度,没有韧性。反之,一个有文化的人,即便跌入人生的低谷,也能审时度势,乘时而起。一个民族也是如此,假如它有丰厚的文化积累,痛切的文化自省,始终敬畏文化,砥砺奋进,那么,即便遭受磨难,也能昂然复振,重新崛起。从这个意义上说,这颗执着一念、追求文化的石头正是中华民族的象征。文化不死,则中华民族永在,并将生生不息,永远保持奋进的活力。

现实篇

三伏夜游节庆广场

昨天太热　白天不敢出门
黑暗来临　到节庆广场去吧
那里一定有风凉的羽毛

风去那了　凉去那了
空旷的广场　几只昏暗的眼睛
闪着无力的光
几道警戒布条围着坍塌的木桥
一只瘦骨嶙峋的猫在我身旁哀叫

解读：

本诗几乎是写实，描写了眼前的场景，同时暗写了“我”的心灵。

“热”“黑暗”是“我”的现实感受，隐喻了一种不适、不安，因此我要摆脱“热”与“黑暗”，“风”“凉”“灯光”作为对立面是吸引“我”的对象，但“我”并没有得到：

风去哪了凉去哪了

空旷的广场
几只昏暗的眼睛
闪着无力的光

"我"既没有得到风，也没有得到凉，也没有得到心中的光明。"节庆广场"作为一个特定的场所，包含着与欢乐幸福相关的一切元素，它应该能够解脱"我"的酷热，给我光明，给我快乐。然而"节庆广场"与家里没有什么两样，徒有虚名。诗人于此初步解构了"节庆广场"的基本意义，也同时宣布了"我"的苦闷，因为"我"摆脱酷热的希望破灭了，此时的心境相比之前更为恶劣。因为之前还有希望，现在无处可去。不仅如此，"节庆广场"还有另外的景象：

几道警戒布条围着瘫塌的木桥
一只瘦骨嶙峋的猫在我的旁边哀叫

原本可以供人来往的木桥瘫塌了，诗人在这里没有用常用的"坍"，而用了形象化的"瘫"，活画出木桥如瘫痪病人一样残废无力的样貌，唤起读者丰富的联想，为"节庆广场"增添了反讽意味。而瘦骨嶙峋的猫无疑更是一种黑色幽默，既是"节庆广场"，理应丰衣足食，而猫却是瘦骨嶙峋，暗示了"节庆"的荒诞，而猫的哀叫更与"节庆"形成鲜明对照，成为极不和谐的存在。这两个意象破坏了"节庆广场"应有的欢乐气氛，解构了"节庆广场"本有的文化意义，也使"我"的郁闷达到顶点。

本诗不过写一个夏夜的场景，却有着耐人寻味的意蕴，也因此有着不可忽视的分量。

你以为你是谁

你以为你是谁
你和众人一样
没有三头六臂

你以为你是谁
苍蝇会飞
你会飞吗

你以为你是谁
你的力量
能比大象吗

你以为你是谁
你的嗅觉
能比得上一条狗吗

你以为你是谁

鸟的语言
你听得懂吗

你以为你是谁
洪水来了
你抗得住吗

你以为你是谁
风从你身边而过
你能看见风的模样吗

你以为你是谁
你能将天空遮住
不让阳光四射吗

呵呵
可笑之人
总是将自己看得太重

解读：

如果说世界上有无所不能的神和圣，那么消解神圣便是本诗的主题。诗人劈空写道：

> 你以为你是谁
> 你和众人一样

没有三头六臂

诗人随后又将“你”与苍蝇、大象、狗、鸟作比，以嘲谑的口吻指出“你”能力的有限性，表达了消灭偶像崇拜、呼唤人人平等的强烈愿望。太多的苦难使我们这个民族常常苦苦寻找摆脱的出口，但在无数令人眼花缭乱的努力之后，每每又回到原点，于是对圣君、贤臣、侠客乃至神灵的祈求与崇拜便成为民族的情结，也成为一种文化的死结。

在似乎永无尽头的战乱中，一代代的野心家粉墨登场，将自己打扮成救世主招摇过市，替天行道锄暴安良的招牌充斥着二十四史。然而，尘埃落定，人们才蓦然发现，“窃钩者诛，窃国者为诸侯，诸侯之门，而仁义存焉”。这个世界原本没有神仙，也没有救世主，形形色色的圣君贤相不过是人们心中的幻象，从来不存在于现实生活，而只存在于消逝的历史，所以他们永远是历史学家津津乐道的古圣先贤。野心家们清楚地知道自己不过是侥幸得逞的流氓无赖，并不比芸芸众生有更聪明的大脑和更深刻的见识，而一旦大权在握，权位本身便自动赋予其耀眼的光环，生而不凡、天赋异禀便成为开国之主简历中的标配。从此，他要高高在上，俯视众生。尽管不过是肉眼凡胎，但围绕在权力周围的阿谀奉承很快会让一个哪怕平庸之辈也感到自己无上的英明，相信自己可以扭转乾坤，拯救世界。尽管这不过是无人道破的皇帝的新衣，但置身权力漩涡中的人却深信不疑，长年累月的吹捧之词使他们相信自己无所不能，甚至可以遮挡住无所不在的阳光。

当然，一切假象都有破灭的时候，一切幻觉都有清醒的时候，但这需要时间，只看那个在皇帝新装面前说真话的小男孩何时出现。而一旦大人们也跟着小孩抛掉逢迎的假面具，那么，一切高高在上的神像都将轰然倒塌，变成一堆瓦砾。诗人说："可笑之人，总是将自己看得太重。"在一个没有英雄的时代，任何自以为是的英雄都不过是众人眼中的稻草人，除了唬鸟，没有任何意义。

开会

开会的时候
必须有一主持人
主席台上
必须坐上一些领导
下面也必须有一些陪衬的
来宾

上面在做报告
底下在做交流
手机在无聊的手指下
被强制性
毫无目的地来回拨动

报告人
发出的是自己的声音
却不是自己的心声

听报告的人
是否在听
只有他自己知道

会议结束
鱼贯而出的是人
不是鱼

解读：

会议原本是传达信息最便捷的通道，但现实中许多会议却成为没有实质内容的纯粹形式，诗人以调侃的口吻说：

开会的时候
必须有一主持人
主席台上
必须坐上一些领导
下面也必须有一些陪衬的来宾

会议的主体是领导与来宾，但真正的主角是领导，因为来宾的作用是“陪衬”。“领导”的属性就将会议双方构成上与下、尊与卑的不平等关系，会议也便成为传达与接受、指导与执行的单向流程，而不是畅所欲言的双向交流。会议内容由主办方设定，不容他人置喙，因此来宾或听众只是会议的旁观者与局外人，与会议没有实质性关系。对听众的忽略使得会议内容与听众之间缺乏应有的契合，听众对会议内容也便缺乏应有的兴趣。事实上领导本人往往传达一些指示，谈一些自己也未必相信的套话，报告者言不由衷，聆听者心不在焉，会议便成为一种过场，一种人人心知肚明的表演。既然如此，便没有人再严肃对待，假装的严肃表情总也抵挡不住不断袭来的瞌睡与厌倦。会议对所有人都成为一种徒然消磨时间、渴望尽快结束的煎熬。诗人生动地写道：

上面在做报告
底下在做交流
手机在无聊的手指下
被强制性
毫无目的地来回拨动

讲话者高高在上，颐指气使，习惯了权力的傲慢，也便不再顾及听者的感受，甚至不能容忍反对的声音，乃至视听者为木偶，而不是有血有肉的人。听众即便怀有异见，也往往缄口不言。当听众明白自己不过是一种会议必备的道具时，便不再有表达的兴趣，久而久之，会议便成为一种形式，一具空壳。究其实，权力架空了会议的灵魂。但会议参加者毕竟是具有独立自主意识的人，诗人愤愤地说：

会议结束
鱼贯而出的是人
不是鱼

然而会议的主导者却将听众当成鱼，当作物，当作没有观点、不需要表达的木偶，于是，这样的会议也便成为毫无意义的形式。

童年

用手指将玻璃珠弹出
弹向对方的玻璃珠
意在将对方击中
使之滚远
再让自己滚进洞里

用手掌将画片拍翻
就可以占有画片
尽管手掌拍得通红
尽管手掌拍得很疼

用单脚
用双脚
交叉跳房子
千万别踩到线
否则将被淘汰

将绳子
舞起来
舞起一道彩虹
让你穿过彩虹
千万别让彩虹碰到你的脚

这些仅仅是游戏
这些仅仅是快乐

现在
游戏变成现实
快乐变成痛苦

解读:

诗人细致地描写了童年的游戏,弹玻璃球,拍画片,跳房子,跳绳,而这些正是六七十年代的中国儿童最重要的生活内容,也构成了他们对童年生活的美好记忆。虽然物质贫困,没有华丽的衣服,没有丰富的饮食,甚至肉也很少吃到,但并不妨碍孩子们从这些简单的游戏中寻觅无尽的快乐。物质世界的贫困虽然造成了生活的单调,却也使人际关系变得单纯,没有那么多利益,也便少了许多争夺,人们在空荡荡的世界里将彼此看得更加清楚。不需要心机,不需要阴谋,因此也不需要防范。虽然粗茶淡饭,早出晚归,但没有提防的心是轻松的,食物可以充分地消化吸收,睡眠也可以无比香甜,人们轻松地入眠,一直睡到自然醒。

诗人虽然写的是童年,却又象征了质朴的年代;我们拒绝童年的匮乏，却又怀念心灵的单纯。然而鱼与熊掌不可得兼，我们很难在获得海量财富和多样享受的同时，还能以童年的无邪面对光怪陆离的世界。于是，我们虽然有五花八门的菜品，却整天为吃什么发愁；虽然摆脱了饥饿，却又在肥胖和三高的折磨下闷闷不乐。我们有了快捷的交通，故乡却越发遥远；有了便捷的通讯，感情却越发淡薄。物质世界越发庞杂，精神世界日渐狭仄，我们失去了童年，也失去了简单和快乐。

快乐一定来自简单，享乐不等于快乐，所以老子鄙弃奢华的东西："五色令人目盲，五音令人耳聋，五味令人口爽，驰骋畋猎令人心发狂，难得之货令人行妨。"当物质与享乐塞满心灵的时候，一个人拥有的便只是刺激的满足，而与快乐无缘，而刺激的满足永远是暂时的，就像吸食鸦片烟，只能过一时的瘾，很快又会毒瘾发作，并将越陷越深。因此，老子向往人类的童年时代，"鸡犬之声相闻，民至老死不相往来"。这种原始的质朴的生活，才是快乐的生活，也是老子的至高理想。庄子也曾无限神往地描述人类的童年："当是时也，山无蹊隧，泽无舟梁，同与禽兽居，族与万物并，民居不知所为，行不知所之，含哺而熙，鼓腹而游。卧则居居，起则于于，民知其母，不知其父，与麋鹿共处，耕而食，织而衣，无有相害之心，此至德之隆也。""含哺而熙，鼓腹而游"，"无有相害之心"，表达了庄子对人类童年的美好想象，也代表了庄子对理想社会的无限憧憬，但我们不能再回到童年，童年已消失在远方了，诗人伤感地说：

现在
游戏变成现实
快乐变成痛苦

这，是否便是人类的宿命。

西瓜

软弱的瓜秧藤蔓伏地而行
无人瞧得起

卑下的他
有着惊人的秘密
他要干一件大事
所以对别人的蔑视
不屑一顾

七月
太阳如此的炎酷
饥渴难忍远行的人
猛然发现
脚下的秧蔓
有了又大又圆的瓜果
他们根本不征求秧蔓的意见
扯下西瓜

掏出匕首
剖开瓜膛
饱腹而去
没有一句感恩的话

瓜皮上还残留着血红的瓜瓤
黑色的瓜籽则像零碎的文字

解读：

弱者的奋斗，不仅是为了吃饱穿暖，养家糊口，而且还为了能够在他人面前证明自己，赢得一点做人的尊严。本诗以软弱的瓜秧蔓作喻，描述了弱者追求理想以及理想的破灭史，提出了引人深思的社会问题。

诗人以拟人的手法描写瓜秧蔓的心理说：

软弱的瓜秧藤蔓伏地而行
无人瞧得起
卑下的他
有着惊人的秘密
他要干一件大事
所以对别人的蔑视
不屑一顾

瓜秧蔓的理想很简单，就是要结出人人赞叹的大西瓜，从此不再遭人蔑视。它成功了，同时又失败了：

七月
太阳如此的炎酷
饥渴难忍远行的人
猛然发现
脚下的秧蔓
有了又大又圆的瓜果
他们根本不征求秧蔓的意见
扯下西瓜
掏出匕首
剖开瓜膛
饱腹而去
没有一句感恩的话

掠夺当然不需要感恩，瓜秧蔓失去了自己辛辛苦苦结出的又大又圆的瓜果，也便由成功者瞬间成为失败者。瓜秧蔓的理想与结局极易让人联想起老舍先生笔下的骆驼祥子，他高度浓缩了小人物的奋斗史，也揭示了病态社会小人物难以摆脱的悲剧命运。

祥子从农村来到城市，渴望以自己的诚实劳动买一辆属于自己的车。他用三年的时间省吃俭用，终于实现了理想，成为自食其力的上等车夫。但刚过半年，车就在兵荒马乱中被逃兵掳走。祥子没有灰心，他依然倔强地从头开始，拉车攒钱。可是，还没等他再买车，所有的积蓄又被侦探敲诈，洗劫一空，买车的梦想再次成为泡影。当祥子又一次拉上自己车的时候，已成为自己压根不爱的女人——虎妞的丈夫，这是他拉上自己车必须付出的代价。不久，虎妞死于难产，祥子不得不卖掉人力车去料理丧事。至此，他的人生理想彻底破灭了。心爱的女人小福子的自杀，吹熄了祥子对人生最后的希望，他再也无法鼓起生活的勇气，他开始厌恶拉车，厌恶劳作，从此游戏人生，吃喝嫖赌。为了喝酒，祥子到处骗钱，堕落为“城市垃圾”。最后，只能靠给人干红白喜事做杂工维持生计。

祥子的堕落过程就是被一再抢掠的过程，无论如何努力，劳动成果随时可能化为乌有，也随时可能由小康沦为赤贫。因此，劳动已不是实现理想、获取幸福的必要手段，生活的不确定性远远超过了确定性，这严重打击了祥子通过诚实劳动改变命运的热情。而周围那些不劳而获者的滋润生活又深刻影响着他，使他逐渐习染坑蒙拐骗的无赖习气，终于堕落为社会垃圾。这不是祥子的过错，这是社会的罪恶。

祥子一样的小人物处身社会下层，是有形与无形的势力掠夺与挤压的对象，一切公开和不公开的社会成本都将摊入他们的生活成本，加重着他们的负担，一些人在重压下喘息，挣扎，破产，并因此而颓丧，沉沦，绝望，成为祥子一样的失败者与堕落者。在法制缺席的社会，这样的小人物没有任何自我保护能力，生存处境极其脆弱，社会的任何风吹草动都会传递给他们，给他们致命的一击，从而彻底粉碎他们的人生梦想。没有人可怜他们，补偿他们，而病态的社会就是要让千千万万祥子一样的小人物为种种不公买单，从而将危机转嫁到他们头上，以维持表面的繁荣。

某种意义上说，小人物的利益能否得到有效的保护，小人物的命运能否得到充分的关注，是判定一个社会文明与否的尺度，因为正是这些小人物支撑着整个社会的运转，他们对前途的信心是社会稳定发展的保证。当所有的小人物都怀有梦想，并能通过自己的诚实劳动改变命运的时候，这个社会才是健康的，合理的。如果一个社会一定要以对弱者的剥夺维持运转，那么任何的光鲜亮丽都是毫无意义的装饰，而装饰永远不能蒙蔽人们的眼睛。

风筝

儿时飞翔于蓝天的梦想
至今也没实现
如今年过半百的他
却没放弃
他把他的梦想
寄托在风筝上
他请最好的画师
画上最美的山鹰
他要让风筝完成他的梦想

风筝连着长长的线
他要让梦想
不离手中
在手中完成

他逆风而奔
风似乎明白他的意思

托起风筝
山鹰摇摇晃晃地翱翔于天空

纸糊的山鹰
似乎也明白风的意图
越飞越高
越飞越远
他开始得意
他精心策划的梦想
在他手中完成

然而他忽然感觉
手中的线
越来越紧
越来越沉
仿佛山鹰要挣脱自己的绳索
他有些紧张

山鹰开始在他的目光里模糊
山鹰开始在秋光里发出耀眼的光斑
有些刺眼

猛然
他感觉不到手中的分量

他感觉不妙
但为时已晚
他手中拴缚着梦想的线断了
他放飞的山鹰
挣脱了他
再也回不到他的手中
他遥望着远方
有些失落

他花了多大的心血呵
为他造型
为他描绘

难道纸糊的山鹰
也有梦想
难道纸糊的山鹰
也不想受人操控

解读：

诗人以拟人的手法描写了"他"制风筝、放风筝及风筝最终失控而飞上远天的过程，形象表达了生命自由的主题。

"他"儿时便怀有飞上蓝天的梦想，却一直没有实现，如今年过半百，便将梦想托付给风筝。"他"精心地糊制风筝，还请画师画上山鹰的形象。他"满心欢喜地放飞风筝，却不料"手中的线，越来越紧，越来越沉，仿佛山鹰要挣脱自己的绳索"，终于，风筝挣脱了，自由地飞向远方，诗中写道：

猛然
他感觉不到手中的分量
他感觉不妙
但为时已晚
他手中拴缚着梦想的线断了
他放飞的山鹰
挣脱了他
再也回不到他的手中

任何生命一旦成形，都将具有自己独立自足的生命意识，这种意识决定了他一定要按照自己的意愿选择人生。因此，任何对个体生命的外在控制都会受到几乎本能的抵制，因为自由地主宰自我是人的天性。在文明社会，精神的自由、独立的人格是人之为人最基本的权利，任何人都无权漠视和剥夺。那种企图操控他人，并将自己的意愿强加于他人的做法注定难以成功，无论这种意愿在自己看来多么美好，都不足以成为强加于他人的理由。更何况，诗中"他"的梦想是儿时的梦想，多年过去，或许早已失去了现实的依据，风筝没有理由也没有兴趣将这种陈旧的理想付诸行动。而且，即便在蓝天飞翔，也应该是自由的飞翔，而不是受制于线的羁束。于是，风筝终于"叛逃"了，去寻找属于自己的天空。

诗中强调了"他"在风筝身上所倾注的心血和精力，"他请最好的画师，画上最美的山鹰"，"他花了多大的心血呵，为他造型，为他描绘"。但这一切都不能代替自由的价值，为对方设计得再好，如果不是对方所需要的东西，也毫无意义。《庄子・至乐》记载了一个鲁侯与海鸟的故事:"昔者海鸟至于鲁郊,鲁侯御而觞之于庙,奏《九韶》以为乐,具太牢以为膳。鸟乃眩目忧悲,不敢食一脔,不敢饮一杯,三日而死。"海鸟所渴望的是自由的飞翔,而不是华丽的音乐和肥美的大餐,鲁侯貌似爱它,却反而害死了它,庄子慨叹说:"此以己养养鸟也,非以鸟养养鸟也。"将自己的意愿强加于人,必然适得其反。

中国的家长极像诗中的放风筝者,因为自己当年的理想没有实现,于是便渴望下一代完成自己的夙愿。他们从孩子牙牙学语起便为孩子设定了以后的道路,就像企图把线永远牵在自己手中的放风筝的人,要将风筝限定在天空的某一点,让它永远在那里摇晃徘徊。孩子渐渐长大,也渐渐拥有了自己的兴趣与理想,与家长一厢情愿的设计渐行渐远,就像飞上高天的风筝,渴望着自己的天空。那些将孩子始终牢牢控制在手中的家长,貌似成功者,实则自由心灵的戕害者与扼杀者,表面的成功掩盖了本质的悲剧。鲁迅也写过一篇叫《风筝》的散文,写儿时将弟弟的风筝粗暴扯碎踏在脚下的往事,多年后,鲁迅才意识到"游戏是儿童最正当的行为,玩具是儿童的天使",自己的行为对儿童而言则是"精神的虐杀"。无论喜爱风筝还是厌恶风筝,把自己的意愿强加于孩子,都是"精神的虐杀"。

当诗中的风筝飞向远天之后,"他遥望着远方,有些失落",其实"他"应该庆幸,庆幸风筝获得了自由,庆幸自己没有成为扼杀自由的凶手。

空房

我看见
屋檐上
燕子因为自己的窝
被麻雀侵占
而协同伙伴将异类活活啄死

虽然这是个春天

雨哭湿了我的外套
我的心也潮湿起来

这些年
我也在不停地寻找
房子

一个月的生活费
也换不来一个

立脚的地方

房像森林一样多
想住的人住不进

空空的屋子
只认识孔方兄

春天鲜花万千
却走不进我的心房

解读：

天地间一切生物都需要自己的生存空间，然而，任何空间都是有限的资源，并非可以无限供给，所以生物界围绕生存空间的争斗从无休止。诗人开篇即描写了自然界血腥的一幕：

> 我看见
> 屋檐上
> 燕子因为自己的窝
> 被麻雀侵占
> 而协同伙伴将异类活活啄死

燕子的凶狠彰显出自然界生存竞争的冷酷无情，为捍卫自己的领地，动物们往往拼死一搏，哪怕两败俱伤。因为，没有了领地，就意味着流亡或死亡。目睹这种争斗，诗人的内心压抑而阴沉，“活活啄死”

的画面血腥残忍，令人不忍卒睹，折射出诗人内心的战栗。春天没有给人带来暖意，相反却因为无情的杀戮让人感到了冬天的余寒，“虽然这是个春天，雨哭湿了我的外套，我的心也潮湿起来”。

相比动物世界，当代人的生存竞争虽然没有了血腥，其残酷却未必更为逊色，只是这种残酷由表层转到地下，由肉体的厮杀转入体制层面更其复杂的博弈，但生存竞争的本质并未改变。由鸟类的争夺，“我”不由得想到自身的际遇：

这些年
我也在不停地寻找
房子

一个月的生活费
也换不来一个
立脚的地方

房像森林一样多
想住的人住不进

空空的屋子
只认识孔方兄

房子虽然像森林一样多，但“我”买不起；空房虽然数量可观，但也不会免费发放。房子已然成为当代中国极其昂贵的商品，对某些人而言，房价远远超过了他们的购买能力。但房子是人类的必需品，人类不会因为房子的昂贵而放弃拥有房子的梦想，因为房子不仅为人类提供一个遮风挡雨的居所，而且提供了一个私密的精神空间，哪怕是一个简陋的草窝，那也是自己温暖的家。只有在自己的家里，才有安全感，对中国人而言，更是如此。所以中国人不喜欢终生租房，而一定要拥有自己的住房。租房总有作客之感，成为房子的主人，才能住得安心。但高昂的房价剥夺了许多人拥有居所的权利，购房成为当代中国人难以言说的痛。

人类筑巢建房原本不过是为了躲避禽兽的伤害，所以原始的房屋极其简单，《韩非子·五蠹》载："上古之世，人民少而禽兽众，人民不胜禽兽虫蛇。有圣人作，构木为巢以避群害，而民悦之，使王天下，号曰有巢氏。"远古先民用一些树枝随便一搭便盖好了房子，现代非洲的原始部落仍然如此。其后随着文明的进化，房子不仅追求实用，而且追求舒适；房屋的建造更为讲究，由构木为巢发展为高堂大屋乃至雕梁画栋。然而，对古人而言，因为标准不高，房屋似乎并没有成为难以承受的负担，一架土坯，一堆茅草，几根房梁，几片黑瓦，就能建个房子。即便由于饥荒或战乱而流离失所，而一旦稳定下来，仍然可以圈个地方，建个茅屋。杜甫流落成都，便在友人的帮助下建成草堂以蔽风雨。而且历史上的高士往往对居所要求甚低，颜回"一箪食，一瓢饮，在陋巷"，陶渊明则是"环堵萧然，不蔽风日"。但他们都处之泰然，不以为意。房子于古人，似乎远没有像今天这样巨大的压力。

现代人已不再有古人那样的方便，因为房子已然成为开发商规划、设计、建造并出售的商品。普通人即便有盖房的材料，也没有盖房的地皮；即便不想住高楼，只想住土坯房也不成，因为开发商只能建高楼或别墅。虽然也有一些世外高人隐居终南山等远离尘嚣的地方，住在自己垒成的石头房或泥巴房里，但据说近年来造房成本和租房成本大幅上涨，许多隐士无力承担，也只好重返俗世。所以，这不是一个随便找个山林就可以做隐士的时代，这个时代已经没有个人自由选择的空间,想要有一个自己的居所,就只能乖乖地购买昂贵的商品房。但飞涨的房价,微薄的收入,让无数人望房兴叹,也让无数人沦为房奴。在所谓的一线城市,两代甚至三代中国人倾其所有,才能换得一个小小的蜗居。房子已经超越了它的根本用途而附加了太多的社会功能,政府、开发商以及其他说不清道不明的机构、组织、阶层和团体怀着各式各样的目的将手伸向房地产,助推着房价一路飙涨。房地产业已然成为洗劫国人财富的行业,房子成为当代中国人孜孜以求甚或遥不可及的梦想。

无数收入微薄的贫民,徘徊于楼群之下,望着黑黑的窗口发呆,"我"便是其中一个。在这鲜花盛开的季节,"我"却没有任何快乐,因为,"我"是一个无房者,而且,"我"将可能终生过着无房可住、无家可归的生活。但是,这并不是"我"的过错。

蛇

不要以为我手无寸铁就欺负我
不要以为我柔软细长就欺负我
不要以为我不能直立行走欺负我
不要以为我眼神不好欺负我

惹恼了我
我就是一条绳索
将你捆绑
将你纠缠
直到你有气无力
直到你奄奄一息

碰上我饥饿的时候
我会将你慢慢吞进我的腹中
我不管你有多高
我不管你有多大
我不管你衣冠楚楚有多斯文

我不管你手中有多大的权
更不管你是人是鬼
在我这里你只是一顿美餐

别说我头老大话
告诉你吧
我的头并不大
也无高冠
我生活在世间的最低层
我无房无车
我只能躺在草地洞穴里
过活
但我从未放弃过生命
风雨再大
也侵蚀不了我仅有的一股傲气

冬天来了
是我睡觉的日子
我蜷缩在洞穴里
不吃不喝
直到来年的春天来临
春天是我苏醒的季节

你爱春天

我更爱春天
我也需要阳光
取取暖

解读：

诗人把蛇当作底层小人物的象征，以蛇的口吻为小人物代言，表达了渴望得到平等和善待的呼声。

历朝历代无数不起眼的小人物像蝼蚁一样为生计四处游走觅食，但往往因为能力有限、机会无多而长久置身于贫困之中。固化的社会分层没有为其留出上升的通道，他们唯一的命运就是辛苦劳作，挣得温饱。但人是一种渴望向上、渴望平等的动物，没有谁心甘情愿在底层沦落一生，所以小吏渴望成为高官，学徒渴望成为老板，即便一个叫花子也渴望有朝一日拥有自己稳定的居所。但当这些渴望无法实现的时候，便会转化为负面情绪，在内心深处日积月累，成为一种潜在的破坏力量。当小人物眼睁睁地看着达官巨贾花天酒地，而自己长年累月埋头劳作，连正常的休息都是一种奢侈，心理怎能不扭曲失衡！一个老实木讷的小人物在特定的场景下做出的杀人暴行，决非一时丧失理智的所谓激情杀人，而是长期积累的愤怒一朝爆发的结果，以往没有爆发只是没有遇到机会罢了。

当年的陈胜走投无路，起而造反，其最具号召力的一句话便是，“王侯将相，宁有种乎！”可见，陈胜起义之举并非心血来潮，而是心理长期失衡的结果。“王侯将相，宁有种乎”作为一个问题应该不断萦绕在陈胜的心头，每当劳作最繁重，而王公大人华冠丽服、高车驷马招摇过市的时候，其被剥夺被损害的不平之感恐怕会油然而生，追求王侯将相的豪贵生活便成为他最大的梦想。当他说出“燕雀安知鸿鹄之志"的时候，想必已经完成了报复与反抗的心理准备，只等一个合适的机会了。陈胜可谓中国历史上敢于反抗现实以改变命运的典型代表，他的事迹激发了后世无数草根以斗争方式实现人生翻盘的热望。如今革命时代虽已远去，但底层人物的心理状况却不可忽视。当代中国贫富差距严重，各类资源分配不均，庞大的财富与优质的资源集中于一小撮人手中，底层人物的被剥夺感极其强烈。这种负面情绪如果不能得到合理的疏导，势必积蓄为严重威胁社会安全的负面能量。近年来时有报复社会的悲剧发生，或驾车冲撞路人，或持刀杀害幼儿，每每造成整个社会的恐慌，而事主多为底层小人物。在一个没有革命的时代，这些人便将自己人生失意的愤恨倾泻到普通民众身上，以畸形的方式寻求心理平衡。诗人以蛇的口吻生动描述了这类人的心理：

不要以为我手无寸铁就欺负我
不要以为我柔软细长就欺负我
不要以为我不能直立行走欺负我
不要以为我眼神不好欺负我

惹恼了我
我就是一条绳索
将你捆绑
将你纠缠
直到你有气无力
直到你奄奄一息

碰上我饥饿的时候
我会将你慢慢吞进我的腹中

我不管你有多高
我不管你有多大
我不管你衣冠楚楚有多斯文
我不管你手中有多大的权
更不管你是人是鬼
在我这里你只是一顿美餐

这几乎就是小人物报复社会的宣言。他们原本一无所有,因而敢于以命相搏,所以最有报复社会的戾气,最有同归于尽的毒心。虽然这类行为极端者有其个人原因,但如果此类人物一再出现,相关恶性事件不断发生,构成一种社会现象,则便不应仅以个案视之。这类人物及事件虽然难以彻底消灭,但完全可以最大限度地减少。为此,就需要营造公平的社会环境,从制度上保证财富和各类资源的合理分配。与此同时,更要培养相互关爱、充满温情的社会环境,让每一个人尤其是穷人感受到来自社会各方面的尊重与关切,那么,其对社会的怨恨当会得到极大的消释,而不至于日积月累,一朝爆发。因此,杀死人的不仅仅是报复社会的毒心,更有整个社会冷漠的人心,如果每个人都不想付出温情,有朝一日就会为冷漠买单。诗人以蛇为喻描述小人物的梦想说:

冬天来了
是我睡觉的日子
我蜷缩在洞穴里
不吃不喝
直到来年的春天来临
春天是我苏醒的季节

你爱春天
我更爱春天
我也需要阳光
取取暖

当我们每个人渴望春天的时候,那些像冬眠的蛇一样的小人物同样渴望春天,也需要阳光取取暖。如果这些人的生活与心态能够得到整个社会的关切与善待,就能最大限度地保持社会的安全与稳定。这自然是一个长期的任务,并需要每一个人付出努力。

太湖石

亿万年风雨鞭打
亿万年的湖水的浸泡
也改变不了我的硬气
肉被你们剜去
眼被你们剜去
鲜血榨干
眼窟窿也依然愤怒地永不闭上
敲一敲我的脊骨
还依然响当当地
有着金属般的声音

现在我
常常被人们当作花园的装饰
把我亿万年的屈辱
当作欣赏的对象
是我最不愿看到的

解读：

太湖石是中国名石，也是传统园林景观的重要构成材料。它由石灰岩遭到长时间侵蚀而成，形状各异，姿态万千，具有所谓“皱、漏、瘦、透”之美。赏藏太湖石风习自唐代便流行开来，宰相牛僧孺便是太湖石收藏家。宋人更是痴迷于此，道君皇帝更因“花石纲”而引发了农民起义。

但诗人没有兴趣挖掘太湖石的历史渊源，而是由太湖石身不由己的命运，深入思索天地万物何以自处的命题。诗人以悲悯的眼光看待太湖石，以拟人手法将其形成过程描述为大自然对其残酷地鞭打、剥夺与榨取的过程：

亿万年风雨鞭打
亿万年的湖水的浸泡
也改变不了我的硬气
肉被你们剜去
眼被你们剜去
鲜血榨干
眼窟窿也依然愤怒地永不闭上
敲一敲我的脊骨
还依然响当当地
有着金属般的声音

太湖石因为水的腐蚀而造成大大小小的窟窿以及各自不同的形态，虽然在人类看来鬼斧神工，奇妙无比，但这一切都不是太湖石想要的，它只想保持自己的原始形态，而不想被随意剥蚀和改造。大自然将自己的意志强加于太湖石，强行将其改造成自己希望的样子，这是一种毫无平等意识的蛮横，诗人以“硬气”“愤怒”之类字眼坚决有力地表达了太湖石的愤恨。或许太湖石的形态是美的，但任何力量也无权在不征得事主同意的情况下强行改变其形态。更令太湖石愤怒的是，人们又用它来装点花园，在太湖石看来，这是将自己亿万年的屈辱加以展览和欣赏，无疑是对自己的第二次伤害。诗人以太湖石的命运为喻，形象地表达了尊重主体人格的严肃命题。

在我们的社会中，到处存在着随意侵犯人格尊严的现象，而最突出的便是教育领域。一些孩子幼年时便被父母强制学习外语，背古诗，弹古筝，或者弹钢琴。几岁的懵懂孩童在父母的牵拉拖曳之下，疲于奔命地出没于形形色色的培训班里，唯恐在某一方面落后于别人家的孩子而输在起跑线上。但这不是孩子们想要的，而是家长将自己的意志强加于孩子的结果，就像大自然以自己的喜好将太湖石雕琢成满身窟窿的样子。家长的最终目的不是让孩子按照自己的意愿、喜好和个性发展自己，更不是为了让孩子得到真正的幸福，而是为了让孩子能够光宗耀祖，为家长脸上贴金，就像将太湖石拿来装点花园。家长将自己的意志强加到孩子身上的结果，便是孩子对学业的极端厌倦，个别孩子因为长期生活在家长的威迫之下，积久成恨，乃至杀害自己的亲人，北大学生弑母案便是典型例证。这无疑是长期违拗孩子意志造成的恶果。

中国当代教育的最大的问题便是不懂得尊重学生，家长没有将孩子视为有独立自足人格的个体，而是视为没有头脑、可以任凭自己捏弄的橡皮泥，由此产生了许多中国式的虎爸虎妈。表面看来颇有成效，但孩子的心理却埋下了许多暗伤，可谓隐患重重。因此，决不能因为中国式教育表面的成功而忽略其负面影响。平等对待孩子，懂得尊重孩子，尊重其意愿和选择，乃是中国教育需要补上的重要一课，这也是本诗给我们的重要启示。

毒品

真的想离开你
可你已钻进了他的骨髓
像蚂蚁一样撕咬着他
他难受啊
一次次向你投降

现在更晚了
梅花开在了不该开的皮肤上
浓血已恶臭不断
腐烂正将他的肉体吞噬
他仅有的一点悔恨
也会被无情地剥夺

什么人
都可以交朋友
千万别和魔鬼交朋友
尽管你的名字万分美丽

也别被他迷惑

别再贪恋罂粟花的美丽
别再贪恋海洛因的洁白
美与色有时就是不归的深渊

解读：

毒品是人类最难缠的敌人，是控制人类精神的恶魔。它原本是用来治病的药品，却因为令人上瘾变成了毒品。它可以让人升上天堂，获得无上快感；同时又将人拉入地狱，变成可怕的行尸走肉。瘦骨嶙峋的肌体，遍布全身的针眼，茫然空洞的眼神，便是吸毒者的基本形象。他们的精神已消失在肉体的深处，他们或许已感知不到自己的存在。

人类虽然拥有强大的意志力，却很难对抗毒品。一个人可以忍受酷刑的痛楚，却难以忍受毒品的折磨，因为毒品对人类而言是一种从肉体到精神的全面摧残与控制。它以肉体的痛苦折磨人类，同时又以精神的幻觉诱惑人类，令人在逃离痛苦与渴望幻觉的双向撕扯中难以自拔，越陷越深。毒品对人类肉体的折磨不同于种种酷刑所造成的纯粹来自肉体之外的痛苦，它是来自身体内部的那种对肌肉、骨髓、毛孔乃至每个细胞的噬咬，让人无可逃避，无可抵挡，再坚强的意志也难以承受这种极致的摧残。在毒品面前，几乎没有人能够挺立不倒，即便一些坚信自己意志坚强的人不小心吸入了毒品，也会乖乖地成为毒品的俘虏。诗人写道：

真的想离开你

可你已钻进了他的骨髓
像蚂蚁一样撕咬着他
他难受啊
一次次向你投降

我们无法想象，毒品发作时会是一种怎样的感受，但电影电视镜头中的吸毒者的影像足以让我们感受毒品的破坏力。不同于酷刑的地方在于，酷刑总有停止的时候，而毒瘾的发作永无终止。每当毒瘾发作时，只要吸入毒品，痛苦便可以中止。因此，毒品总是给吸毒者以幻想，总是在毒瘾发作时期待着毒品的解救，就像落入了魔鬼的手掌，每每还要祈祷魔鬼的开恩，于是恶性循环，直到生命的毁灭。诗人写道：

现在更晚了
梅花开在了不该开的皮肤上
浓血已恶臭不断
腐烂正将他的肉体吞噬
他仅有的一点悔恨
也会被无情地剥夺

为什么会有毒品？毒品对人类到底意味着什么？如果说近代中国人吸食鸦片纯粹是为了找乐子，寻刺激，或彰显身份，根本上是因为愚昧无知，那么，今日毒品泛滥于世界则不是上述原因所可解释。即便可以作此解释，我们仍然要追问，一些人为什么要通过吸毒找乐子，寻刺激？这显然涉及更深层次的社会文化问题。

毒品在吸食者眼中未必是毒品，而是进入极乐世界的阶梯。毒品的重要功能是致幻,它可以使人暂时摆脱现实世界而进入无所不能的精神幻境,这正是包括明星在内的有钱人吸毒的根本原因。在将金钱所能给予的快乐挥霍殆尽之后,一些人仍然无法满足,反而更加空虚,因为金钱及物质享受并不能给人真正的快乐,而只是满足人的各类刺激。现代社会所创造的各类消费无一不是满足人的各种便捷、快捷、舒适的消费需要,然而这种需求永远没有尽头。各类商品不断推陈出新,更新换代,消费者疲于奔命地跟在生产商屁股后面追逐时尚,这种消费与生产之间的互动一方面满足着人们的需求,一方面消耗着人们的热情。对富人而言,他们始终站在消费的最前沿,品尝着最新潮最奢华的商品及服务,也最容易感受到生活的乏味和无聊,因为他们最先看到商品与物质的尽头。当这个世界没有什么更新的商品吸引和满足他们的时候,精神的尽头也便开始显现,于是他们需要扩展精神的边界,需要在更广阔的世界安顿自己的心灵。而能够满足这一需求的一是宗教,一是毒品。世界上的许多宗教往往是禁欲的,这与泛滥世界的消费主义狂潮背道而驰,虽然各类教堂仍然有许多人在膜拜和祈祷,但其虔诚与执着值得怀疑。那种源自古代的宗教戒律究竟能在多大程度上对抗消费狂潮对心灵的腐蚀总是令人疑窦丛生,在这种背景下,毒品便以其简便快捷的致幻功效深深地进入了现代人的生活。往往是富有者更喜欢吸毒,一方面他们有精神的需求,另一方面他们有足够的金钱消费毒品,于是各类明星吸毒被抓的新闻层出不穷。所以如此,并不能仅仅归咎于这些人生活的堕落及法制观念的淡薄,当理想和信仰彻底崩塌,当商品与消费成为社会的主导价值,那么走向毒品一定意义上就是一种必然。就此而言,毒品在现代社会的泛滥某种意义上是对席卷全球的消费主义的强烈反弹。人类并不仅需要物质满足,根本上更需要精神满足,当商品与消费无法安顿心灵时,人们只能到毒品所创造的虚幻世界寻求解脱,当代社会的吸毒行为正是追求心灵安顿的畸形表现。因此，毒品的屡打不绝正反映出以资本、市场、商品、消费为关键词的现代社会的局限性与不合理性，毒品既是现代社会丑陋的疮疤，也是对消费主义社会的有力抗议。尽管如此，吸毒终究是一种自我毁灭，对此，善良的诗人劝导说：

什么人
都可以交朋友
千万别和魔鬼交朋友
尽管他的名字万分美丽
也别被他迷惑
别再贪恋罂粟花的美丽
别再贪恋海洛因的洁白
美与色有时就是不归的深渊

诗人的劝导自然是软弱的，人类要消灭毒品，不仅要自我克制，不仅要与制毒贩毒吸毒行为作斗争，同时也要寻找人类发展的新途径，扬弃以消费为主导的社会价值，为现代人提供终极的精神安顿，这显然比打击毒品本身需要付出更艰巨的努力。

四月阴天游新安

密云一手遮天
将太阳挟持
包裹了起来
却时不时落下伤心的泪水

新安江不再清澈
变得浑浊起来
渔舟没有人迹
凄苦地倚靠在江岸
鸟不知躲在何处
稀少的老柳在冷风中
站在岸上
不知等待着什么
本是春天
却看不到花开的模样

孔雀被笼罩在巨大的网中

不再奢望人们的解救
而是麻木地响应看客的心理
嘲弄似地开屏
渔人不再艰苦地劳作
而学会了表演
千年古樟
依靠粗壮的干系
让人顶礼膜拜
挂满红色的祝福

解读：

本诗描写了游新安所见，但诗中所写又可以看作是现代社会的一种象征。诗中充满了对新安江环境的负面感受，也充满了对现代社会的含蓄的批判。本诗首先描写了整体的环境特征：

密云一手遮天
将太阳挟持
包裹了起来
却时不时落下伤心的泪水

诗人以拟人修辞写云，“一手遮天将太阳挟持”，渲染出阴郁的气氛，“不时落下伤心的泪水”，似乎又显示出对人间万象的同情。显然，云被诗人赋予了特定的人类情感，暗示了一种令人不安的情绪。后面则写新安江所见，江水不是清澈的，而是浑浊的，强化了上段末尾的阴郁色调，继续渲染不安的情绪。渔舟没有人，且“凄苦”地倚靠在江岸，写出了人事的萧条和劳作的荒疏。鸟躲了起来，柳站在冷风中，不知在等待什么，春天不像春天，却近似于秋天的萧瑟。这种意象进一步渲染出寂寥落寞、毫无生气的氛围，与春天应有的生机勃勃形成了对照，传达出一种不祥的气息。

在这种反常的背景下，动物和人出现了。首先是孔雀，“被笼罩在巨大的网中，不再奢望人的解救”。这是一只失去自由的孔雀，被人抓来做表演。它已经很熟悉自己的业务，能够响应看客的心理，适时地开屏。只不过，它的一切动作都是麻木的。诗人以“麻木”一词揭示了长期的训练和奴役已然剥夺了它展示美丽的本能，而“嘲弄似地开屏”，展现的不再是鸟类的美丽，而是看客的无聊。与孔雀一样，渔人也不再从事自己的本职工作，同样学会了表演，以满足看客对打鱼的好奇心。表演取代劳作成为渔人正式的营生，这是一种奇怪的转化，但似乎很难说是一种进步。千年的古樟树也派上了用场，因其古老的树龄，被人为赋予了神秘色彩，“挂满红色的祝福，让人顶礼膜拜”。在诗人眼中，一切都违反了应有的节律，一切都被人类按照自己的意愿随心所欲地加以改变，新安江由清而浊便极具象征意味地暗示了生态环境的退化及整个社会场景的破坏：鸟不见了踪影，柳茫然地等待，孔雀麻木地开屏，渔人不再劳作，一切都改变了原来的形态，一切都不再正常。诗人对此表示了深切的忧虑，乃至以云的“伤心的泪水”表达对这种阴阳易位、时序颠倒的悲悯。

从发展经济角度来看，新安江的改变似乎无可厚非，而敏感的诗人却从中嗅到了不祥的气息，人性的贪婪及这种贪婪对自然环境肆无忌惮的破坏，正将人类带入不可预知的未来。这正是诗人忧虑所在。如何处理人与自然关系是一个历久弥新的话题，而在资本主宰一切、人类对金钱的贪婪空前膨胀的今天，约束贪欲而保护生态，相比以往任何时候都是更加紧迫的任务。

问题

人总是把具有生命的活体
称作动物
但未认识到自己也是动物

人把自己称作人
却把其他动物分门别类
派生出许多奇怪的名字
但动物们肯定并不认可
只是人的一厢情愿

人将自己称作人
动物将人称作什么
人永远不知道

解读：

经过漫长的进化，人类繁衍出庞大的种群，并已成为地球生物群落的绝对主人。在人与动物的关系中，人类已不再恐惧各类动物的追杀，动物却已成为人类观赏、利用、研究，乃至保护的对象。为便于认识动物世界，人类分门别类，将动物归入形形色色的门类和纲目，构建起庞杂而严密的动物谱系。人类将各色动物称为老虎、狮子、猴子、大象等等，但动物界对此浑然不知，老虎不知自己叫老虎，狮子不知自己叫狮子，它们是一种不自觉的存在。

人类以居高临下的姿态俯视动物世界，而忘掉了自己也是一种动物，诗人颇有点不平地说：

人总是把具有生命的活体
称作动物
但未认识到自己也是动物

人把自己称作人
却把其它动物分门别类
派生出许多奇怪的名字
但动物们肯定并不认可
只是人的一厢情愿

人当然知道自己也是一种动物，但是，人类所拥有的远远高出动物的智慧使得人类已不屑与动物为伍，《尚书》将人称为“万物之灵”，《周易》则将人与天地并称“三才”，西哲将人视为“万物的尺度”，中西文化都赋予人以极高的地位。显然，人类的出现使得地球不可避免地成为以人为核心的文明世界，是人赋予了动物及整个世界存在的意义，王阳明干脆说：“我的灵明，便是天地鬼神的主宰。天没有我的灵明，谁去仰他高？地没有我的灵明，谁去俯他深？鬼神没有我的灵明，谁去辨他吉凶灾祥？天地鬼神万物离去我的灵明，便没有天地鬼神万物了。”因此，从人的立场而言，人是当之无愧的天地万物之主宰，蒙昧的动物世界只能成为人类的附属品。

人类虽然很强大，强大到可以轻而易举地消灭世界上最强大的动物，但人类没有权利任意处置生物，甚至未必有权利根据自己的意志对动物分门别类并加以命名。人类的强大并不意味着人类就是动物世界当然的主宰者，动物并不是为人类存在的，而是为自己存在，它们不应该隶属于人，而有自己的自主性，人类的贪欲和强大不是蔑视动物、虐待动物、屠杀动物的理由。千百年来，人类根据自己的需要和喜好，任意捕猎，肆意滥杀，造成各类动物持续的减少与灭绝。虽然人类制定了各类保护动物的法律以打击犯罪，然而人类的贪欲无可阻绝，野生动物的跨国走私屡禁不止，形形色色的屠杀从未绝迹，诗人悲情地写道：

人将自己称作人
动物将人称作什么
人永远不知道

放眼世界，动物的领地在缩小，动物的族群在消亡，如果动物有语言，有词汇，那么它们一定将人称为“屠夫”。

虽然人类以万物主宰自居，然而人类不过是地球生物群落中的一员，冥冥中还有一个更高的主宰者，那便是地球生态系统的运行规律，也可以称之为上帝。当人类为一己之私将动物赶尽杀绝的时候，上帝对人类的绞索也将越收越紧，动物的终点一定也是人类的末日。王阳明虽然说，“天地鬼神万物离去我的灵明，便没有天地鬼神万物了”，但他同时说，“我的灵明离却天地鬼神万物，亦没有我的灵明。如此，便是一气流通的”。这是中国文化的智慧，洞达物我，天人合一。这种哲学观念表现于生产活动便是质朴的生态平衡观念,《淮南子》告诫人们说,“不竭泽而渔,不焚林而猎”。而儒家则将源于本性的善推而及于天地万类,战国时代的梁惠王看到下人牵着牛去衅钟时候,便心怀恻隐地说:“舍之!不忍其觳觫,若无罪而就死地。”孟子说:“君子之于禽兽也,见其生,不忍见其死;闻其声,不忍食其肉。是以君子远庖厨也。”虽然有点矫情,但仍然表现出一种悲悯的情怀,佛教则将这种悲悯推向极致,佛教第一戒律便是不杀生,甚至还主张舍身饲虎。显然,佛教并没有将人置于动物之上,而是将动物看作与人平等的族类,人类没有对动物的优先权。印度人听凭牛在大街上四处游荡,任凭猴子在各类建筑上飞窜骚扰,听任成百上千的老鼠在神庙里与人一起喝奶,大概是世界最能善待动物的民族。虽然未必值得效仿,但其对动物的宽容与悲悯仍然给现代人以启示。

动物不应该仅仅被视为人类食物、药物、宠物或其他什么原料的提供者,也不仅仅是自然风景的构成者,或是一些心理畸形的人寻求刺激的对象,而首先是这个蓝色星球的当然的主人,没有了它们,便没有生机和色彩,世界也将变得残缺不全。人类已经屠杀了太多动物,这种屠杀不可持续。放下屠刀,认真省思人类与动物的关系,是文明而野蛮的人类的必修课,因为,人类对这个星球的重要性未必超过动物,而没有人类的地球未必就没有意义。

漩涡

漩涡不过是海的毛孔
呼吸的一种表达
人类在这种表达面前
有些措手不及
有些惊慌
尽管人类也会用喉管和鼻孔呼吸

海的呼吸声很大
以至于夜晚
误以为是一个男神的鼾声

在柔软的沙滩上
听很有力量的呼吸声
是人类所喜爱的一种方式
但见到漩涡
却不敢靠近与之同欢
选择的方式不过是一种避开

一位老渔民告诉我
漩涡的方向
难以确定
发出的声音
难以解读

解读：

诗人形象描绘了海的呼吸，从特殊角度展现了大海的伟岸与神秘。面对浩瀚的大海，人类总有渺小无力乃至惊惶恐惧之感，乃至于大海的漩涡也可以让人惊惶失措，诗人写道：

漩涡不过是海的毛孔
呼吸的一种表达
人类在这种表达面前
有些措手不及
有些惊慌
尽管人类也会用喉管和鼻孔呼吸

海的呼吸声很大
以至于夜晚
误以为是一个男神的鼾声

诗人从独特的视角描述了对大海的神秘感觉，他将漩涡比作大海毛孔的呼吸，那是完全不同于人类的呼吸。潮水涌上岸边，溅起高高的浪花，然后又从容退去。哗哗的潮声像巨大的神灵均匀的鼾声，那涌动的海浪则似乎是神灵起伏的胸膛。面对大海，诗人感到的似乎不是一个客观的存在物，而是一个巨大的生命体，它不仅有反复无常的性情，而且有一个神秘莫测的灵魂，这一切使得人类自古以来便充满对大海的恐惧与敬畏。《庄子·外物》曾描写了一个叫任公子的人在东海垂钓巨鱼的情景："已而大鱼食之，牵巨钩錎，没而下骛，扬而奋鬐，白波如山，海水震荡，声侔鬼神，惮赫千里。"虽然庄子以夸张性的虚构突出表现任公子驾驭自然的气势，但精神的强大毕竟不能全然掩盖自然的伟力，庄子笔下的大海仍然表现出撼人心魄的巨大声势，在它面前，人，毕竟是渺小的。曹操东临碣石，以观沧海，感受到的是大海吞天吐地的浩瀚，"日月之行，若出其中。星汉灿烂，若出其里"。在这种包容一切的浩瀚面前，扫荡群雄的魏武帝只能感叹而已。晋人木华在其《海赋》中从不同侧面描写了大海千变万化的情状，突出了其广、其怪、其大，而令人印象深刻的仍然是大海那种冲决一切的力量，"波如连山，乍合乍散，嘘噏百川，洗涤河汉"。面对大海，作者除了惊叹，似乎没有其他感情可以表白。

大海暴怒时虽然令人心惊胆战，然而波平浪静时却也像温顺的宠物。诗人笔下的大海此时正以轻柔的海浪抚摸着岸边的沙滩，像慈爱的母亲耐心地哄弄着行将熟睡的婴儿。此时的人们躺在沙滩上，一任海水泼泻在自己身上，这是人类与大海亲切而惬意的交流。然而我们可以亲近大海的温柔，却不敢靠近大海的漩涡，海浪的温柔不能掩盖大海的凶险，诗人写道：

在柔软的沙滩上
听很有力量的呼吸声
是人类所喜爱的一种方式

但见到漩涡
却不敢靠近与之同欢
选择的方式不过是一种避开

大海具有温柔与凶险的两面性，人们喜欢亲近大海的温柔，而又惊惧于它的凶暴，以至于唐朝一个伟大的诗人竟在渡海时惊悸而死。面对不可测度的大海，人们大多会心怀畏惧地避开。但也有许多人怀着发财的梦想，冒着风涛之险到海外贸易，一些人因此富可敌国，亦有不幸者葬身大海。大海深处的一艘艘沉船，连同船上的无数珍宝及森森白骨，记载着无数惊心动魄的故事，只是后人再也无法复原一个个悲惨的场景了。在无数葬身大海的人中，便包括炎帝的女儿。自从溺毙之后，她便化身精卫鸟，衔西山之木以堙东海，其坚定与执着令人动容。后来的陶渊明把精卫与刑天相提并论，当作心中值得赞颂的英雄。显然，一只小小的鸟企图以微木填平东海无异于异想天开，但它表现了古老民族遥远年代征服自然的斗志，直到今天，仍然有其激动人心的力量。工业革命后的人类自以为拥有了征服自然的伟力，以为驾驶着庞大的巨轮就可以在大海上横冲直撞，但泰坦尼克号的沉没警醒人类：大海永远不可被藐视。

大海的漩涡虽然令人畏惧，但其神秘对人类永远有着难以抗拒的吸引力，诗人说：

一位老渔民告诉我
漩涡的方向
难以确定
发出的声音
难以解读

唯其难以确定，人类才渴望确定；唯其难以解读，人类更追求解读，这一切都吸引着人们走向大海，寻找梦想中的一切。孔子曾负气说："道不行，乘桴浮于海。"孔子未必只是想到海外做个隐士，或者想到海外重建礼乐，以实现自己的政治抱负。白居易笔下的唐明皇思念贵妃，派人四处寻觅，神通广大的临邛道士上天入地，茫茫不见，"忽闻海上有仙山，山在虚无缥缈间"，最终果然在东方大海上的蓬莱仙岛寻到朝思暮想的爱妃。殖民时代的西方人驾着几叶舢板，就敢横渡大洋，寻找他们梦想中的东方，结果阴差阳错地发现了一个全新的世界。

大海因其狂暴凶险而让人望而却步，大海又因其深邃神秘而令人想入非非，人们总是幻想着大海之外有不同于中土的神异，喜欢将其在现实中无法实现的梦想寄托于大海。因此，大海深处虽然凶险万端，却仍然阻挡不了人们逐梦远洋的冲动，哪怕前方已有无数船舶在风涛中化成碎片。这，大概正是大海魅力之所在。

龙卷风

谁也摸不到你的身体
谁也难见你的真容
但却实实在在地感到就在自己的身旁

风从你面前走过
有时温暖
有时凉爽
有时轻寒
有时刺骨
但你看到的
却是百花齐放
黄叶铺地
白雪皑皑

风有时脾气很大
漫天黄沙
卷起巨浪

古树连根拔起
道路汪洋淹没
摩天大厦支离破碎
海水倒灌
将人类肆意乱埋的垃圾还给人类
这不过是给人类的一点警告

当城市一片狼藉
当人类含着泪水的时候
也该静一静思考下
你做了些什么
对不起自然的地方
狂妄自大是否该收敛一些
贪婪欲望是否该放一放
心中的垃圾是否也该净化一下

风总带着神密的面纱像侠客一样
而行走江湖
主持公道
扬善惩恶

解读：

诗人以龙卷风切入，反思人类与环境之间的关系，呼吁人们保护环境，与天地自然和谐共生。

风虽然不像雨雪霜露那样可见，却以其与人类皮肤的亲密接触，最易为人感知。它随力度的不同显示自己的性格，或清风徐来，温婉可人；或狂风大作，暴躁狞恶。也以温度的不同显示季节的变换，或温和或寒凉，或酷热或冰冷。诗人写道：

风从你面前走过
有时温暖
有时凉爽
有时轻寒
有时刺骨
但你看到的
却是百花齐放
黄叶铺地
白雪皑皑

风几乎无时不在，它既是天气状况最直观的呈现者，也是物候变化最忠实的预兆者。在传统的农耕社会，农人最大的希望便是风调雨顺，五谷丰登。风成为农耕社会影响收成的首要因素，农人最盼望的便是和风细雨，陶渊明诗云："有风自南，翼彼新苗。"其风自然是祥和的微风。又云："微雨从东来，好风与之俱。"微雨伴随着好风，自然令辛苦劳作的诗人欢欣鼓舞。陶诗形象写出农耕时代人与自然的关系，那就是渴望自然以温和的姿态给世人以恩赐。然而大自然不可能总是五风十雨，风调雨顺，遇到荒灾之年，多有狂恶之风扫荡人间。宋玉《风赋》云："夫风生于地，起于青蘋之末。侵淫溪谷，盛怒于土囊之口。缘泰山之阿，舞于松柏之下，飘忽淜滂，激飏熛怒。耾耾雷声，回穴错迕。蹶石伐木，梢杀林莽。"其风扫荡天地，令人心惊胆战，所过之处，庄稼想必会遭受一番浩劫，好在这种恶风在生态环境尚未严重破坏的远古时代未必会经常出现。但千百年的农业开垦和文明扩张，使得生态环境不断遭到破坏，许多地方植被稀疏，乃至成为荒山秃岭，杜牧在《阿房宫赋》中写道："蜀山兀，阿房出。"但这华丽的宫殿在秦末农民战争中化成了一片焦土。其后历朝历代不断重复着修建与烧毁这样周而复始的循环，于是"蜀山兀，阿房出"与"楚人一炬，可怜焦土"便成为中国两千多年最简明的建筑史与生态史，其结果便是生态环境与生存环境的不断恶化，北京之风沙便是环境破坏长期积累的恶果。北京三、四月间的沙尘暴具有悠久的历史传统，元代史料中就已出现"大风自西北起，飞沙扬砾，白日昏暗"的记录。但此时的风沙天气尚不经常发作。随着北方环境的持续破坏，明代北京的沙尘天气便愈演愈烈了，据《明实录》和《明史·五行志》中的气象记录，从 1445 到 1644 年的 200 年间，北京共有 132 次沙尘天气。屠隆在《在京与友人书》中写道："燕市带面衣，骑黄马，风起飞尘满衢陌，归来下马，两鼻孔黑如烟突。"袁宏道亦云："京师风霾时作，空窗净几之上，每一吹号，飞埃寸余。"这种天气到清代便成为寻常景象了，清代《燕京杂记》载："都人谓清明日风作，则一月内无日不风，亦无日不沙矣！"李慈铭在咸丰十年的《越缦堂日记》中记三月初十事云："昧爽饕风发屋，终日扬沙，昼晦，黄涨天宇，万响奔吼。"转过天来又记："终日风怒不息，日色惨淡，黄沙蔽空。"完全就是今人熟悉的沙尘暴了。这完全是人类破坏环境的恶果，而这种恶果直到今天也没有终止的迹象，诗人写道：

风有时脾气很大
漫天黄沙
卷起巨浪
古树连根拔起
道路汪洋淹没

摩天大厦支离破碎
海水倒灌
将人类肆意乱埋的垃圾还给人类
这不过是給人类的一点警告

工业革命以来,随着人类征服自然能力的增强,对环境的破坏日甚一日,而恩格斯早就告诫人类:“我们不要过分陶醉于我们人类对自然界的胜利。对于每一次这样的胜利,自然界都会对我们进行报复。”近几十年来,极端天气频频出现,热浪、洪涝更为频繁地光临世间,不祥的风则成为灾害天气的醒目标识,经常光临美国的龙卷风,每每登陆便会造成巨大破坏。龙卷风的形成固然与美洲独特的地理环境有一定关系,但环境的破坏一定会强化龙卷风的恶果。诗人将环境的破坏归咎于人类贪欲的泛滥,贪欲一开,便难以遏止。现代科技为人类提供了舒适的生活,但人类对舒适的追求没有尽头,大量资源被开采,大量能源被消耗,温室气体排放持续增加,全球冰川在持续融化,海平面也在持续上升,这种危险的趋势不知何时才是尽头。诗人忧心忡忡地写道:

当城市一片狼藉
当人类含着泪水的时侯
也该静一静思考下
你做了些什么
对不起自然的地方
狂妄自大是否该收敛一些
贪婪欲望是否该放一放
心中的垃圾是否也该净化一下

是的，人类需要清理心中的垃圾，否则地球最终只能变成一个垃圾场。如果人类对大自然越发频繁的示警置若罔闻，继续大肆破坏环境，消耗资源，肆意享乐，那么，终有一天，冰川将彻底融化，环球将同此凉热，那时，风也将彻底消失。当风消失的时候，孔子的“风乎舞雩”便会成为永远的梦想，当然，人类也将彻底消亡，这个曾经生机勃勃的蓝色星球将变成一个死寂的世界。但愿，这只是一个永远不会到来的噩梦。

天与地

天是上嘴唇
地是下嘴唇
一张大嘴
将万物含在口中

天地从不言语
天之手
手握佛经
地之手
手握道经
然其境界殊途同归
所以呵
他们只听不言

日月是他们的眼睛
时时关注人类的声音与行为

有时不满于人类的贪婪
一声叹息
泪雨倾盆
龙卷风沙

人类的不文明啊
让天地烦恼
只好学着人类的样
吐了口痰

这口痰啊让人类惊恐
而人类常常惊恐常常反省
却又好了伤疤忘了痛

解读：

佛经和道经是诗人心目中天地自然维持芸芸众生和谐共存的两大法宝。天持佛经，是悲悯的，且佛教第一戒律便是不杀生。地持道经，而道家的基本理念便是道法自然，安时处顺。与佛道经律相反，人类的历史却是连续不断的屠杀史和掠夺史。人类的屠杀首先针对天地间所有可以满足贪欲的生物，但凡天地间的活物，一般都可以被人类抓来食用，对中国人而言尤其如此，即便蛇这种令人毛骨悚然的软体动物，中国人也照吃不误。似乎没有中国人不能吃的生物，也没有中国人不能吃的部位，鸭脖、鸭肠、鸡爪、猪手等等都被中国人做成了无上美味，一样也不浪费。食用动物的肉体之外，人类还需要虎骨来泡酒，熊掌来滋补，牛鞭（当然还有其他各种鞭，据说海狗鞭效果最好）

来壮阳，象牙、犀牛角作雕刻，鳄鱼皮做包包，藏羚羊绒作披肩，如此等等，不一而足。只要某种动物的某个部位被人类相中，它们便难逃被追杀的厄运。

与自然界肉食动物捕杀猎物不同，人类以万物之灵长自居，将天地万物视为自己的私产，在贪欲的驱动下索取不止，屠杀无度，造成大量的动物灭绝，时至今日，这种灭绝仍在进行中。上天如果有佛祖的悲悯，这种悲悯恐怕也早已麻木了。中国渔船出海捕鱼，所过之处，一片死寂，便是人类与自然关系的生动写照。如今，中国近海已无鱼可捕，海洋生态遭到野蛮破坏。中国古人虽有“不涸泽而渔，不焚林而猎”的古训，但当代中国人在暴富欲望的驱动下，早已将各类告诫弃之脑后。在中国的土地上，我们看不到多少“天人合一”“道法自然”的文化传统对生产行为的约束，我们看到的往往是是掠夺式开发所留下的千疮百孔，空气、水源与土壤充满了工业污染物，中国人正将自身逼入绝境。显然，人类无法管控自身的行为，只有外在的强力才可能让人类有所收敛。在诗人笔下，天地正是人类社会冥冥中的管理者，其管理手段便是以极端的环境恶化惩戒人类：

有时不满于人类的贪婪
一声叹息
泪雨倾盆
龙卷风沙

这是大自然对人类欲望泛滥的惩罚，只是这种惩罚的力度越来越大，频率越来越高，干旱、洪涝等极端天气频繁发作，冬天越来越暖，夏天越来越热，一些低纬度国家每年要热死很多人，人类正面临前所未有的生态危机。诗人忧心忡忡地说：

人类的不文明啊
让天地烦恼
只好学着人类的样
吐了口痰

这口痰啊让人类惊恐
而人类常常惊恐常常反省
却又好了伤疤忘了痛

诗人所谓的“痰”本是肮脏的秽物，似是指雾霾等影响环境洁净的天气现象。雾霾滚滚而来，人类惊恐万状，便通过压减产能、搬迁污染企业的方式降低危害，但因各种原因，往往执行不力，效果有限，时隔不久，雾霾又卷土重来，故而诗人说，人类总是好了伤疤忘了痛。所以如此，在于发展的需求远大于环境的危机，欲望的泛滥远大于污染的折磨。

人类文明将不断前行，人类也不可能限制自己的欲望，发展与环保之间的斗争将长期存在，而人类贪图享乐的欲望使斗争很难以人类的妥协而告终。如果人类不能找到绿色发展的通道，那么，等待人类的恐怕是不祥的未来。如果说各类灾难巨片是人类对自身未来的悲观预言，那么当下频发的各类灾害便是大自然对人类的严正警告。

地震

大地承载了太多的东西
有些累了
抖了抖肩膀
放松下心情
没想到伤了人类的梦想

梦想从高楼跌落
钢筋混凝土的坚硬
在一瞬间
站立的形象
倒下了

在无数瓦砾的堆积下
埋藏着许多无辜的生命
埋藏哭声
埋藏着求生的欲望

死去的带着梦想走了
活着的看到了梦想的破灭

大地也一样
抚摸着满身的伤疤
哭得江河泛滥
哭得风沙弥漫

解读：

自从人类产生以来，人类与自然一直存在紧张的对峙关系。在过去漫长的年代，人类匍匐在自然脚下，在山火、洪水、地震之类灾害的夹缝中心惊胆战地生活。工业革命之后，人类拥有了强大的改造自然的能力，在与自然的关系中，步步为营，似乎逐渐成为征服者和主宰者。但人类无论如何努力，看起来如何强大，一场地震就让人类的渺小与脆弱原形毕露：各类建筑化为废墟，成千上万人死于非命，生产设施遭到严重破坏，经济和社会发展甚至陷于停滞。诗人以略带嘲讽的口吻描述说：

大地承载了太多的东西
有些累了
抖了抖肩膀
放松下心情
没想到伤了人类的梦想

梦想从高楼跌落

钢筋混凝土的坚硬
在一瞬间
站立的形象
倒下了

仅仅是大地想放松一下心情，没想到便伤了人类的梦想。高楼变成了废墟，许多无辜的生命埋在了瓦砾之下，象征人类现代文明的坚硬的混凝土建筑的倒下有力地表明了人类文明的不堪一击。

人终究是自然的产物，而非自然的主人，狂莽的自然界凭借其蛮野而巨大的力量，按照自己的轨迹运行，人类或许能够在某种范围或某种程度上改造自然，却永远无法主宰自然。不仅地震会给人类造成巨大损失，星际空间的任何意外事件都可能造成人类及整个地球生命的灭绝，电影《流浪地球》生动描述了地球文明必将毁灭的结局，它与其说展现了人类自我拯救的努力，不如说揭示了潜伏于人类内心深处的生存焦虑，这种焦虑来自于人类对于自身命运无法掌控的深切认知。人类即便可以带着地球逃离太阳系而抵达其他星系，但这一星系也将灭亡，人类只能继续流浪，而整个宇宙也终将灭亡，人类将无处流浪。从这个角度说，人类的命运就是一种悲剧。

但人类为生存所进行的抗争并非没有意义，尽管相对于浩瀚的宇宙，人类不过是沧海一粟，但正是蓝色星球上的这么一群生物，为浩瀚的宇宙增添了别样的色彩。从茹毛饮血到衣冠楚楚，从构木为巢到高楼林立，人类有足够的理由为自己自豪。虽然地震之类自然灾难会在瞬间毁灭人类辛苦劳作的成果，但人类总是在劫后余生的废墟上重建以往的辉煌。相比宇宙间各类星体的庞大能量，人类的力量是微不足道的，然而支配宇宙的只是毫无目的性的蛮力，只有人类这种生物能够让地球及宇宙的资源为自己所用并达到自己的目的，人类的智慧及梦想是比恒星及星云更耀眼更可贵的存在。正是人类的出现赋予了自然及宇宙以意义，没有人类，洪荒的地球及浩瀚的宇宙不过是一种野蛮的存在。因此，虽然地震会破坏人类的文明成果，却不会从根本上动摇人类的梦想，这正是人类的伟大之处。人类的伟大并不在于力量的强大，而在于思想的光芒，帕斯卡尔说："人只不过是一根苇草，是自然界最脆弱的东西；但是，他却是一根能思想的苇草。这根苇草，用不着整个宇宙都拿起武器来才能毁灭；一口气、一滴水就足以致他死命了。然而，纵使宇宙毁灭了他，人却仍然要比致他于死命的东西更高贵得多；因为他知道自己要死亡，以及宇宙对他所具有的优势，而宇宙对此却是一无所知。因而，我们全部的尊严就在于思想。"正因为有思想，人类才有梦想；正因为有思想，梦想才颠扑不破。诗人说：

在无数瓦砾的堆积下
埋藏着许多无辜的生命
埋藏哭声
埋藏着求生的欲望

死去的带着梦想走了
活着的看到了梦想的破灭

幸存者固然悲痛，却不会因此偃旗息鼓；高大的建筑倒下了，却并不意味着梦想的破灭；地震固然可以毁灭文明，却更能昭示人类精神的光芒。康德说："有两种东西我对它们思考得越是深沉和持久，它们在我心灵中唤起的惊奇和敬畏就会日新月异，不断增长，这就是我头上的星空和心中的道德法则。"康德将道德法则与星空相提并论，某种意义上也是将人类与自然相提并论，这一充满哲理与激情的自白从特殊的视角揭示了人类的伟大。虽然人类可能无法征服自然，但人类精神的光芒足以辉映天宇；虽然地震可以将人类的文明化作废墟，但永远无法毁灭人类的梦想，只要人类存在，则梦想不死，文明将不断前行，这正是人类这种特殊存在物的意义。

山坍塌了

山坍塌了
就不再是山
曾经森林的绿色
也会在一瞬间
被乱石黄土埋葬

家的房屋
变了形
找不回原来的模样
心像玻璃一样
碎了　很疼
活着的
思念过去
死去的
悄无声息

一切都如同散落的毛发

不知什么时候才能
找回自己的归宿

解读：

山的坍塌是因为地质条件的不稳定，或因为连续降雨造成山体的松软，或因为强烈地震造成山体结构的变形。但作为地质变化，山的坍塌原本是自然界的正常现象，却往往给人类造成危害，根本原因不在于自然，而在于人类。

原始洪荒的年代，人类战战兢兢地蜷缩于有限的区域，尽管地球上也有许多坍塌，但还不至于给人类造成巨大损失。经过几十万年的进化、繁衍，人类已膨胀到70亿之巨。农业的发展、技术的进步、交通的便捷使得人类将自己塞到了这个星球所有能塞到的地方，原本没有人类分布的区域也开始蠕动着各色人口，一些本不适宜人类生存的地域也有了人类活动的踪迹，甚至最不应该有人类出现的珠穆朗玛峰，也因为西方登山家的率先垂范，招来了无数效颦的好事之徒，同时留下了数量可观的尸体。既然地球的每个角落都充斥着人类这一物种，而且数量还在快速增长，那么，自然的任何变化，也许是正常的地质变化，都可能殃及人类，山的坍塌便是其中之一。

自然也需要弯腰伸腿，需要放松，滑坡、坍塌就是其放松的方式，自然需要通过这种方式重新实现自身的平衡，一味从保护生态的角度看待所谓自然灾害未必就是抓住了问题的要害。然而，缩小人类活动范围和强度，减少人类数量，在可见的将来又是难以实现的。相反，在人类生存及国家间竞争的压力之下，人类的活动范围和强度仍将不断加大，人类数量也在持续膨胀，则人类遭受自然灾害的恶果也便难以避免。我们固然为生命财产的损失而痛惜，但我们恐怕只能接受这一结果。诗人说：

一切都如同散落的毛发
不知什么时候才能
找回自己的归宿

散落的毛发不可能复归原位，坍塌的山体也不可能恢复原状，失去的生命也不可能复生。只要人类目前的生存方式没有改变，那么类似的灾难便无法阻绝。诗人事实上提出了一个深刻而严峻的问题：是眼睁睁地看着自己滑入深渊，还是勇敢地改变生存方式？也许人类短时间内无法改变目前的生存状态，我们还将开发资源，消耗能源，破坏生态，污染环境，但想方设法改变现状，与麻木不仁苟且度日是两码事，也将带来不同的结果，就像明知地震不可避免而积极地预报预防与浑浑噩噩束手待毙是两回事一样。山可以坍塌，而心灵不可坍塌，只要人类始终怀着一颗警醒的心，那么，终能找到一条与自然和谐共生的新路，并终将找到自己的归宿。

厨师与穿山甲

穿山甲紧蜷着身体
像一团铁铠铸的球体
任厨师怎样摔打
也不伸展身体

厨师急了
干脆把他放在火炉上炙烤
甲壳烧糊了
穿山甲不动声色
还是
紧缩成球
保持一种坚强的姿态

出鬼了
厨师嘟囔着
把他扔在了一边
换了个

顺利地加了工
满足了客人的口福

嬉笑的客人
突然发现
扔在一边的那只
被火烤焦了的穿山甲
伸开了身体
怀中有个刚刚出生的小子
脐带还连着母亲的身子
穿山甲的眼睛
睁得很大
一摊血迹

小穿山甲
在妈妈的怀中蠕动着

厨师哭了
放下了刀

解读：

本诗所描写的穿山甲的故事令人动容。我们无法想象，当穿山甲被重重地一遍遍地摔在地上时，当它的身体被放在火上无情地炙烤时，这个穿山甲母亲在以怎样的毅力忍受着苦痛。只要能保护着自己的孩子不受伤害，哪怕付出生命的代价也在所不惜，这只可怜的穿山甲用生命诠释了母爱的伟大。

类似例子在动物界比比皆是。每当有蛇、鹰之类天敌逼近鸟巢时，鸟妈妈总是奋不顾身，以弱小的身躯与心怀恶意的强敌对抗，甚至冒着生命危险引开敌人。更有鸟兽的母亲在自己的孩子受到天敌的侵害之后，不顾一切地复仇，直到将其置于死地。任何鸟兽都会不顾一切地保护自己的孩子，这是动物的天性。从繁衍角度而言，没有后代，就没有物种的延续。从生命本身而言，母子的血缘亲情将自身与后代紧密地联系在一起，这是一种肉体与精神的双重关联，无法割舍。《世说新语》载有一则母猿的故事："桓公入蜀，至三峡中，部伍中有得猿子者。其母缘岸哀号，行百余里不去，遂跳上船，至便即绝。破其腹中，肠皆寸寸断。"母猿的爱子深情一至于斯，令人一发浩叹。

穿山甲的母爱是伟大的，但这种伟大却是在面对人类的危害时表现出来的，母爱的伟大的与人类的残忍构成了令人痛心的对比。自有人类以来，对动物的狩猎、宰杀、烹煮、食用一直伴随着人类的成长，但作为一种高等生物，人类对一切生命都应怀有一种敬畏和悲悯，孟子说："君子之于禽兽也，见其生，不忍见其死；闻其声，不忍食其肉，是以君子远庖厨也。"这决不是一种自欺欺人的伪善，而是人作为一种智慧生命应有的慈悲。无论人工饲养还是野外捕获的动物，都是与人一样鲜活的生命，剥夺它们的生命而供养自己原本是一件不公平且残忍的事，即便没有负罪之心，也应有感恩之意。因为人不同于狼虫虎豹，这些猛兽只是一种自为的存在，它们捕杀猎物固然血腥，但其并不觉得血腥，因为这种捕杀本身便是自然的组成部分，所以老子说，"天地不仁，以万物为刍狗"。人则不同，人类已然自觉到自身的存在，并将自身与自然区别开来，人类清楚自己乃是万物的主宰者，作为智慧生物，人类可以依靠现有的力量将动物世界消灭殆尽，事实上许多动物已经因为人类的滥捕滥杀灭绝了，而且这种灭绝还在持续。如果人类不知敬畏，继续以冷酷的手段满足自己的口腹之欲，那么失衡的自然界最终一定会将人类一起消灭。

对动物的敬畏是现代文明的基本标志，遗憾的是，中国人自古对动物便缺乏敬畏，这从一些食物的制作过程便可以得到证明。一些美食的制作过程完全是对动物的酷刑，清人姚元之《竹叶亭杂记》卷五载有一则山西王姓官僚的故事，此人喜食驴肉，“厨中有专饲驴者，蓄数驴，肥而健。中丞食时，若传言炒驴肉丝，则审视驴之腴处，刲取一脔，烹以献。驴刲处，血淋漓，则以烧铁烙之，血即止”。其食法之残忍变态令人心惊肉跳，这位王中丞大概从没有考虑过驴的感受，而且即便考虑过，也不觉得有何不妥，因为畜生本来就是让人吃的，至于如何吃全在自己喜欢，用不着讲什么慈悲。另有一道菜叫泥鳅钻豆腐，百度百科介绍其制作之法说：“先把泥鳅放在容器里，倒入清水并放入少量食盐，喂养一夜后，再将泥鳅倒入有嫩豆腐的锅内加热，让它乱钻，并加葱花、味精、生姜末等佐料。此菜豆腐洁白，味道鲜美带辣，汤汁腻香。”可以想象在热水的逼迫之下，泥鳅慌不择路，纷纷钻入豆腐逃生的惨状。据说这是一个叫邢文明的人发明的，此后便风靡全国，成为一道名菜，并被取了“貂蝉豆腐”“汉宫藏娇”之类名字，大概是想让食客一边吃着美餐，一边想着秀色，更增添进食的乐趣吧。想出这个菜名者可谓创意十足，却全然没有想过泥鳅在热水中四处奔窜的痛苦。将美食的快乐建立在动物的痛苦之上是一种缺德，因为它暴露了人性之恶，佛教对此类行为极力反对，并以相应的果报进行惩罚，《佛说净意优婆塞所问经》云：“世有男子女人，心怀恶毒，持刀执杖，杀害生命，无悲悯心，不生惭愧，或自手杀，或教他人杀，同造恶业，同担苦报。”杀生尚招苦报，若是以上虐杀，自然会招致更严厉的报应。纪晓岚《阅微草堂笔记》卷四载有这样一则故事：“闽中某夫人喜食猫，得猫则先贮石灰于罂，投猫于内，而灌以沸汤。猫为灰气所蚀，毛尽脱落，不烦挦治。血尽归于脏腑,肉白莹如玉,云味胜鸡雏十倍也。日日张网设机,所捕杀无算。后夫人病危,呦呦作猫声,越十余日乃死。”看来这位夫人不仅吃猫,还吃鸡雏,这样一个女人,其心肠之毒恶是可以想见的,其遭报应而死也是死有余辜。

对动物全无悲悯之心的人,对同类也不会有仁慈的心肠;以残酷的手段对待异类,也会以类似的手段对待同类,我们不相信那些敲开猴脑面不改色心不跳地用勺子舀取白花花的脑髓吃的人会有菩萨心肠,我们也不相信反复用火烧烤一只穿山甲的人会心怀恻隐。这种虐杀决非文明的人类所应为,更非现代文明所可容忍。宋代大儒张载说,“民吾同胞,物吾与也”,意即人与万物俱是天地所生,作为万物之灵长,人类对世间生灵理应相亲相近,而不是肆意妄杀以逞我之私欲。纪晓岚说:“以一脔之故,遽戕一命;以一羹之故,遽戕数十命或数百命。以众生无限怖苦,无限惨毒,供我一瞬之适口,与按日持斋之心,无乃稍左乎!”即便不是吃斋念佛的僧徒,哪怕稍具人所应有的恻隐之心,也不应屠虐动物,更何况今日的人类已经深刻认识到人与动物相互依存、休戚与共的关系。诗中的厨师看到穿山甲怀中的婴孩,流下了眼泪,那是良心发现后自责忏悔的泪水。厨师的泪水表明人类或许还非不可救药,但愿这不是人类最后的眼泪。

和谐是幸福的种子

过去是人类将动物
关进笼子
现在却是动物智慧地将人类
关进笼子

前者是一种强制
后者是一种无奈

望着窗外的
一片空城
是否也是
京剧空城计的一种智慧

道的有无
佛的空
在这个春天
一览无余

冷风冷雨
似乎是在嘲弄
愚昧所带来的因果

清晨鸟儿依然
在我的窗台鸣叫
叫醒我的梦
叫醒我漫长可怕的噩梦

梦中醒来就好
看看天空刚刚露出的阳光
我们知道了珍惜当下
我们明白了和谐是幸福种子

解读：

蔓延于全世界的新冠病毒让人类重新见识了大自然的威力，虽然难以确定新冠病毒来自何方，但艾滋病毒、埃博拉病毒等令人谈之色变的病毒无一例外来自自然，来自人类对野生动物的滥捕滥食，来自对生存空间的空前开拓及对自然环境的过分破坏。

遥想远古时代，人类以狩猎为生，在捕食各种野生动物时也许也曾感染病毒，甚至曾造成整个部落的灭绝。但不同部族之间交流有限，甚至老死不相往来，不会造成大规模的传染和死亡。而且在与病毒长期相处的过程中，人类与病毒形成了稳定和谐的共生关系，只要人类的活动范围以及生存方式不发生剧烈的改变，那么未知病毒便难有机会进入人类生活。工业文明以来，人类的活动能力大大增强，活动范围极大扩展，人类在历史上与微生物形成的平衡关系不断被打破，各类致命病毒不断通过各种途径进入人类生活，而一些部族落后的生活习惯加剧了病毒扩散的危险，科学家倾向认为，艾滋病毒便与人类对黑猩猩等野生动物的捕食有关。

中国饮食文化源远流长，其中的陋习和糟粕也为数不少，比如某些省份的吃货号称无所不吃，许多人酷嗜野味，并以此为荣。全国各地存在着难以数计的动物批发市场，其中售卖各类野生动物，以满足饕餮之徒的口腹之欲。而各种危险的病毒便寄生于这些动物体内，通过某些复杂的环节进入人体，形成致命的爆发。2003 年 SARS 病毒便源于人类食用果子狸，本次新冠病毒虽然难以确定来自何方，但与人类滥捕滥食野生动物难逃干系。也许当饭店的厨师挥刀宰杀某只野生动物时，蓄势待发的病毒便随着喷溅的鲜血进入了厨师的体内，进而在人群中传播开来。果真如此，那么，病毒对人类的伤害一定意义上也是动物的复仇。当原本应该在自然界自由生活的野生动物被人类捕获并关在笼子里等待宰杀的时候，它们焦躁不安，来往徘徊，或低吼，或嚎叫，或呜咽，隔着笼子四处张望，甚至发疯地撕咬和冲撞，无助的眼神流露出深深的愤恨和绝望。它们没有任何罪过，却被贪婪的盗猎分子设下机关，抓捕到这些大大小小的笼里，等待着被宰杀，被烹调，变成一道道美味。仅仅因为一些人想发财，一些人想尝鲜，贪婪与残忍于是交织在一起，构成人类的罪孽。那么，病毒的流行难道不是人类应得的惩罚么？如今，新冠病毒在全球大肆蔓延，人类为求自保，纷纷躲在家里，很多时候只能隔着窗户眺望外面的世界，诗人写道：

过去是人类将动物
关进笼子
现在却是动物智慧地将人类

关进笼子

人类剥夺了无数动物的自由和生命，现在，动物则以独特的方式剥夺着人类的自由和生命，这是人类为自己的贪婪付出的代价。芝加哥大学历史学家威廉·麦克尼尔说："应当牢记，我们越是取得胜利，越是把传染病赶到人类经验的边缘，就越是为灾难性的传染病扫清了道路。我们永远难以逃脱生态系统的局限，不管我们高兴与否，我们都处在食物链之中，吃和被吃。"虽然麦克尼尔的观点令人悲观，但毫无疑问，他道出了几千年来人类历史的真相。虽然现代医学貌似发达，不仅已经消灭了历史上严重危害人类健康的多种传染病，而且以各种先进的医疗手段极大地延长着人类的寿命。人类一度以为，类似黑死病那样肆虐全球并造成人口大量死亡的传染病再也不会发生，但近几十年来各类致命性传染病的一再爆发表明，人类对医学技术显然过于自信了，各类病毒对人类的威胁从来没有彻底消失，致命性传染病压根就没有走远，而且可能说来就来。随着全球化的加剧，各种传染病全球爆发的风险大大增加，某个个体一旦感染某种病毒，便可以借助现代化交通工具快速传遍全世界，这次新冠疫情传遍世界只用了短短两三个月的时间，不仅造成了大量的人员死亡，而且带来了世界性的恐慌及全球经济的停摆，大自然再次以特有的方式显示出自己的强大与人类的脆弱。即便人类消灭和控制了某种病毒，但未知病毒仍然层出不穷，许多病毒或寄生在某种生物体内，或埋藏在古老的冰原之下，一俟时机成熟便会进入人类社会。因此，人类以往的乐观只不过是一种盲目的乐观，人类与病毒及各类微生物的斗争将永无尽头，这就是人类的宿命。有鉴于此，人类应该吸取的最重要的教训便是，不要继续放纵自己的贪欲，不要为满足贪欲而随意破坏自然的平衡，任何破坏都有可能让病毒像魔鬼一样降临人间。新冠病毒爆发之后，人们呆在家中隔离，生产活动急剧减少，卫星图片显示地球环境迅速好转，威尼斯的水清澈见底，以肮脏著称的印度恒河水竟然可以直接饮用，这种变化似乎也是对人类正面的启示：收敛贪欲，与大自然和谐共处才能保证自身的安全。诗人写道：

道的有无
佛的空
在这个春天
一览无余

诗人在这里引用佛道哲学大有深意。老子早就说，“五色令人目盲，五音令人耳聋，五味令人口爽，驰骋田猎令人心发狂，难得之货令人行妨”。老子谆谆告诫人们不要放纵贪欲，而应道法自然，抱朴含真。老子说，“罪莫大于可欲，祸莫大于不知足，咎莫大于欲得。故知足之足，常足。”只有知足知止的生活，俭朴淡素的生活，才是合乎自然的生活，穷奢极侈是愚蠢的。在老子看来，人类最合理的生存状态就是“鸡犬之声相闻，民至老死不相往来”，这才是与道相合的状态，只有这种状态才能将人类活动控制在最低限度，才能保持人类与自然的和谐相处。虽然人类不可能像老子所言倒退回去，但其道法自然、与道合一的哲学理念对现代人仍然有着重要的启示意义。相比老子哲学，佛教的大乘般若智慧更以空无观念看待世界的本质，那种追名逐利、贪图享乐的行为在佛教看来完全是执迷不悟，所以历代高僧才要借助各种机缘点化众生，使其看破红尘，超凡出世，而不是为俗世的浊流裹挟其中迷失自我。对现代人而言，未必一定遁入空门，但至少应该对过分的贪欲保持一份警醒，至少不应品尝各种生动物并以此为荣。

千百年来，虽然佛道苦口婆心地劝诫人类，可惜，这类高妙的智慧对热衷功利的人类而言犹如东风射马耳，人们不仅不以为然，反而嗤笑其迂腐。老子对俗人的反应早有预料，他淡定地说：“下士闻道，大笑之，不笑不足以为道。”可见让俗人接受大道并转变观念何其艰难。因为守道的本质就是约束欲望，而人性的本质却是欲壑难填，于是因贪欲造成的悲剧便一再上演。本次新冠疫情创巨痛深，或许能够警醒世人，使其对大自然的威严怀有一种真正的敬畏，唯有如此，此类灾难才能最大限度地减少。人与自然才可能和谐共处。

附录：

生命的象征与忧思

——沙鸥诗歌解读

陈祥明

在一些朋友眼中，沙鸥是书画家，其艺术不同流俗而自成高格，尤其是笔墨功力了得。而在另一些朋友眼里，沙鸥是学者，其美术史论研究成果丰硕，尤其是萧云从研究自成体系。沙鸥还写了数量可观的诗，多为古典律诗，也有现代新诗，所以有的朋友视其为诗人。因此，沙鸥在朋友圈中有不同的身份认同。

我认识沙鸥已经多年，先前接触其书画作品，后来读到其绘画史论，关注和阅读其诗则是近几年的事情。我对沙鸥的身份认同，是基于他的学人或学者身份。我读过他一些代表性的论文论著，觉得他是一位颇有建树的学人；我看过他许多书画，读过他不少诗，感到他是具有学人素养的书画家，具有学人情怀的诗人。近些年，在和他的直接交往中，更坚信了我对他学人身份的认同。

基于这样的身份认同，我对沙鸥近期诗作便有一种由莫名兴奋所驱使的热切期待：这应该是一部具有学人情怀的诗，一部具有学人哲思的诗，一部具有学人书画家意象趣味的诗，它当然应该是不同流俗、自成境界的一部诗。

按照现代诠释学的观点，“解读”是一种理解与诠释。对任何“文本”的任何一种“解读”，都是一种基于“先见”乃至“成见”的理解和诠释，都有可能是一种“误读”与“曲解的冒险”。因此，我对沙鸥诗歌的解读，也许正是一种误读曲解的冒险。

古莲新芽　生命之象征

沙鸥的一些诗文往往署名“古莲”，他的字画也时而以“古莲”为款名，他的诗歌也不忘采取“古莲”。古莲是一种象征，他《古莲》一诗写道：

帝王死了/却将我掳来与他一起陪葬/千年过去/帝王早已腐烂/而我却也寂寞了千年/我沉睡的梦/依然想见到阳光/想遇见水的那一刻

我是幸运的/不知是谁打开了地宫/让我重见了天日/呵/千年之后的太阳依然明亮/蓝天还是那样的蓝

我没有死啊/我是千年的莲子呵/我的呼喊你是否听见

当把我放进水中的那一刻/我的梦也惊喜地落了泪/开始发芽/开花

一切的荣华富贵/都不如自由地呼吸珍贵/一切的高官厚禄/都不如沐浴阳光幸福/属于我的/只能是清白地开放

在这里，古莲是一种生命的象征。古莲生命是无比坚韧的，它陪葬地下千年，显赫一时的帝王早已腐烂，而它却生命力永恒不废；古莲是无比寂寞而又不甘心的，它在千年沉睡的梦中，依然想见到阳光、想见到水。而梦寐以求“想见到阳光/想遇见水的那一刻”是生命的本能，也是生命的憧憬。

当不知是谁打开地宫，幸运的古莲重见天日，惊叹“千年之后的太阳依然明亮/蓝天还是那样的蓝”,呼喊“我没有死啊/我是千年的莲子呵”。这是沉睡的生命被突然唤醒的瞬间直觉,也是生命激发勃兴的最初呐喊。

当把古莲放进水里那一刻,“我的梦也惊喜地落了泪/开始发芽/开花”。这是无与伦比的生命感动,是梦想成真的万感交集,是灵与肉同时解禁的无比畅欢。这是一个“包孕性顷刻”,生命的过去与未来、屈辱与幸运、苦难与辉煌都凝聚于这一刻。

然而,经历了寂寞、屈辱、苦难的古莲,已经大彻大悟:“一切的荣华富贵/都不如自由地呼吸珍贵/一切的高官厚禄/都不如沐浴阳光幸福”。于是,它悟到了生命的本真:“属于我的/只能是清白地开放”。自由地呼吸,沐浴阳光,清白地开放,这是古莲生命的天然本真,也是其归宿的圆满至境。

“古莲”作为一种生命的象征,使我们感悟和领略到生命的坚韧与屈辱、质朴与无奈、本真与执着,在黑暗中梦想天日,在绝望中憧憬未来,只要梦不死、心不死,生命就有希望、就有未来。生命是一个过程,它复杂而又简单,漫长而又短暂;生命是一种状态,它伟大而又卑微,傲岸而又无奈;生命有时钢铁般坚毅不催,有时又芦苇般容易折断,时而灿然似锦,时而又黯然无光。

“古莲新芽”,也许是隐喻古老生命的新生,似古木新枝,古梅新花,古潭新波,如此等等。如果这种理解不谬,那么我以为,诗人在“古莲新芽”中试图通过“象征”而展现古老生命的本真,古老生命新生的真谛,以及有关生命世相的底蕴与真义。

除古莲子外,诗人还将蜻蜓、蝉、白孔雀、车前子、西瓜、玉兰花、向日葵、老树、羊、虎、鹰、蛇、蚊子、海马、海螺等等作为生命的象征物,以展现生命的不同维度特征,以启示人们对生命的别样感悟。

生命有时是非常简单的,简单得像一张白纸,没有任何色彩或文字符号，不事炫耀与说明，只有一点清白，随人怎么评价与涂抹。《白孔雀》写道：

开屏的时候/就是一张白纸
没有一点炫耀的色彩/没有一个说明的文字符号
但却有权展示/生命的律动
一身不过有点清白/如果这也算颜色
随你怎么评价/随你怎么涂抹

生命有时是因执着而美丽的，就像蓝天下自由飞翔的蜻蜓。为了飞翔蓝天，他比常人付出更多。他每一次脱皮，每一度进步，都是以生命的疼痛为代价。“为了看清世界/在天空不迷失方向/他得多炼就千万只眼睛”，“煎熬了多年/为得就是生一双透明的翅膀/能在天空飞翔/获得心灵自由的欢乐”。他飞翔了，在蓝天下，在秋的阳光的抚摸下，看到万山红遍，这是无上的慰藉和幸福。然而，“他知道从他飞翔的那一刻/从他追逐太阳的那一刻/他的生命不过朝夕之间/但他并不悲怜也决不后悔”“即使明天再也看不到太阳的升起/也在所不惜”。(《蜻蜓》)这是生命的执着，也是生命的超越，更是生命的大美和大境界。

生命有时是屈辱和无助的，就像小蝉全靠自己慢慢攀爬独自鸣唱。《蝉》写道：

他是泥土里的孩子/他受惯了被人踩的滋味/他受惯了被人随手把玩的羞辱/他不甘心啊
他多么渴望/像小鸟一样在天空高飞/吟唱
所以他只能/慢慢地/依树而爬/餐风饮露/为的就是/脱掉黄

土般的外衣/生出晶亮华贵的翅膀/飞得更高/登上高枝

现在他能高飞了/他也能高声歌唱了

不要嫌我唱得单调/他能登在高枝而唱/声名自然高远/因为他位高/就有话语权

这像是不甘屈辱的渺小的奋斗者的励志之歌。我们或许有关于蝉的历史文化记忆，那大多是古代文人情感意趣的表达，或是高洁品格的显露，或是悲凉情境的表露，或是孤寂心情的流露，或是静谧空灵的写照，或是幽居山林的禅境妙悟。蝉性高洁，知了觉悟，故在古代文人雅士那里，以蝉入诗、以蝉入画者汗牛充栋，以蝉喻蝉、以蝉说禅者代不乏人。① 这些蝉诗蝉画所表达的意象情趣，无疑都是古代士人或文人的，难免与现代人的情趣格格不入。诗人化古为今，借古开新，其“能登在高枝而唱/声名自然高远”的境界，是从“居高声自远，非是藉秋风”（虞世南《蝉》）化来的，但自然而然，不留痕迹，而关键在于，诗人在蝉的生命意象里注入了现代人的精神血液，使其荡漾着现代人文情趣。

---

① 我们或许有关于蝉的历史文化记忆，那大多是古代文人情感意趣的表达，或是高洁品格的显露，“垂緌饮清露，流响出疏桐。居高声自远，非是藉秋风。”（虞世南《蝉》）或是悲凉情境的表露，“曾逐东风拂舞筵，乐游春苑断肠天。如何肯到清秋日，已带斜阳又带蝉。”（李商隐《柳》）或是孤寂心情的流露，“雨过一蝉噪，飘萧松桂秋。青苔满阶砌，白鸟故迟留。暮霭生深树，斜阳下小楼。谁知竹西路，歌吹是扬州。”（杜牧《题扬州禅智寺》）或是静谧空灵的写照，“艅艎何泛泛，空水共悠悠。阴霞生远岫，阳景逐回流。蝉噪林逾静，鸟鸣山更幽。此地动归念，长年悲倦游。”（王籍《入若耶溪》）或是幽居山林的禅境妙悟，“寒山转苍翠，秋水日潺湲。倚仗柴门外，临风听暮蝉。渡头余落日，墟里上孤烟。复直接舆醉，狂歌五柳前。”（王维《辋川闲居赠裴秀才迪》）古人很早便以蝉喻禅，司马迁曾在《屈原列传》中用蝉性借喻屈原：“蝉蜕于浊秽，以浮游尘埃之外”。在古人尤其禅家看来，蝉性高洁，知了觉悟；浮游尘埃，隐身止语；出世发声，一鸣惊人；恰如君子，震耳发聩。因此在古人文人雅士那里，以蝉入诗、以蝉入画者汗牛充栋，以蝉喻蝉、以蝉说禅者代不乏人。这种关于蝉的历史文化记忆，日积月累，代代相传，积淀不断丰厚，逐渐形成为中国士人文化-心理结构，乃至成为“集体无意识”，而在其文化实践活动中发挥作用。

生命有时是生而成为悲剧，就像任人宰割的羔羊。《羊的自白》写道："羊的名字/常常被你们当作吉祥的象征/但我从不感到吉祥"。不过吃了些草，就被你们开膛破肚，肋骨被断成一段段，在炉火中烤炙成椒盐排骨，心肝肠肺被剁成碎沫，就成了一碗碗美味杂碎汤，能吃的都被你们吃了，就连我的头颅也不放过。"被剔干净的骷髅/高高地悬挂在雪白的墙上/供人欣赏/我想看清你们的面目/想看未来的世界/却再也看不见/因为我的双眼被你们剜去/只留下深邃的黑洞/而我的纯白的皮呵/被你们扒下/披在了你们的身上/抵御刺骨的寒风/你们成了披着羊皮的人/我却成了脱下羊皮的羊"。作为吉祥象征的羊，却任人宰割，供人饕餮，成为牺牲的悲剧。"三羊开泰"的羊，"羊大为美"的羊，都成了"吃货"的羊，这究竟是吉祥的象征，还是悲剧的象征。这种生命文化的悖论，仔细想想令人不寒而栗。

生命有时还是柔弱的赴汤蹈火的战士，正如拯救他人而冲锋陷阵的车前子。车前草是一味中草药，传说中曾治愈霍去病将士们之病，曾治愈欧阳修腹泻。[1] 微不足道的车前草，在诗人笔下是作为战士来表现的。《赠车前子》写道：

---

[1] 车前草是车前科多年生草本植物的全草，车前子是此植物的种子。车前在《神农本草经》列为上品。相传，汉名将霍去病带兵抗击匈奴，被困沙漠。天旱无雨，盛暑无露，官兵小便淋漓，而且亦患面部水肿。部下见战马无恙，细察，马食一草。霍去病知道后，让部下皆煎饮而病去，霍去病大笑，"好一个车前草，真是天助我也。"故而得名。传说，宋欧阳修常苦于腹泻，屡治无效。夫人说："市上有人售治疗腹泻的药，三文钱一贴，何不一试？"欧阳修不信，妻无奈买一贴假请名医开方，欧阳修饮而愈。事后妻以实告之，欧阳修以重金谢卖药人，以求其方。售药人曰："一味车前子而已。"唐代张籍《答开州韦使君召寄车前子》诗云："开州午月车前子，作药人借道有神。惭愧使君怜眼病，二千里外寄闲人。"唐代韩愈在《进学解》中，有一段精辟的名言："玉扎丹砂，赤箭青芝，牛溲马勃，败鼓之皮，俱收并蓄，待用无遗者，医师之良也。"这就是说，物虽有贵贱，但在需要时，微贱之物，亦可显示它的宝贵之处。牛溲即车前草，用微不足道的车前子，治愈了欧阳修的泄泻顽疾，证实了韩愈的至理名言。

我不是一株野草/我不是一味草药/我是战车前的一名冲锋陷阵的战士/莫嫌我拄着双拐/你会依旧看见我自信的微笑/莫嫌我行动缓慢/你会依旧看见我目光的骄傲/请按下诗的门铃/你会听见我久违的先锋号角

我抚摸我残疾的双腿/一双无力的双腿/莫笑呵/我每天迎着阳光/拄着双拐站立绝不弯腰/双拐在大地的键盘上/敲出人的尊严

我发现我渐渐地红了/人人都认识我车前子/却忘了我真正的名字/我发现我变得很苦/只有我自己内心知道/我真的是车前子呵/我真的变成一株野草/我真的变成一味草药/不信你把我熬一熬吧/我可以清热解毒/我可以祛痰明目

这世界体热多毒/这世界多痰不畅/这世界目光混浊不辨是非/我庆幸/我从战车的一名冲锋陷阵的一名战士/死后成为一株野草/一味草药

柔弱、普通、微贱的生命之物，在救死扶伤中实现了自身的价值，活出了人的尊严，成就了战士的崇高伟岸。“冲锋陷阵的一名战士/死后成为一株野草/一味草药”，这是何等质朴、又是何等高尚的生命境界！

学人情怀　生命之忧思

一个人的真切身份，定会潜在地影响他对生命世界的观照、体验、感悟及其表达。沙鸥亦不例外。沙鸥作为具有学人情怀和素养的诗人，对生命世界的观照视野更多地受到理性之光的烛照，其体验和感悟因受到理性精神的浸染而不简单“跟着感觉走”，其表达与表现也往往是“理性的逻辑”牵引着“情感的迁移”。理性和情感在他的诗中扮演者同样重要的角色。

以理性精神观照生命、审视生命、思考生命，始终是沙鸥作诗的动因，也是诗作的指归。他有关生命的诗作大致可类分为三大部分，一是直接表现有机生命的作品，如《古莲》《蜻蜓素描》《白孔雀》《蝉》《羊的自白》《赠车前子》《树》《老树干与金银花》《蚊》等。这类作品是将自然造化的有机生命作为人的生命来表现的，多为借喻与象征。这类作品在诗人全部中占主导地位，尽管在数量上并不占优势。[①] 二是表现人自身灵肉状态的作品，如《春天，我是阳光的影子》《心与心的距离》《你以为你是谁》《我不恨》《你也会一样》《平等》《开会》《肋骨与肺》《情感》《分手》《拥抱》《戏曲人生》等。这类作品属于“微观的情感叙事”，是个体生存体验与经验的感悟提炼。三是表现与人生命行为相关联的人文造物的作品，如《瓷器》《书》《宣纸》《乌镇》《西塘》《围棋》《龙》《镜中的龙》《风筝》《怀念火炬报》《老人的安全帽》《轮箍前生今世》《梵高的星月夜》《抽象画》《岩画》《骨笛》等等。这类作品是属于“普世的人文抒怀”，是对人文或文化的认知感悟。这类作品在诗人全部作品中占较大分量，这大概是诗人同时是书画家的缘故。当然，他还有一些表现自然山水的诗，同样浸透着人的关怀、人的情感，但是在他的全部作品中不占重要位置，尽管其中不乏优秀作品。

诗人对生命的直觉是敏感的，眼光是明锐的。他并不搜真猎奇，面对的大多是司空见惯的东西，然而，别人看不到的他看到了，被人忽视的他关注了，人们不愿意动脑筋想的他费心了深思了。他写玉兰花：“即使没有绿叶的衬托/我也要开放/也要纯洁的开放/开放在这个

---

① 将这类作品的部分代表作的解读分析放在该文第一部分，就是基于这种考虑的有意安排。

春天/开放在这个温暖的春天”,不担心风雨来催,不顾及生命短暂,没有理由苟且偷生,死也要死的清白,因为“我生未有绿叶陪伴/但我相信/为真理而死/就一定会有一片/绿叶/充满深深的怀念”。(《初春的玉兰花》)他写老树干与金银花:一个又老又粗的老树干,孤立在潮湿的土地上,无人愿意停下脚步看一看他实在太丑的风貌。谁也不知道他的过去,只有匍匐在他身边的金银花,还依稀记得他曾是一棵挺拔威武、顶天立地的松树,由于被雷电劈开了身躯,从此没了呼呼没了英气。金银花向他靠近,在他的枯朽的身上攀援,“年年为他送去一些绿色和金的银的花朵/犹如当年的战袍/在风中飘动/老树干因为金银花的痛爱/有了些英武/而金银花因为老树干有了些高度/春天的阳光给了金银花温暖的赞许/而来来往往的人们/也重新审视这一动人的风景/许多鸟儿在他身旁飞舞歌唱”。(《老树干与金银花》)他写向日葵:对天充满崇敬和膜拜,于是每天向着蓝天仰望,“夏天的太阳时常在天空照耀/他仰望蓝天/却被误认为仰望太阳/向日葵成了他永久的代号”,然而,“年老时/他背也驼了/腰杆也弯了/也只能向着大地/回想一生的憋屈/满腹的才华/只能被后人掠夺品尝”。(《向日葵》)

对于生命的认知把握,诗人的理性是犀利的,如同解剖刀,同时又是沉重的,好像秤砣。这种犀利来自理性批判精神,而这种沉重来自理性价值判断。

舌条人人都有,话语人人都说,但有多少人反观自省?诗人写道:“人人都有一个舌条/可有的人却有两个舌条,黑的能说成白/白的能说成黑,柔软的舌条/就像两把刀/将善良人的心啊/剜得鲜血淋淋,有的人因此跳了井/有的人因此跳了楼/有的人干脆用绳索/将自己悬挂在房梁上,而舌条/永远都是红色的”。(《舌条》)人们只重视舌条的颜色,而不反省舌条的是非,遑论话语权的合法性。

人人都有肋骨与肺,人人都晓得肺的重要而关心肺,而很少有人去关心肺的护卫者肋骨。诗人这样写道："能够证明生命迹象的/是呼吸/而呼吸与柔嫩的肺是分不开的，肋骨是明白这一道理的/他用坚强的骨架/支撑起整个胸腔/让红色的肺/舒服地伸张，能让肺少受些委屈/无论是天灾人祸/总是抵挡在前/肋骨断了/也在所不惜，当灾难过后/人们所关心的不是肋骨/而是看看肺是否鲜活/看看还是不是红色"。(《肋骨与肺》)人们连对自身器官间的平等待遇都做不到，还奢谈什么人世间的人人平等和谐。

人人都知道龙，十二属相里有龙，十二属相里十一只动物我们都目睹过，唯独没见过龙，这是为什么？诗人写道："你看到的龙只能是想象中的龙/有谁亲眼看过龙的真面目呢，龙在海里/会让浪花歌唱/龙在云中/能呼风唤雨，龙之所以无人亲见/是因为有人/成为真龙天子/龙不再属于百姓"，尽管黄皮肤的人都自称为龙的传人，但在历史上连持有龙纹的器物的权力都没有，"龙从此不再与动物为伍/而与帝王为伍/谁还能见到呢"。(《龙》)天子成为龙，龙就是天子，从而龙不再属于百姓，从而龙变得神圣起来。于是，龙是图腾，龙是象征，终于成了"镜中的龙"。诗人写道："想从棱镜中逃出/来到世间/这只是你的梦想"，"可惜你生错了地方/生在一个幻觉的世界/或者是所谓的仙界/你有你的逍遥/可你永远也来不到/活生生的世界/享受爱情/享受人世间的酸甜苦辣"，"算了吧/你还是留在仙境的棱镜中吧/你还是做你不可一世的龙吧/让人们敬仰/让人们谈一谈你神奇的传说"。(《镜中的龙》)龙不仅是一种图腾和象征，还是一种神圣的禁忌，它(他)既然不属于百姓，也就无须享受世间生活，那么还是让他回到镜中、回到神话传说里，而享受不可一世的、虚幻的龙威龙福吧。诗人虽然言犹未尽，但其人文理性之光穿透了虚幻世界与现实世界，也启迪人们拂去龙文化的神圣尘埃而见识其庐山真面。

在沙鸥的诗中，我们还感受到一种对生命的忧伤，一种生命感的苦楚。古莲的哀怨:“帝王死了/却将我掳来与他一起陪葬/千年过去/帝王早已腐烂/而我却也寂寞了千年”(《古莲》)。羊的痛楚:“羊的名字/常常被你们当作吉祥的象征/但我从不感到吉祥”(《羊的自白》)。蝉的耻辱:“他是泥土里的孩子/他受惯了被人踩的滋味/他受惯了被人随手把玩的羞辱”(《蝉》)。孔雀的麻木:“孔雀被笼罩在巨大的网中/不再奢望人们的解救/而是麻木地响应看客的心理/嘲弄似地开屏”(《四月阴天游新安》)。西瓜的倾诉:炎酷七月,饥渴难忍的远行人,猛然发现脚下的秧蔓,有了又大又圆的瓜果,“他们根本不征求秧蔓的意见/扯下西瓜/掏出匕首/剖开瓜膛/饱腹而去/没有一句感恩的话”,只有“瓜皮上还残留着血红的瓜瓤/黑色的瓜子象零碎的文字/依旧记忆那是微不足道的/瓜秧藤蔓的心血”(《西瓜》)。树的悲剧:大风把这个部落的帐篷卷飞,人们看见是树在疯狂地舞动,于是人们认定就是树制造了风,树从此面临被这个部落的人全部砍光厄运。“树无法辩解/因为至死/还留着被风折断的/手臂/她无声地从心底发出撕裂心肺的声音/我是保护你们家园的勇士呵/可是又有谁相信呢”。(《树》)千年之后,被砍光了的树的部落,掩没在一片沙漠之中。这究竟是树的悲剧,还是人的悲剧呢?

一个人对生命的苦楚忧伤,可能带来悲观失望乃至怨恨,也可能以超越达观的心态加以化解。超越达观是一种生命的至上境界。就像绚烂之极归于平淡,痛苦之极可归于平静。《你也会一样》写道:

> 你总是看到我的笑脸/你总是看到/我脸上永远红润的肤色/可你是否数过我的心/有多少伤疤/是否抚摸衡量过/我心的不幸的老茧有多厚
>
> 太多的不幸/才不再感到痛苦/经历过太多谣言和诽谤的攻击/只能用笑容面对

我/满眼的平静/满眼的安详/如水一栏

不要羡慕我有如此的安详/明白了人生/你也会一样

超越达观也是一种大爱境界。大爱才能宽容，才能原谅过错和误会，才能化解怨恨与伤痛。《我不恨》写道：

不懂得爱的人/才会用仇恨的目光看待对方/我不恨伤害过我的人/我不恨一切的一切

别人的过错/我何必恨他/别人的误会/我何必恨他

犯错的人/总有醒悟的一天/误会的人/总会有谅解的时候

我给予他们醒悟的时间/我给予他们了解真相的一瞬

有恨的时间/不如修炼好内心/有恨的时间/不如做一些/对社会有意义的事情

我不恨/因为佛/给了我智慧的眼睛/我不恨/因为我爱这个世界

我不恨，因为我爱这个世界。这是一种生命的达观，一种人生的境界，一种人性的底色的显现。这甚至是一种宗教般的大爱智慧，"我不恨，因为佛给了我智慧的眼睛"。是的，佛陀也提倡爱，但佛陀提倡的是大爱，名为慈悲。要对一切众生慈悲，慈是与乐，悲是拔苦。无缘大慈，同体大悲，怨亲平等，给予真乐，人苦即我苦，故全力救拔。这种对众生的爱不以自己的需求转移而变化，不以对象的美丑善恶而有分别。在佛陀那里，这才是真爱。不变的才是真的，会变的都是假的。世间之爱没有常性，佛菩萨之爱没有变化。佛陀教我们作佛作菩萨才是真爱，这叫大慈大悲。在诗人看来，我们绝大多数凡人成不了菩萨，但可以有菩萨般的大爱之心，用以抚平自己胸中的怨恨，也为救拔世间陷于怨恨泥沼的芸芸众生。

书画情趣　诗艺之风神

沙鸥是一个学人，还是一个书画家，这是必会影响他的诗艺诗风。沙鸥的诗在技法、形式、风格、意境诸方面都受到书画艺术的明显影响。“以书入诗”“以画入诗”可能是沙鸥诗艺诗风的“堂奥”所在。

首先，沙鸥往往以书画家的眼光观照事物，洞幽察微，择取与剪裁。他的诗取材较广，其中一部分就与书画或书画意象相关，譬如《书》《梵高的星月夜》《抽象画》《岩画》《孔雀羽毛上的图案》《裁纸刀》《宣纸》《废纸》《瓷器》《丑石》《奇石》《戏曲人生》等。关键不仅在于取材，还在于剪裁，在于抽象和加工出“有意味的形式”①，并以诗的形式语言表达出来。

诗人将拥抱抽象为“圆的形式”及“圆融”意象。他写道：“拥抱是一种境界/拥抱就是找到了圆的形式/这种形式只有旁观者才能看到/但又有谁去/思考过这拥抱的真正内涵”，“拥抱是一种圆融/去掉你我的分辨/才能相融在一起”。(《拥抱》)

诗人将孔雀羽毛上的斑斓图案抽象为“会飞的蝴蝶”与“悲痛的眼睛”。他写道：“孔雀羽毛上的图案/就像会飞的蝴蝶/撩起对梁祝的回忆”，“用画笔画一画/不用颜色/也会体会忧伤”“不信/你看一看这图案/你也会看见悲痛的眼睛/正在注视着你”。(《孔雀羽毛上的图案》)

---

① 英国著名的视觉艺术评论家克莱夫・贝尔说：“在各个不同的作品中，线条、色彩以某种特殊方式组成某种形式或形式之间的关系，激起我们的审美情感。这种线、色的关系和组合，这些审美地感人的形式，我称之为有意味的形式。‘有意味的形式’，就是一切视觉艺术的共同性质。”克莱夫・贝尔：《艺术》(Art By clive Bell)，中国文联出版公司 1984 年 9 月第 1 版，第 4 页。

诗人将从天而降的高山瀑布抽象为“清亮而壮美的楹联”。诗人写道：“你们是一群不同经历/却有着相同品格的石头/你们相逢在一起/成为这里的传奇/成为这里一道靓丽的风景/从天而降的瀑布/为你们书写清亮而壮美的楹联/耸立云霄的岩壁/为你们留下无字的丰碑/森林敬仰你们/年年为你们佩带怀念的花朵/溪水敬重你们/昼夜为你们传唱”。(《峡谷之石》)当然，将“瀑布”表达为“楹联”，孤立地看它是一种比喻，但从此诗整体看它是抽象与象征表达的一部分。

其次，沙鸥的诗作充盈着书画意象情趣，而形成了别样的诗艺风骨。仅用“诗中有画”还不足以阐明他的诗风。尽管“诗中有画，画中有诗”[①]是中国画学经典话语，其艺术价值取向早已被诗人画家们所认同和践行，然而，同样追求“诗中有画”的诗人诗风各不相同，同样追求“画中有诗”的画家画风各不相同。沙鸥诗作的书画意象显明，书画情趣浓郁。

沙鸥注重强化诗文字的画面感，以激发视觉冲击力。譬如，他写乌镇：“坛坛罐罐/透露出这座古镇的年龄/水很软/像一条麻绳/拴住了六千岁老人的心”，“桥/驼背的老人/伫立迎送儿孙们/来来往往”(《乌镇》)。他写西塘：“平川就像/一枚枚纽扣/在流水的缝合下/镶嵌在这块布满灰瓦石板的老粗布衣上”，“有谁知道/西塘/应该叫胥塘”(《西塘》)。他写项羽：“你头颅落地/却让江水托起”(《致项羽》)。他写树：“树无法辨解/因为至死/还留着被风折断的/手臂”(《树》)。他写矿坑遗址：“莫笑我/已是百年干瘪的老头/莫笑我/满脸的皱纹千丘万壑”“现在/一贫如洗的我/并不后悔/我混浊的老眼/依旧向往蓝天/

---

① 宋·苏轼《东坡题跋·书摩诘〈蓝田烟雨图〉》：“味摩诘之诗，诗中有画；观摩诘之画，画中有诗。”

向着太阳”(《南山矿露天矿坑遗址》)。上述这些诗句文字,以其鲜明的画面感给人视觉冲击,并或多或少地调动起人的“通感”①,使人产生丰富的审美联想。

沙鸥注重“以画入诗”或“以书入诗”,拓展了诗的意象,丰富了诗的情趣。书法的“知白守黑、黑白相生”,中国画的“以虚拟实、虚实相生”,在他的诗作中得到借鉴和体现。这既体现在理念上,也体现在具体表现上。

“知白守黑、黑白相生”是中国书学的精髓,也是中国哲学美学精神的体现。② 沙鸥从中得到启发,将其嬗变而引入诗作。譬如,他写过围棋,下围棋的智慧似乎在于,一方执黑知白、攻白守黑,另一方则执白知黑、攻黑守白,在黑白相间的天地里攻守博弈。这和书法的知白守黑、黑白相生有异曲同工之妙。然而,黑白的背后是虚无、是空,这是所有博弈的最后归宿,如果看不到这一点就不能说是真正智慧。他写道:“眼中看到的无非是/非黑即白/非白即黑”,“争来争去/无非是为了一寸土地/为了一座城池”“费尽了心思/算尽了计谋/胜了多一些土地/输了少一座城池”,而“佛手/按住土地　按住城池/按住黑白/轻轻一抹/一切平静　一切皆空”(《围棋》)。人生的智慧,博弈的智慧,艺术的智慧,不仅仅在于对黑与白的知、执、攻、守,更在于超越与超脱。作为人类文明成果的书,也可以视作黑白相生的产物,他写道:“文字与纸张的结合/无非黑白相间/那么的简单”“其实有些书/你不看/也明白一个道理/白既黑/黑既白”,“黑白看似简单/却又复杂多变/一切的美与丑/善与恶/一切的真理与谬误/都是从中

① 关于通感的解释,参见钱钟书《通感》,载《七缀集》,上海古籍出版社,1988 年 12 月第 1 版,第 56 页。

② 参见陈祥明:《老子哲学美学对中国文人与书画艺术的影响》,载陈祥明:《诠释学的理论与实践》,安徽人民出版社 2013 年版。

而生”。翻一翻书，每一页纸都有正反两个面，但很少能够看到他的侧面。读了几十年的书，不过是接受文字所传达的信息，“而从未认真思考过/究竟是心读懂了文字/还是文字启迪了心灵”。(《书》)因此，读书也必须超越黑白藩篱，而不必过于固执，这大概也是读书的智慧吧。

“以虚拟实、虚实相生”是中国画学的精髓，也是中国哲学美学精神的体现。[①] 绘画所特有的艺术价值取向和审美情趣，或直接或间接的影响了沙鸥的诗作。沙鸥擅长水墨写意画，或山水，或花鸟，全以笔墨写出，自然而然，不事造作或制作；他师法自然却不拘泥，“外师造化中得心源”[②]，写“胸中丘壑”而非纯粹“眼中丘壑”；他追求画境的空灵，往往化实为虚，以虚拟实，以达至“虚实相生，无画处皆成妙境”[③]。沙鸥的诗作也具有相似相近的品格。就像他的画来自“写生”，他的诗来自“写真”，然而，其“写生”“写真”都不是“写实”，而是化实为虚，以虚拟实，实中有虚，虚中见实，虚实相生。他写风景名胜，并不满足于描绘像似，而是“化景物为情思”，如《乌镇》的悠悠情思；他写历史文物，并不着眼于真实图式，而是“化腐朽为神奇”，如《骨笛》的如真如幻；他写生命历程曲折悲喜，并不拘泥于如实道来，而是“化实体为象征”，如《古莲》的象征、《蝉》的隐喻。即便写人生，虽然洋洋洒洒，却也虚虚实实，如《戏曲人生》。他的诗如同他的画，写得空灵，留下一些空白，给人留下想象的空间。

---

① 参见陈祥明：《老子哲学美学对中国文人与书画艺术的影响》，载陈祥明：《诠释学的理论与实践》，安徽人民出版社 2013 年版。陈祥明：《宗白华对中国绘画美学传统的诠释与拓新》，中国画学，2019 年第 4 期。

② 葛路：《中国古代绘画理论发展史》，上海人民美术出版社 1982 年版，第 63—65 页。

③ 笪重光：《画筌》，载潘运浩：《清人论画》，湖南美术出版社 2004 年版，第 271 页。

再次，沙鸥诗的形式语言受画的形式语言影响。在很大程度上可以说，诗是语言的艺术，而画是笔墨的艺术。中国传统国画非常注重笔墨[①]，强调以书入画，强调书法用笔，强调“书写”的功夫，而这种“书写”也是“抒写”即情感意趣的表现。传统书法尤其是草书，是一种“线的艺术”，其节奏、韵律以及疏密、张弛、开合等，构成一种“生命的律动”，以书入画而成为绘画情感抒发的主要手段。“书为心迹”[②]，“画为心象”[③]，而“诗以言志”则为心声[④]。诗、书、画虽在艺术形式上差异明显，但在抒发心胸、表达情感上则是异曲同工。正是基于这种认识，沙鸥注意借鉴画的艺术形式语言以丰富诗的艺术形式语言。其诗的艺术形式语言具有这样的特点：诗体多以线形结构，注重内在节奏的变化，以情感起伏波澜牵引语气词句，或一气呵成，或委婉曲折；或悠悠绵延，或戛然而止；或字句铺陈，或惜字如金；或词组联珠，或玑珠分缀，以形成特定的语气和语境。看似任性，实则有序，即“情感逻辑”使然。故率性率意，不以形拘情，以象害意，而以形传情，以象表意。他的诗如同他的画，他的画以笔墨形式表达情感意趣，而不以固定程式节情害意。在他看来，能表情达意就是好作品，诗画皆然。诗人这样

① 中国传统书学、画学对笔墨的论述可谓汗牛充栋，而现代书画大师黄宾虹作了总结性论述，他提出了著名的“五笔”（平、圆、留、重、变）“七墨”（浓、淡、泼、破、焦、积、宿）说，对现代中国画发展影响深远。

② 元代书法理论家盛熙明《书法考》云：“夫书者，心之迹也。”元代陈绎《翰林要诀·变法》云：“情之，喜怒哀乐，各有分数，喜则气和而字舒，怒则气粗而字险，哀则气郁而字敛，乐则气平而字丽，情有轻重，则字之敛舒险丽亦有浅深，变化无穷。”清代刘熙载《艺概·书概》云：“书，如也，如其学，如其才，如其志，总之曰如其人而已。”

③ 清代绘画大师石涛云：“夫画者，从于心者也”。（石涛《画语录·一画章第一》）他以极简明的话语阐明绘画所要传达的是画者的心象，这心象是也是心境。这也就是所谓“画为心迹，境由心生”。

④ “诗言志”，出自《尚书·尧典》记舜的话说：“诗言志，歌永言，声依永，律和声。”作为一个理论术语提出来，是在《左传·襄公二十七年》记赵文子对叔向所说的“诗以言志”。

评抽象画："被生活折腾的/没了形/除了泪水就是血水/再就是辛酸与忧郁"，这一生太复杂，说也说不清楚，"画出来就是这个样/你说他是抽象也好/你说他乱画也好/但在我心中/就是一幅真实的画""我不太会说话/只能用雕刻的刀胡乱地表达/如果有一人能够读懂/这才是我一生的知音"（《抽象画》）。

沙鸥与书画情缘很深，其洒脱的书画情趣构成了高逸的诗艺风神。也许可借苏东坡的话来说沙鸥：观沙鸥之画，画中有诗，味沙鸥之诗，诗中有画。

结语：并非多余的话

首先，关注沙鸥的新诗，是因为沙鸥关注了人们应该关注而疏于关注的生命。

在这个突飞猛进的时代，也是浮躁的时代，我们所关注的东西太多，欲望太多，追求也多。人原本所依赖的自身生命，却被我们有意无意地忽视了、边缘化了，而与人关系密切的自然生命，则被我们有意无意地蔑视了、糟践了。真正地关注生命，深切地思考生命，倾心地呵护生命，精心地表现生命，倒似乎成了一种奢侈，一种精神贵族。

其次，解读沙鸥的新诗，是因为沙鸥的诗中有书画情趣而别开生面，于"诗书画三绝"中体现了人、人心、人情。

诗学、书学、画学说到底都是人学，也都是人心之学、人情之学。它们在艺术形式、技巧的表层上差异明显，但在艺术精神、审美的深层上殊途同归，即都是对人的生命及其人生、人心、人情的呈现、表达、抒写。就此而言，诗书画应该也可以统一。事实上，在中国艺术传统里，

“书画异名而同体”，而诗和画是姊妹艺术，“诗是无形画，画是有形诗”。[①] 诗书画在本质上相同，至少是相通。因此，“诗书画三绝”往往作为对一个艺术家的要求或评价。然而，到了当代，真正做到“诗书画三绝”的艺术家已经不多，而以学问见长的“三绝”艺术家更为少见。

关注和解读沙鸥的新诗，还因为沙鸥是一个文化人、一个学人。我总以为，艺术是文化土壤里成长起来的乔木，而诗是生命之树上绽开的花朵。没有文化土壤岂有乔木，没有生命之树哪有花朵。艺术是文化孕育、滋养出来的，诗书画概莫能外。沙鸥是一个具有学人素养的书画家，具有学人情怀的诗人，因此他的新诗值得关注与解读。[②]

庚子正月初九　被疫情困于淝上半塘轩

（陈祥明，中国文艺评论家协会会员、中华美学学会会员、安徽省美学学会名誉会长、安徽省中国画学会副会长）

① 参见钱钟书：《中国诗与中国画》，载《七缀集》，上海古籍出版社，1988 年 12 月第 1 版，第 4—6 页。

② 注：当我写毕拙稿时，从微信群里看到沙鸥反映抗击肺炎疫情的一组新作《这个春天有点冷》《我们不挣这个钱》《和谐是幸福的种子》《我们已感受到春天的温暖》《致钟南山》《一位耄耋老人》《白衣人》等。我没来得及参考这些作品，但我感到沙鸥不是一个“泛生命主义者”，而是一个关注现实生命的、具有人文精神的学者诗人。

图书在版编目(CIP)数据

沙鸥诗歌文化解读/吴增辉著. —上海：上海三联书店，2021.1
ISBN 978-7-5426-7191-2

Ⅰ.①沙… Ⅱ.①吴… Ⅲ.①诗集—中国—当代②诗歌评论—中国—当代 Ⅳ.①I227②I207.22

中国版本图书馆 CIP 数据核字(2020)第 176929 号

沙鸥诗歌文化解读

著　　者 / 吴增辉

责任编辑 / 冯　征
装帧设计 / 一本好书
监　　制 / 姚　军
责任校对 / 张大伟　王凌霄

出版发行 / 上海三联书店
(200030)中国上海市漕溪北路 331 号 A 座 6 楼
邮购电话 / 021-22895540
印　　刷 / 上海惠敦印务科技有限公司

版　　次 / 2021 年 1 月第 1 版
印　　次 / 2021 年 1 月第 1 次印刷
开　　本 / 890×1240　1/32
字　　数 / 350 千字
印　　张 / 13
书　　号 / ISBN 978-7-5426-7191-2/I·1661
定　　价 / 68.00 元

敬启读者，如发现本书有印装质量问题，请与印刷厂联系 021-63779028